Guillaume Musso
Ein Wort, um dich zu retten

Zu diesem Buch

»Er erinnerte sich an jene alte Schreibregel: Wenn ein Schriftsteller am Anfang seines Romans eine Waffe erwähnt, dann muss am Ende zwangsläufig ein Schuss fallen und einer der Protagonisten sterben. Da er an diese Regeln glaubte, war Fawles felsenfest davon überzeugt, dass er sterben würde. Noch heute.«

Viele Rätsel ranken sich um Nathan Fawles: Warum hörte der berühmte Schriftsteller vor zwanzig Jahren plötzlich auf zu schreiben? Und warum lebt er seither völlig abgeschieden auf der Île Beaumont? Nicht nur der junge erfolglose Schriftsteller Raphaël Bataille möchte sein großes Idol kennenlernen und hinter dessen Geheimnisse kommen. Auch die Journalistin Mathilde Monney will mehr über Fawles' Vergangenheit erfahren, doch treiben sie dabei ganz andere Gründe an. Als ein grausamer Mord die Insel in einen Ausnahmezustand versetzt, treffen Raphaël, Nathan und Mathilde schließlich aufeinander – und geraten in höchste Gefahr …

Guillaume Musso, 1974 in Antibes geboren, arbeitete als Dozent und Gymnasiallehrer. Über Nacht wurde er nicht nur zu einem der erfolgreichsten Gegenwartsautoren Frankreichs, sondern auch zu einem weltweiten Publikumsliebling. In Deutschland ist Guillaume Musso mit seinen Büchern regelmäßig auf den SPIEGEL-Bestsellerlisten vertreten. Der Autor lebt in Paris und Antibes.

Guillaume Musso

Ein Wort, um dich zu retten

Roman

Aus dem Französischen von
Bettina Runge und Eliane Hagedorn
(Kollektiv Druck-Reif)

PIPER

Mehr über unsere Autoren und Bücher:
www.piper.de

Wenn Ihnen dieser Roman gefallen hat, schreiben Sie uns unter Nennung des Titels »Ein Wort, um dich zu retten« an *empfehlungen@piper.de*, und wir empfehlen Ihnen gerne vergleichbare Bücher.

Von Guillaume Musso liegen im Piper Verlag vor:

Nachricht von dir	Vierundzwanzig Stunden
Sieben Jahre später	Das Mädchen aus Brooklyn
Ein Engel im Winter	Das Papiermädchen
Vielleicht morgen	Das Atelier in Paris
Eine himmlische Begegnung	Was wäre ich ohne dich?
Nacht im Central Park	Die junge Frau und die Nacht
Wirst du da sein?	Ein Wort, um dich zu retten
Weil ich dich liebe	Eine Geschichte, die uns verbindet

Ungekürzte Taschenbuchausgabe
ISBN 978-3-492-31748-1
Juli 2021
© Calmann-Lévy 2019
Titel der französischen Originalausgabe:
»La vie secrète des écrivains«, Calmann-Lévy, Frankreich 2019
© der deutschsprachigen Ausgabe:
Piper Verlag GmbH, München 2020,
erschienen im Verlagsprogramm Pendo
Umschlaggestaltung: zero-media.net, München
Umschlagabbildung: FinePic®, München; Getty Images/ShutterWorx;
Getty Images / Vanya Dudumova / EyeEm
Satz: Eberl & Koesel Studio GmbH, Krugzell
Gesetzt aus der Scala
Druck und Bindung: CPI books GmbH, Leck
Printed in the EU

Für Nathan

Um zu überleben,
muss man Geschichten erzählen.

Umberto Eco, *Die Insel des vorigen Tages*

Prolog

Das Rätsel Nathan Fawles

(*Le Soir* – 4. März 2017)

Der Autor des mythischen Werkes *Loreleï Strange*, der seit nahezu zwanzig Jahren von der literarischen Bühne verschwunden ist, fasziniert auch heute noch Leser jeden Alters. Er lebt zurückgezogen auf einer Mittelmeerinsel und verweigert hartnäckig jede Anfrage der Medien. Nachforschungen über den Einsiedler der Île Beaumont.

Man bezeichnet dieses Phänomen als Streisand-Effekt: Je mehr man etwas zu verbergen versucht, desto mehr lenkt man die Neugier der anderen auf das, was man verheimlichen will. Seit seinem plötzlichen Rückzug aus dem literarischen Milieu im Alter von fünfunddreißig Jahren ist Nathan Fawles nun Opfer dieses heimtückischen Mechanismus. Der geheimnisumwitterte franko-amerikanische Schriftsteller hat in den letzten zwei Jahrzehnten für eine Menge Klatsch und Tratsch gesorgt.

1964 in New York geboren – der Vater ist Amerikaner, die Mutter Französin –, verbringt Fawles seine Kindheit in der Pariser Region, kehrt jedoch in die Vereinigten Staaten zurück, um dort sein Studium zu beenden, das ihn zunächst an die Phillips Academy führt und anschließend nach Yale. Sein Diplom in Rechts- und Politikwissenschaften in der Tasche, engagiert er sich im humanitären Bereich, arbeitet einige Jahre für *Aktion gegen den Hunger* und *Ärzte ohne Grenzen*, insbesondere in El Salvador, Armenien und Kurdistan.

DER ERFOLGSSCHRIFTSTELLER

1993 kehrt Nathan Fawles nach New York zurück und veröffentlicht sein erstes Buch *Loreleï Strange*, einen Coming-of-Age-Roman über eine Jugendliche in einer psychiatrischen Klinik. Der Erfolg stellt sich nicht sofort ein, aber innerhalb weniger Monate gelangt der Roman durch Mundpropaganda – insbesondere unter jungen Lesern – an die Spitze der Bestsellerlisten. Zwei Jahre später erhält Fawles mit seinem zweiten Werk *A Small American Town*, einem umfangreichen, episch angelegten Roman, den Pulitzerpreis und setzt sich als eine der authentischsten Stimmen der amerikanischen Literatur durch.

Ende 1997 überrascht der Schriftsteller die literarische Welt ein erstes Mal. Er hat sich inzwischen in Paris niedergelassen und veröffentlicht sein neuestes Werk auf Französisch. *Les Foudroyés – Die vom Blitz Getroffenen*. Dieser Roman ist eine herzzerreißende Liebesgeschichte, aber auch eine Betrachtung über die Trauer, das Innenleben und die Macht des Schreibens. Erst jetzt wird er von einem größeren französischen Publikum entdeckt, insbesondere durch seine Teilnahme an einer Sondersendung der Talkshow *Bouillon de culture* mit Salman Rushdie, Umberto Eco und Mario Vargas Llosa. Im November 1998 sieht man ihn erneut in dieser Sendung, wobei sich herausstellen sollte, dass dies sein vorletzter Medienauftritt war. Sieben Monate später, mit knapp fünfunddreißig Jahren, verkündet Fawles nämlich in einem schonungslosen Interview mit der französischen Nachrichtenagentur AFP (Agence France-Presse) seine unwiderrufliche Entscheidung, mit dem Schreiben aufzuhören.

DER EINSIEDLER DER ÎLE BEAUMONT

Seit jenem Tag hält sich der Schriftsteller an seine Entscheidung. Seitdem er in seinem Haus auf der Île Beaumont lebt, hat Fawles keine einzige Zeile mehr veröffentlicht und auch keinem Journalisten mehr ein Interview gegeben. Er hat zudem alle Anfragen auf Film- oder Fernsehadaptionen seiner Romane abgelehnt. (Netflix und Amazon sind mit ihren Angeboten erst vor Kurzem wieder gescheitert, trotz, wie es heißt, großzügiger finanzieller Offerten.)

Seit bald zwanzig Jahren hat der »Einsiedler von Beaumont« mit diesem Paukenschlag des Schweigens immer wieder die Fantasie der Menschen beflügelt. Warum hat sich Nathan Fawles mit nur fünfunddreißig Jahren und auf dem Höhepunkt seines Erfolgs zum freiwilligen Rückzug von der Welt entschieden?

»Es gibt kein Mysterium um Nathan Fawles«, versichert

Jasper Van Wyck, von Anfang an sein Agent. »Kein Geheimnis, das es zu lüften gilt. Nathan macht jetzt einfach nur etwas anderes. Er hat endgültig einen Schlussstrich unter das Schreiben und die Verlagswelt gezogen.« Über den Alltag des Schriftstellers befragt, bleibt Van Wyck vage: »Soweit ich weiß, ist Nathan mit privaten Dingen beschäftigt.«

UM GLÜCKLICH ZU LEBEN,
LEBEN WIR IM VERBORGENEN
Um mögliche Erwartungen der Leser im Keim zu ersticken, präzisiert der Agent, der Autor habe »seit zwanzig Jahren keine einzige Zeile mehr geschrieben«, und er erklärt unmissverständlich: »Zwar wurde *Loreleï Strange* häufig mit *Der Fänger im Roggen* verglichen, aber Fawles ist nicht Salinger: In seinem Haus gibt es keinen mit Manuskripten gefüllten Tresor. Es wird nie mehr einen neuen Roman aus der Feder von Nathan Fawles geben. Auch nicht nach seinem Tod. So viel ist sicher.«
Doch auch diese Mitteilung konnte die Neugierigsten nicht davon abhalten, mehr erfahren zu wollen. Im Laufe der Jahre haben zahlreiche Leser und mehrere Journalisten die Reise zur Île Beaumont unternommen, um im Umkreis von Fawles' Haus herumzustreifen. Sie standen immer vor verschlossener Tür. Dieses Misstrauen scheint auf alle Inselbewohner zuzutreffen. Sehr überraschend ist das nicht an einem Ort, der es sich bereits vor dem Zuzug des Schriftstellers zur Devise gemacht zu haben schien: *Um glücklich zu leben, müssen wir im Verborgenen*

leben. »Die Gemeindeverwaltung gibt keine Informationen über die Identität ihrer Bewohner heraus, ob diese nun berühmt sind oder nicht.« Das erklärt das Sekretariat des Bürgermeisters lapidar. Nur wenige Inselbewohner sind bereit, sich über den Schriftsteller zu äußern. Diejenigen, die uns antworten wollen, beschreiben die Anwesenheit des Autors von *Loreleï Strange* auf ihrem Inselreich als völlig banal: »Nathan Fawles verkriecht sich nicht in seinem Haus, er versteckt sich nicht«, versichert Yvonne Sicard, die Frau des einzigen Arztes auf der Insel. »Man begegnet ihm häufig am Steuer seines Mini Moke, wenn er im *Ed's Corner,* dem einzigen kleinen Supermarkt der Stadt, seine Einkäufe erledigt.« Er besucht auch den Pub der Insel, »insbesondere bei Fußballübertragungen von Olympique Marseille«, erzählt der Wirt des Lokals. Einer der Stammgäste des Pubs bemerkt, dass »Nathan nicht so scheu ist, wie er gelegentlich von Journalisten beschrieben wird. Er ist eher ein angenehmer Bursche, der sich mit Fußball gut auskennt und japanischen Whisky liebt«. Es gibt nur ein Gesprächsthema, das ihn wütend machen kann: »Wenn Sie versuchen, ihn auf seine Bücher oder die Literatur anzusprechen, verlässt er umgehend das Lokal.«

EINE UNERSETZLICHE LÜCKE IN DER LITERATUR
Unter seinen Schriftstellerkollegen findet man zahlreiche bedingungslose Anhänger von Fawles. Tom Boyd beispielsweise bringt ihm grenzenlose Bewunderung entgegen. »Ich verdanke ihm einige meiner ergreifendsten

Leseerlebnisse, und er zählt zweifellos zu den Schriftstellern, denen ich viel schulde«, versichert der Autor von *La Trilogie des Anges*. Gleiche Töne kommen von Thomas Degalais, nach dessen Meinung Fawles mit den drei sehr unterschiedlichen Büchern ein originelles Gesamtwerk geschaffen hat, das Geschichte schreiben wird. »Wie alle anderen auch, bedauere ich natürlich, dass er sich aus der Literaturszene zurückgezogen hat«, erklärt der französische Romanschriftsteller. »Seine Stimme fehlt in unserer Zeit. Ich fände es wunderbar, wenn Nathan sich mit einem neuen Roman zu Wort melden würde, aber ich glaube nicht, dass dies je wieder geschehen wird.«

Es ist tatsächlich unwahrscheinlich, aber vergessen wir nicht, dass Fawles seinem letzten Roman folgenden Satz von König Lear als Motto vorangestellt hat: »*Die Sterne sind's, die Sterne über uns, die unsre Zufälle bestimmen.*«

Jean Michel Dubois

Der Schriftsteller,
der nicht mehr schrieb

Éditions Calmann-Lévy
21, rue du Montparnasse
75006 Paris

Kennziffer: 379529

Monsieur Raphaël Bataille
75, avenue Aristide-Briand
92120 Montrouge

Paris, 28. Mai 2018

Sehr geehrter Monsieur Bataille,
wir haben Ihr Manuskript *Die Unnahbarkeit der Baumkronen* erhalten und bedanken uns für das Vertrauen, das Sie unserem Verlag entgegenbringen.
Ihr Manuskript wurde von unserem Lektorat sorgfältig geprüft, leider entspricht es nicht der Art von Literatur, die wir derzeit suchen.
Wir wünschen Ihnen, dass Sie schon bald einen Verlag für diesen Text finden.

Mit freundlichen Grüßen
Sekretariat Literatur

PS: Ihr Manuskript liegt in unserem Haus einen Monat zur Abholung bereit. Sollten Sie eine Rücksendung per Post wünschen, schicken Sie uns bitte einen frankierten Rückumschlag zu.

1 Erste Voraussetzung für einen Schriftsteller

*Erste Voraussetzung für einen Schriftsteller
ist ein gutes Sitzfleisch.*

Dany Laferrière, *Tagebuch eines Schriftstellers im Pyjama*

1.
Dienstag, 11. September 2018

Der Wind ließ die Segel bei strahlend blauem Himmel flattern.

Die Jolle hatte kurz nach dreizehn Uhr an der Küste des Département Var abgelegt und sauste mit einer Geschwindigkeit von fünf Knoten in Richtung Île Beaumont. Ich saß in der Nähe des Ruders neben dem Skipper und berauschte mich an der Betrachtung des funkelnden goldenen Schimmers über dem Mittelmeer und an der verheißungsvollen Seeluft.

Am Morgen hatte ich meine Pariser Wohnung verlassen und war um sechs Uhr früh in den TGV nach Avignon gestiegen. Von der Papststadt aus war ich mit einem

Bus bis nach Hyères gefahren und von dort weiter mit einem Taxi zum kleinen Hafen Saint-Julien-les-Roses, der einzigen Anlegestelle, die Fährverbindungen zur Île Beaumont anbot. Wegen einer der vielen Verspätungen der Bahn hatte ich das einzige Schiff, das mittags fuhr, um fünf Minuten verpasst. Während ich, meinen Koffer im Schlepptau, auf dem Kai umherirrte, hatte mir der Kapitän eines niederländischen Segelschiffs, der es soeben startklar machte, um seine Fahrgäste von der Insel abzuholen, freundlicherweise angeboten, mich mitzunehmen.

Ich war kürzlich vierundzwanzig Jahre alt geworden und stand an einem Wendepunkt in meinem Leben. Zwei Jahre zuvor hatte ich eine Pariser Handelsschule mit meinem Diplom in der Tasche verlassen, mir jedoch keine meiner Ausbildung entsprechende Arbeit gesucht. Das Studium hatte ich nur absolviert, um meine Eltern zu beruhigen, verspürte allerdings keine Lust auf ein Leben, das von Betriebswirtschaft, Marketing oder Finanzen bestimmt sein würde. In den beiden zurückliegenden Jahren hatte ich mehrere kleine Jobs angenommen, um meine Miete bezahlen zu können, meine gesamte kreative Energie aber in das Schreiben eines Romans gesteckt, *Die Unnahbarkeit der Baumkronen,* der von zehn Verlagen abgelehnt worden war. Ich hatte alle Ablehnungsschreiben an die Pinnwand über meinem Schreibtisch gehängt. Bei jeder Nadel, die ich in den Kork steckte, glaubte ich sie mir ins Herz zu stechen, denn meine daraus resultierende Niedergeschlagenheit war ebenso groß wie meine Leidenschaft fürs Schreiben.

Zum Glück hielten diese depressiven Verstimmungen nie sehr lange an. Bisher war es mir immer wieder gelungen, mir einzureden, solche Fehlschläge seien das Vorzimmer zum Erfolg. Um mich auch wirklich davon zu überzeugen, hielt ich mich an berühmte Beispiele. Stephen King berichtete häufig, dreißig Verlage hätten sein Buch *Carrie* abgelehnt. Die Hälfte der Londoner Verleger beurteilte den ersten Band von *Harry Potter* als »viel zu umfangreich für Kinder«. Und bevor er der meistverkaufte Science-Fiction-Roman wurde, hatte *Der Wüstenplanet* von Frank Herbert etwa zwanzig Absagen erhalten. Was F. Scott Fitzgerald anbelangt, so tapezierte er anscheinend die Wände seines Büros mit den einhundertzwanzig Absagebriefen, die er von Zeitschriften bekam, denen er seine Erzählungen anbot.

2.

Aber diese Autosuggestion nach der Coué-Methode stieß allmählich an ihre Grenzen. Trotz aller Willenskraft fiel es mir schwer, weiterzuschreiben. Es war nicht das Leere-Blatt-Syndrom oder ein Mangel an Ideen, die mich lähmten. Es war der gefährliche Eindruck, beim Schreiben nicht voranzukommen und nicht mehr so genau zu wissen, wohin es gehen sollte. Ich hätte jemanden gebraucht, der meine Arbeit mit unvoreingenommenem Blick betrachtete. Zugleich wohlwollend und kompromisslos. Anfang des Jahres hatte ich mich zu einem Kurs in *Creative Writing* angemeldet, der von einem angesehenen Verlag organisiert wurde. Auf diesen Schreib-Workshop hatte ich große Hoffnungen gesetzt, war aber schnell desillusioniert worden. Der Autor, der den Kurs abhielt – Bernard Dufy, ein Romanschriftsteller, der seine Glanzzeit in den Neunzigerjahren erlebt hatte –, stellte sich selbst als *Goldschmied des Schreibstils* vor. »Ihre gesamte Arbeit muss sich um die *Sprache* drehen, nicht um die Geschichte«, wiederholte er immer wieder. »Die Erzählung hat nur die Funktion, der *Sprache* zu dienen. Ein Buch darf keinen anderen Zweck verfolgen, als die Suche nach der Form, dem Rhythmus, der Harmonie. Darin liegt die einzig mögliche Originalität, denn seit Shakespeare sind bereits alle Geschichten erzählt worden.«

Die tausend Euro, die ich für diesen Schreibkurs berappen musste – drei jeweils vierstündige Sitzungen –, hatten mich wütend gemacht und finanziell ruiniert. Vielleicht hatte Dufy ja recht, aber ich persönlich dachte genau das Gegenteil: Der Stil war kein Selbstzweck. Die wichtigste Qualität eines Schriftstellers war es, seine Leser durch eine gute Geschichte zu fesseln. Durch eine Erzählung, die ihn aus seinem Alltag zu reißen vermochte, um ihn ins Innerste und in die Wahrheit der Protagonisten zu versetzen. Der Stil war nur das Mittel, um die Schilderung lebendig und mitreißend zu gestalten. Im Grunde konnte mir die Meinung eines akademischen Schriftstellers wie Dufy gleichgültig sein. Die einzige Meinung, die ich gern eingeholt und die in meinen Augen Bedeutung gehabt hätte, wäre die meines ewigen Idols gewesen: meines Lieblingsschriftstellers Nathan Fawles.

Ich hatte seine Bücher gegen Ende meiner Teenagerjahre entdeckt, zu einer Zeit, als Fawles bereits seit Langem mit dem Schreiben aufgehört hatte. Seinen dritten Roman *Les Foudroyés* hatte mir Diane Laborie, meine feste Freundin in der Abiturklasse, geschenkt, als sie mit mir Schluss machte. Der Roman hatte mich stärker erschüttert als der Verlust einer Liebe, die keine gewesen war. Nach der Lektüre hatte ich mir seine ersten beiden Bücher besorgt: *Loreleï Strange* und *A Small American Town*. Seither hatte ich nichts vergleichbar Aufwühlendes mehr gelesen.

Fawles schien sich mit seinem einmaligen Schreibstil direkt an mich zu wenden. Seine Romane waren lebendig, intensiv. Auch wenn ich eigentlich niemandes Fan bin, hatte ich seine Bücher immer wieder gelesen, denn sie erzählten mir etwas über mich, über die Beziehung zu anderen, über die Schwierigkeit, das eigene Leben in den Griff zu bekommen, über die Verletzlichkeit der Menschen und die Fragilität unserer Existenz. Sie gaben mir Kraft und spornten mich zum Schreiben an.

In den Jahren, die auf Fawles' Rückzug folgten, hatten andere Autoren versucht, seinen Stil zu imitieren, seine Welt aufzugreifen, die Konstruktion seiner Geschichten zu kopieren oder seine Sensibilität nachzuahmen. Meiner Meinung nach war es jedoch niemandem gelungen, ihm das Wasser zu reichen. Es gab nur einen Nathan Fawles. Ob man ihn nun mochte oder nicht, man musste anerkennen, dass Fawles ein einzigartiger Autor war. Auch wenn man nicht wusste, von wem der Text stammte, reichte die Lektüre einer Seite, um ihn als Verfasser identifizieren zu können. Und nach meiner Meinung war das *der* wahre Hinweis auf Talent.

Auch ich hatte seine Romane eingehend analysiert, um das Rätsel seines Stils zu entschlüsseln, und versucht, ihren Geheimnissen auf die Spur zu kommen. Später war in mir der ehrgeizige Plan gereift, Kontakt zu ihm aufzunehmen. Obgleich ich mir keine Hoffnungen machte, eine Antwort zu erhalten, hatte ich ihm mehrfach über seinen Verlag in Frankreich und seinen Agenten in den Vereinigten Staaten geschrieben. Auch mein Manuskript hatte ich ihm geschickt.

Vor zehn Tagen dann entdeckte ich im Newsletter der offiziellen Website der Île Beaumont eine Stellenanzeige. Die kleine Buchhandlung der Insel, *La Rose Écarlate*, suchte einen Mitarbeiter. Sofort hatte ich mich per Mail um die Stelle beworben, und noch am selben Tag hatte mich Grégoire Audibert, der Besitzer der Buchhandlung, kontaktiert und mir via Facetime mitgeteilt, dass er meine Bewerbung annahm. Es handelte sich um einen auf drei Monate befristeten Job. Die Bezahlung war nicht umwerfend, aber Audibert sagte mir freie Unterkunft und zwei Mahlzeiten pro Tag im *Fort de Café* zu, einem der Restaurants am Ort.

Ich war begeistert, diesen Job zu bekommen, der mir, soweit ich das den Worten des Buchhändlers hatte entnehmen können, auch Zeit lassen würde, in einer inspirierenden Umgebung zu schreiben. Und der, davon war ich überzeugt, mir die Gelegenheit verschaffen würde, Nathan Fawles zu begegnen.

3.

Ein Manöver des Skippers verlangsamte das Tempo des Segelboots.

»Land in Sicht, geradeaus!«, rief er und deutete mit einer Kopfbewegung auf die Silhouette der Insel, die sich am Horizont abzeichnete.

Die Île Beaumont, eine Dreiviertelstunde mit dem Boot von der Küste des Département Var entfernt, hat die Form einer Mondsichel. Ein rund fünfzehn Kilometer langer und sechs Kilometer breiter Bogen. Die Insel wurde stets als ein unberührtes und geschütztes Schmuckstück gepriesen. Eine der Perlen des Mittelmeers, wo sich kleine Buchten mit türkisgrünem Wasser, Pinienwäldern und Sandstränden abwechselten. Wie die Côte d'Azur, nur ohne Touristen, Verschmutzung und Beton.

Während der letzten zehn Tage hatte ich alle Zeit der Welt, die einzige Broschüre zu studieren, die ich über die Insel finden konnte. Seit 1955 gehörte Beaumont einer diskreten italienischen Industriellenfamilie, den

Gallinaris, die Anfang der Sechzigerjahre wahnsinnige Summen in die Erschließung der Insel gesteckt hatten, groß angelegte Arbeiten zur Wasserversorgung und Erdaufschüttungen durchführen ließen, sodass aus dem Nichts einer der ersten Jachthäfen an der Küste entstanden war.

Im Laufe der Jahre war die Entwicklung der Insel nach einer klaren Richtlinie weitergeführt worden: Niemals sollte das Wohlergehen der Inselbewohner auf dem Altar einer angeblichen Modernität geopfert werden! Und für die Inselbewohner hatten die Bedrohungen zwei klar definierte Gesichter: Spekulanten und Touristen.

Zur Begrenzung der Bautätigkeiten hatte der Gemeinderat der Insel eine einfache Regel aufgestellt, die vorsah, die Gesamtzahl an Wasserzählern auf der Insel einzufrieren. Eine Strategie, die von der Praxis der Kleinstadt Bolinas in Kalifornien übernommen worden war. Ergebnis: Seit dreißig Jahren lag die Bevölkerungszahl bei rund tausendfünfhundert Bewohnern. Es gab auf Beaumont kein Immobilienbüro. Ein Teil der Immobilien wurde innerhalb der Familien weitergegeben und der Rest über Kooptation. Der Tourismus wurde mithilfe einer umsichtigen Kontrolle der Verbindungen zum Festland in Grenzen gehalten. In der Hochsaison gab es genau wie im Winter ein einziges Fährschiff – die berühmte *Téméraire*, ein wenig übertrieben als »Ferry« bezeichnet –, die täglich dreimal zwischen der Insel und dem Festland verkehrte und kein einziges Mal öfter: um 8 Uhr, 12:30 Uhr und 19 Uhr ging es vom Schiffsanleger auf Beaumont hinüber nach Saint-Julien-les-Roses. Alles lief noch nach alter Art ab – ohne vorherige Reservierung –, und die Inselbewohner hatten immer Priorität.

Genau gesagt, war Beaumont Touristen gegenüber nicht feindlich eingestellt, es wurde jedoch auch nichts Besonderes für sie getan. Auf der Insel gab es insgesamt drei Café-Bars, zwei Restaurants und einen Pub, aber kein Hotel, und Privatunterkünfte waren rar. Je mehr man jedoch die Leute davon abhielt hierherzukommen, desto geheimnisvoller erschien die Insel und entwickelte sich zu einem begehrten Ziel. Neben der örtlichen Bevölkerung, die hier das ganze Jahr über lebte, besaßen einige Reiche Ferienhäuser auf der Insel. Im Lauf der Jahrzehnte hatten sich Industrielle und auch ein paar Künstler für diesen ungewöhnlichen, idyllischen und heiteren Lebensraum begeistert. Dem Chef einer Hightechfirma und zwei oder drei Personen aus der Weinindustrie war es gelungen, Villen zu kaufen. Aber egal, wie bekannt oder reich sie waren, alle gaben sich diskret. Die Gemeinschaft sträubte sich nicht dagegen, neue Mitglieder aufzunehmen, solange diese die Werte akzeptierten, die schon immer auf Beaumont gegolten hatten. Die Neuankömmlinge erwiesen sich im Übrigen häufig als die striktesten Verteidiger »ihrer« Insel.

Diese Gesinnung, unter sich zu bleiben, rief viel Kritik hervor – um nicht zu sagen, sie erbitterte diejenigen, die ausgeschlossen waren. Anfang der Achtzigerjahre legte die sozialistische Regierung Bestrebungen an den Tag, Beaumont zurückzukaufen – offiziell, um die Insel zum Landschaftsschutzgebiet zu erklären, tatsächlich jedoch, um diesem Ausnahmezustand ein Ende zu bereiten. Dagegen hatte sich heftiger Widerstand erhoben, und die Regierung musste den Rückzug antreten. Seither hatten sich die Behörden damit arrangiert: Die Île Beaumont war ein besonderer Ort. Und so gab es, in unmittelbarer Nähe zur Küste des Département Var, ein kleines Paradies, umspült von kristallklarem Wasser. Ein Stückchen Frankreich, aber doch nicht wirklich Frankreich.

4.

Sobald ich an Land war, zog ich meinen Koffer über das Pflaster der Anlegestelle. Der Jachthafen war nicht sehr groß, aber gut ausgestattet, belebt und voller Charme. Die kleine Stadt entfaltete sich an der Bucht entlang, wodurch eine gewisse Ähnlichkeit mit einem Amphitheater entstand: stufenförmig ansteigende, farbige Häuser, die unter dem metallisch-blauen Himmel leuchteten. Ihr strahlender Glanz und ihre Anordnung erinnerten mich an die griechische Insel Hydra, die ich als Jugendlicher mit meinen Eltern besucht hatte. Aber als ich durch die schmalen und steilen Gassen bummelte, fühlte ich mich in das Italien der Sechzigerjahre zurückversetzt, und als ich weiter oben angekommen war, bemerkte ich zum ersten Mal die Strände und ihre weißen Dünen und dachte dabei an die weitläufigen Sandflächen von Massachusetts. Bei dieser ersten Begegnung mit der Insel, begleitet vom Widerhall meines Rollkoffers auf dem Pflaster der Hauptstraße, die ins Zentrum führte, wurde mir klar, dass die Einzigartigkeit und Magie von Beaumont aus dieser undefinierbaren Konstellation resultierte. Beaumont hatte etwas von einem Chamäleon. Die Insel war einmalig und ließ sich nicht einordnen, es war aussichtslos, sie analysieren oder begreifen zu wollen.

Rasch erreichte ich den Hauptplatz. Mit seiner Anmutung eines provenzalischen Dorfes schien dieser Platz einem Roman von Jean Giono entsprungen zu sein. Die Place des Martyrs war die Seele Beaumonts. Eine schattige Esplanade, eingerahmt von einem Uhrturm, einem Kriegerdenkmal, einem plätschernden Brunnen und einem Boule-Platz.

Unter den Weinlauben befanden sich direkt nebeneinander die beiden Restaurants der Insel: *Un Saint Jean Hiver* und *Le Fort de Café*. Auf der Terrasse des Letzteren erkannte ich die schroffen Gesichtszüge von Grégoire Audibert, der Artischocken mit Pfeffer-Vinaigrette aß. Er erinnerte an einen Lehrer der alten Schule: grau meliertes Spitzbärtchen, kurze Weste und langes, zerknittertes Leinensakko.

Auch der Buchhändler erkannte mich, lud mich großzügig an seinen Tisch ein und spendierte mir eine Limonade, als wäre ich zwölf Jahre alt.

»Ich sage es Ihnen lieber gleich: Ende des Jahres schließe ich die Buchhandlung«, verkündete er mir ohne Umschweife.

»Warum das?«

»Aus genau diesem Grund suche ich einen Angestellten: um Ordnung zu schaffen, die Buchhaltung zu erledigen und eine große Abschlussinventur zu machen.«

»Sie machen den Laden dicht?«

Er nickte, während er mit seinem Stück Brot einen Rest Olivenöl auftunkte.

»Aber warum?«

»Das Geschäft ist unrentabel geworden. Im Lauf der Jahre ist der Umsatz kontinuierlich zurückgegangen, und das wird sich auch nicht mehr ändern. Nun, Sie kennen die Geschichte ja: Die Obrigkeit lässt die Internetriesen, die in Frankreich keine Steuern zahlen, in aller Ruhe gedeihen.«

Der Buchhändler seufzte, schwieg einige Sekunden nachdenklich und fügte dann halb fatalistisch, halb provozierend hinzu:

»Und seien wir doch einmal realistisch: Warum sollte man es sich antun, in eine Buchhandlung zu gehen, wenn man sich mit drei Klicks auf dem iPhone ein Buch liefern lassen kann!«

»Aus vielerlei Gründen! Haben Sie versucht, einen Nachfolger zu finden?«

Audibert zuckte mit den Schultern.

»Das interessiert niemanden. Heute ist nichts unrentabler als Bücher. Meine Buchhandlung ist nicht die erste, die schließen muss, und wird auch nicht die letzte sein.«

Er schenkte sich den Rest aus der Weinkaraffe in sein Glas und leerte es in einem Zug.

»Ich zeige Ihnen jetzt *La Rose Écarlate*«, sagte er, während er seine Serviette zusammenlegte und aufstand.

Ich folgte ihm quer über den Platz bis zur Buchhandlung. Im sterbenslangweiligen Schaufenster waren Bücher ausgestellt, die dort offenbar seit Monaten Staub ansammelten. Audibert öffnete die Tür und ließ mich eintreten.

Auch innen war der Laden trostlos. Vorhänge nahmen dem Raum jegliches Licht. Die Regale aus Nussbaumholz hatten zwar eine besondere Note, enthielten jedoch nur klassische, schwer verdauliche, um nicht zu sagen snobistische Titel. Kultur in akademischer Reinform. So wie ich Audiberts Persönlichkeit einschätzte, stellte ich mir einen Moment lang vor, dass er wahrscheinlich einen Herzinfarkt bekäme, würde man ihn zwingen, Science-Fiction, Fantasy oder Mangas zu verkaufen.

»Ich zeige Ihnen Ihr Zimmer«, sagte er und deutete auf eine Holztreppe am Ende des Ladens.

Der Buchhändler hatte seine Wohnung im ersten Stock. Meine Bleibe lag im zweiten: ein Mansardenappartement, das sich über die gesamte Hauslänge erstreckte. Als ich die quietschenden Fenstertüren öffnete, erwartete mich die angenehme Überraschung einer Terrasse, die auf den Platz hinausging. Der spektakuläre Blick, der bis zum Meer reichte, hob meine Stimmung ein wenig. Ein Gewirr kleiner Gassen schlängelte sich zwischen den ockerfarbenen Steinbauten, die Patina angesetzt hatten, bis zum Ufer.

Nachdem ich meinen Koffer ausgepackt hatte, ging ich hinunter in die Buchhandlung zu Audibert, um zu erfahren, was genau er von mir erwartete.

»Das WLAN funktioniert nicht sehr gut«, teilte er mir mit und schaltete einen alten PC ein. »Man muss oft den Router im ersten Stock neu starten.«

Während der Computer hochfuhr, befüllte er eine Espressokanne und stellte sie auf eine kleine Kochplatte.

»Auch einen Kaffee?«

»Gern.«

Bis der Kaffee fertig war, spazierte ich durch den Laden. An der Kork-Pinnwand hinter der Theke hingen die alten *Livres-Hebdo*-Bestsellerlisten, die aus einer Zeit stammten, als Romain Gary noch schrieb (das ist kaum übertrieben …). Ich hatte Lust, die Vorhänge zurückzuziehen, die abgewetzten purpurroten Teppiche zu entfernen, die Regale und Präsentationstische neu zu ordnen.

Als hätte er meine Gedanken gelesen, erklärte Audibert:

»*La Rose Écarlate* gibt es seit 1967. Heute sieht man es der Buchhandlung nicht mehr an, aber sie war früher einmal eine echte Institution. Viele französische und ausländische Autoren kamen hierher, um Lesungen oder Signierstunden abzuhalten.«

Aus einer Schublade holte er sein in Leder gebundenes Gästebuch und reichte es mir zum Durchblättern. Auf den Fotos erkannte ich tatsächlich Michel Tournier, Jean-Marie Gustave Le Clézio, Françoise Sagan, Jean d'Ormesson, John Irving, John Le Carré und ... Nathan Fawles.

»Sie wollen die Buchhandlung wirklich schließen?«

»Ohne Bedauern«, bestätigte er. »Die Leute lesen nicht mehr, es ist einfach so.«

Ich differenzierte:

»Die Leute lesen vielleicht anders, aber sie lesen noch immer.«

Audibert schaltete die Kochplatte unter der zischenden Espressokanne aus.

»Kurz und gut, Sie verstehen schon, was ich sagen will. Ich spreche nicht von Unterhaltungsliteratur, ich spreche von *echter* Literatur.«

Natürlich, die berühmte »echte Literatur« ... Bei Menschen wie Audibert kam immer irgendwann der Moment, wo dieser Ausdruck – oder der des »echten Schriftstellers« – als Argument diente. Ich hingegen hatte niemals irgendjemandem das Recht erteilt, mir zu sagen, was ich lesen sollte oder nicht. Diese Art, sich zum Richter zu erheben, um zu entscheiden, was Literatur ist und was nicht, erschien mir grenzenlos anmaßend.

»Kennen Sie in Ihrem Umfeld viele echte Leser?«,

35

regte sich der Buchhändler auf. »Ich meine, intelligente Leser, die dem Lesen ernsthafter Bücher nennenswert viel Zeit widmen.«

Ohne meine Antwort abzuwarten, ereiferte er sich weiter:

»Unter uns gesagt, wie viele echte Leser gibt es in Frankreich noch? Zehntausend? Fünftausend? Vielleicht sogar weniger.«

»Ich finde, Sie sind sehr pessimistisch.«

»Aber nein! Man muss sich damit abfinden: Wir betreten eine literarische Wüste. Heute will zwar jeder Schriftsteller sein, aber niemand liest.«

Um aus dieser Unterhaltung herauszukommen, zeigte ich auf das Foto von Fawles, das im Album klebte.

»Kennen Sie Nathan Fawles?«

Audiberts Gesicht nahm einen misstrauischen Ausdruck an, und er runzelte die Stirn.

»Ein wenig. Also zumindest, soweit man Nathan Fawles kennen kann ...«

Er servierte mir eine Tasse Kaffee, der die Farbe und Konsistenz von Tinte hatte.

»Als Fawles 1995 oder 1996 hierherkam, um sein Buch zu signieren, setzte er das erste Mal den Fuß auf diese Insel. Er hat sich sofort in sie verliebt. Und ich habe ihm sogar dabei geholfen, sein Haus zu kaufen – *La Croix du Sud*. Aber in der Folgezeit hat sich unsere Beziehung sozusagen in Luft aufgelöst.«

»Kommt er gelegentlich noch in die Buchhandlung?«

»Nein, nie.«

»Falls ich ihn einmal sehe, glauben Sie, er wäre bereit, ein Buch für mich zu signieren?«

Audibert schüttelte seufzend den Kopf.

»Ich rate Ihnen wirklich, diesen Gedanken zu vergessen, sonst hätten Sie beste Chancen, einen Schuss aus seiner Flinte abzubekommen.«

**Interview mit Nathan Fawles bei der französischen
Nachrichtenagentur AFP**
AFP – 12. Juni 1999 (Auszug)

**Sie bestätigen also, dass Sie mit fünfunddreißig Jahren,
auf dem Höhepunkt Ihres Ruhms, Ihre Karriere als
Romanschriftsteller beenden wollen?**
Ja, dieses Kapitel ist für mich abgeschlossen. Seit zehn
Jahren schreibe ich ernsthaft. Zehn Jahre, in denen ich
jeden Morgen mit meinem Hintern auf einem Stuhl
sitze, den Blick auf die Tastatur gerichtet. Dieses Leben
will ich nicht mehr führen.

Ihre Entscheidung ist unwiderruflich?
Ja. Die Kunst währt lange, das Leben nur kurz.

**Letztes Jahr haben Sie allerdings angekündigt, an einem
neuen Roman zu arbeiten mit dem provisorischen Titel
Ein unbesiegbarer Sommer ...**
Das Projekt ist über den Status eines Entwurfs nicht hin-
ausgekommen, und ich habe es definitiv aufgegeben.

Welche Botschaft wollen Sie Ihren zahlreichen Lesern übermitteln, die auf Ihr nächstes Werk warten?

Sie sollten nicht länger warten. Ich werde keine Bücher mehr schreiben. Sie sollten andere Autoren lesen. Daran mangelt es nicht.

Ist Schreiben schwierig?

Ja, aber sicher weniger schwierig als viele andere Jobs. Das Komplizierte daran, das einem auch große Angst macht, ist die irrationale Seite des Schreibens: Nur weil man drei Romane geschrieben hat, bedeutet das nicht, dass man auch in der Lage ist, den vierten zu schreiben. Dafür gibt es keine Methoden, keine Regeln oder vorgezeichneten Wege. Jedes Mal, wenn man einen neuen Roman beginnt, ist es wieder ein Sprung ins Unbekannte.

Und was können Sie außer dem Schreiben denn sonst noch?

Angeblich kann ich ein sehr gutes Kalbsfrikassee zubereiten.

Glauben Sie, dass Ihre Romane der Nachwelt erhalten bleiben werden?

Hoffentlich nicht.

Welche Rolle kann die Literatur in der heutigen Gesellschaft spielen?

Ich habe mir diese Frage nie gestellt und auch nicht die Absicht, heute damit zu beginnen.

**Sie haben sich außerdem dazu entschlossen,
keine Interviews mehr zu geben?**

Ich habe schon viel zu viele gegeben ... Das ist eine irregeleitete Methode. Interviews sind etwas Künstliches, das nur der Werbung dient und ansonsten wenig Sinn macht. Meist – um nicht zu sagen, immer – werden die Äußerungen ungenau, verstümmelt und aus dem Zusammenhang gerissen wiedergegeben. Soviel ich auch darüber nachdenke, es war mir keine Befriedigung, meine Romane zu »erklären«, und noch weniger, Fragen zu meinen politischen Ansichten oder meinem Privatleben zu beantworten.

**Kennt man die Biografie der Schriftsteller, die man
bewundert, versteht man jedoch ihre Werke besser ...**

Genau wie Margaret Atwood denke ich, einen Schriftsteller kennenlernen zu wollen, weil man sein Buch liebt, ist in etwa so, als wollte man eine Ente kennenlernen, weil man gern Entenleberpastete isst.

**Aber ist es nicht legitim, wenn Leser den Wunsch
haben, einen Schriftsteller über den Sinn seiner Arbeit
zu befragen?**

Nein, das ist nicht legitim. Die einzige gerechtfertigte Beziehung zu einem Schriftsteller ist, seine Bücher zu lesen.

2 Schreiben lernen

Verglichen mit dem Beruf des Schriftstellers
scheint der des Jockeys eine sichere Angelegenheit.

John Steinbeck, *A Life in Letters*

1.
Eine Woche später
Dienstag, 18. September 2018

Mit gesenktem Kopf, die Hände um die Lenkstange geklammert, trat ich ein letztes Mal heftig in die Pedale, um den Gipfel am Ostende der Insel zu erreichen. Der Schweiß rann mir in großen Tropfen übers Gesicht. Mein Leihfahrrad schien eine Tonne zu wiegen, und die Riemen meines Rucksacks schnitten mir in die Schultern.

Es hatte nicht lange gedauert, bis auch ich mich in Beaumont verliebte. In den acht Tagen, die ich jetzt hier lebe, nutzte ich meine Freizeit, um die Insel in alle Richtungen abzufahren und mich mit ihrer Topografie vertraut zu machen.

Jetzt kannte ich die Nordküste Beaumonts, an der sich der Hafen, der Hauptort und die schönsten Strände befanden, fast auswendig. Die von Steilküsten und Felsen begrenzte Südküste war weniger gut zugänglich, unberührter, aber nicht minder attraktiv. Ich hatte mich erst ein einziges Mal dorthin gewagt, auf die Halbinsel Sainte-Sophie, um das gleichnamige Kloster zu entdecken, in dem noch etwa zwanzig Benediktinerinnen lebten.

Die Strada Principale, eine etwa vierzig Kilometer lange Straße, die die Insel umrundete, führte nicht zur Pointe du Safranier. Um dorthin zu gelangen, musste man nach dem letzten Strand im Norden, der Anse de l'Argent, zwei Kilometer lang einem schmalen, nicht asphaltierten Weg folgen, der durch einen Pinienwald führte.

Nach allem, was ich im Lauf der Woche herausgefunden hatte, befand sich der Eingang zum Anwesen von Nathan Fawles am Ende dieses Pfades, der den hübschen Namen Sentier des Botanistes trug. Als ich endlich dort ankam, fand ich lediglich ein Eisentor in einer hohen Umfassungsmauer aus Schiefersteinen vor. Es gab keinen Briefkasten und auch kein Namensschild. Das Haus hieß angeblich *La Croix du Sud – Kreuz des Südens*, aber auch das stand nirgendwo. Man wurde nur von diversen Schildern auf das Herzlichste empfangen: *Privatbesitz, Eintritt verboten, Bissiger Hund, Anwesen wird videoüberwacht* ... Es gab nicht einmal die Möglichkeit, zu klingeln oder auf irgendeine Weise seine Anwe-

44

senheit zu signalisieren. Die Botschaft war eindeutig: Egal, wer Sie sind, Sie sind hier nicht willkommen.

Ich ließ mein Fahrrad stehen und ging zu Fuß an der Umfassungsmauer entlang. An einer Stelle wich der Wald einer dichten Macchie aus Heidekraut, Myrte und wildem Lavendel. Nach fünfhundert Metern stieß ich auf eine Felswand, die ins Meer abfiel.

Mühsam kletterte ich an dem Kliff entlang, das ich an einer weniger steilen Stelle zu übersteigen vermochte. Nun folgte ich der Küste noch etwa fünfzig Meter und entdeckte dann endlich Nathan Fawles' Wohnsitz.

Die Villa war an einen Steilhang gebaut und schien förmlich mit dem Felsen zu verschmelzen. Das Gebäude bildete, ganz im Stil moderner Architektur, ein Parallelepiped, dem unbearbeitete Stahlbetonplatten ein Streifenmuster verliehen, und bestand aus drei Ebenen mit Terrassen, von denen eine Steintreppe direkt zum Meer führte. Wie bei einem Ozeandampfer wurde der Sockel von einer Reihe von Bullaugen durchbrochen. Die hohe und breite Tür ließ vermuten, dass er als Bootshaus diente. An einem Anleger aus Holz war ein Motorboot mit glänzendem Rumpf vertäut.

Während ich mich vorsichtig weiter über die Felsen vorwärtskämpfte, glaubte ich einen Schatten zu bemerken, der sich auf der mittleren Terrasse bewegte. Konnte das Fawles persönlich sein? Ich schirmte meine Augen mit der Hand ab, um die Gestalt besser erkennen zu können. Es handelte sich um einen Mann, der dabei war ... ein Gewehr auf mich zu richten.

2.

Ich hatte kaum Zeit, mich hinter einen Felsen zu werfen, als ein Schuss ertönte. Der laute Einschlag der Kugel vier oder fünf Meter entfernt hallte mir in den Ohren wider. Gut eine Minute war ich wie betäubt. Das Herz schlug mir zum Zerspringen. Ich zitterte am ganzen Leib, und Schweiß rann mir den Rücken hinunter. Audibert hatte nicht übertrieben. Fawles war völlig verrückt und schoss auf Eindringlinge, die sich auf sein Anwesen vorwagten, wie auf Tontauben. Ich blieb auf den Boden gepresst liegen und hielt den Atem an. Nach diesem ersten Warnschuss rief mir die Stimme der Vernunft zu, so schnell wie möglich von hier zu verschwinden. Ich beschloss jedoch, nicht zurückzuweichen. Im Gegenteil, ich stand auf und setzte meinen Weg Richtung Villa fort. Fawles befand sich nun eine Etage tiefer auf der erhöhten Betonplatte, die die Felsen beherrschte. Ein zweiter Schuss traf den Stamm eines Baumes, den der Wind gefällt hatte, und Splitter von totem Holz streiften mein Gesicht. Ich hatte in meinem ganzen Leben noch nie solche Angst gehabt. Verbissen sprang ich, beinahe gegen meinen Willen, weiter von einem Fels zum nächsten. Nathan Fawles, der Mann, dessen Romane ich so geliebt hatte, konnte doch kein potenzieller Mörder sein. Um mich eines Besseren zu belehren, ließ ein dritter Schuss den Staub fünfzig Zentimeter vor meinen Turnschuhen aufwirbeln.

Bald war ich nur noch wenige Meter von ihm entfernt.

»Hau ab! Du befindest dich auf einem Privatgrundstück!«, rief er von seiner Plattform zu mir herunter.

»Das ist doch kein Grund, auf mich zu schießen!«

»Für mich schon!«

Die Sonne blendete mich. Fawles' Gestalt zeichnete sich unwirklich im Gegenlicht ab. Mittelgroß, aber von kräftiger Statur, trug er einen Panamahut und eine bläulich reflektierende Sonnenbrille. Und er hielt noch immer sein Gewehr auf mich gerichtet, zum Schießen bereit.

»Was treibst du hier?«

»Ich wollte Sie sehen, Monsieur Fawles.«

Ich nahm meinen Rucksack ab, um das Manuskript von *Die Unnahbarkeit der Baumkronen* herauszuholen.

»Ich heiße Raphaël Bataille. Ich habe einen Roman geschrieben und wollte Sie bitten, ihn zu lesen und mir Ihre Meinung darüber zu sagen.«

»Ich habe mit deinem Roman nichts zu schaffen. Und du hast kein Recht, mich zu Hause zu belästigen.«

»Ich respektiere Sie viel zu sehr, um Sie zu belästigen.«

»Aber genau das tust du. Wenn du mich wirklich respektieren würdest, würdest du auch mein Recht respektieren, nicht gestört werden zu wollen.«

Ein wundervoller Hund – ein Golden Retriever mit hellem Fell – hatte sich auf der Terrasse zu Fawles gesellt und bellte in meine Richtung.

»Warum bist du weitergegangen, obwohl ich auf dich gezielt habe?«

»Ich wusste, dass Sie mich nicht töten würden.«

»Und warum sollte ich das nicht tun?«

»Weil Sie *Loreleï Strange* und *Les Foudroyés* geschrieben haben.«

Noch immer vom Gegenlicht geblendet, hörte ich ihn hämisch lachen.

»Wenn du glaubst, dass Schriftsteller die moralischen Tugenden besitzen, die sie ihren Romanfiguren geben, bist du wirklich naiv! Und sogar ein bisschen dämlich.«

»Hören Sie, ich wollte nur ein paar Ratschläge von Ihnen. Um besser schreiben zu lernen.«

»Noch nie hat ein Ratschlag einen Schriftsteller besser gemacht! Wenn du ein wenig Grips im Kopf hättest, hättest du das selbst begriffen.«

»Anderen ein wenig Aufmerksamkeit zu schenken schadet doch niemandem.«

»Keiner kann dir das Schreiben *beibringen*. Das ist etwas, was du ganz allein lernen musst.«

Nachdenklich ließ Fawles einen Moment in seiner Wachsamkeit nach, um den Kopf seines Hundes zu streicheln, bevor er fortfuhr:

»Gut, du wolltest meinen Rat, den hast du bekommen. Und jetzt verschwinde!«

»Darf ich Ihnen das Manuskript hierlassen?«, fragte ich, während ich die gebundenen Seiten aus meinem Rucksack zog.

»Nein, ich werde es nicht lesen. Keine Chance.«

»Verdammt, Sie sind wirklich schwierig!«

»Zum selben Preis werde ich dir aber noch einen weiteren Rat geben: Mach aus deinem Leben etwas anderes, als Schriftsteller werden zu wollen.«

»Das sagen mir meine Eltern auch ständig.«

»Schön, das beweist, dass sie weniger dämlich sind als du.«

3.

Ein plötzlicher Windstoß trieb eine Welle bis zu meinem Felsvorsprung. Um ihr zu entkommen, kletterte ich über eine weitere Felsgruppe, was mich noch näher an den Schriftsteller heranführte. Er hielt seine Pumpgun nun wieder im Anschlag. Eine Vorderschaft-Repetierflinte, eine Remington Wingmaster, wie man sie gelegentlich in alten Filmen sieht, auch wenn diese hier als Jagdgewehr konzipiert war.

»Wie war noch mal dein Name?«, fragte er, als die Welle sich zurückgezogen hatte.

»Raphaël, Raphaël Bataille.«

»Und wie alt bist du?«

»Vierundzwanzig.«

»Seit wann willst du schreiben?«

»Schon immer. Das ist das Einzige, was mich interessiert.«

Ich nutzte seine Aufmerksamkeit, um einen Monolog zu beginnen und ihm zu erklären, wie sehr das Lesen und Schreiben seit meiner Kindheit meine Rettungsanker gewesen waren, um die Mittelmäßigkeit und Absurdität der Welt auszuhalten. Wie ich mir, dank der Bücher, eine innere Festung errichtet hatte, die ...

»Willst du noch lange deine Klischees herunterleiern?«, unterbrach er mich.

»Das sind keine Klischees«, protestierte ich verärgert, während ich mein Manuskript wieder in meinen Rucksack steckte.

»Wenn ich heute so alt wäre wie du, hätte ich andere Ambitionen, als Schriftsteller werden zu wollen.«

»Warum?«

»Weil das Leben eines Schriftstellers nicht den geringsten Glamour hat.« Fawles seufzte. »Du lebst wie ein Zombie, einsam und von den anderen abgeschnitten. Du verbringst den Tag im Pyjama und verdirbst dir die Augen vor deinem Bildschirm, stopfst kalte Pizza in dich hinein und sprichst mit imaginären Personen, die dich schließlich verrückt machen. Du verbringst deine Nächte damit, Blut und Wasser zu schwitzen, um einen Satz zu formulieren, den drei Viertel deiner wenigen Leser nicht einmal bemerken werden. So sieht das Leben eines Schriftstellers aus.«

»Na ja, das ist ja nicht alles ...«

Fawles fuhr fort, als hätte er nichts gehört:

»Und das Schlimmste ist, dass du am Ende süchtig wirst nach diesem Scheißleben, weil du dich mit deinem Stift und deiner Tastatur der Illusion hingibst, ein Schöpfergott zu sein und die Realität notdürftig verbessern zu können.«

»Für Sie ist es leicht, das zu sagen. Sie haben alles gehabt.«

»Was habe ich gehabt?«

»Millionen Leser, Berühmtheit, Geld, Literaturpreise, Mädchen im Bett.«

»Ganz ehrlich, wenn du wegen des Geldes oder der Mädchen schreibst, dann entscheide dich für einen anderen Beruf.«

»Sie wissen schon, was ich sagen will.«

»Nein. Und ich weiß nicht einmal, warum ich hier überhaupt mit dir diskutiere.«

»Ich lasse Ihnen mein Manuskript da.«

Fawles protestierte, aber ohne Zeit zu verlieren, warf ich den Rucksack zu ihm hinüber auf die Terrasse.

Überrascht versuchte der Schriftsteller, zur Seite zu springen, um nicht getroffen zu werden. Sein rechter Fuß rutschte ab, und er stürzte auf den Felsen.

Er unterdrückte einen Schrei und versuchte sofort, wieder aufzustehen, wobei er einen Fluch ausstieß:

»Verdammter Mist! Mein Knöchel!«

»Das ist mir sehr peinlich. Ich helfe Ihnen.«

»Wage ja nicht, noch einen Schritt näher zu kommen! Wenn du mir helfen willst, verschwinde und lass dich hier nie wieder blicken!«

Er hob seine Waffe hoch und legte sie an. Dieses Mal zweifelte ich nicht mehr daran, dass er fähig wäre, mich auf der Stelle zu erschießen. Ich machte kehrt und flüchtete, rutschte nicht besonders würdevoll auf den Felsen aus und stützte mich mal mit der einen, mal mit der anderen Hand ab, nur um dem Zorn des Schriftstellers zu entkommen.

Während ich mich weiter entfernte, fragte ich mich, wie es sein konnte, dass Nathan Fawles sich so desillusioniert äußerte. Ich hatte viele Interviews gelesen, die er vor 1999 gegeben hatte. Bevor Fawles sich aus der Literaturszene zurückzog, hatte er sich nie lange bitten lassen, in den Medien präsent zu sein. Dort äußerte er sich stets wohlwollend und betonte seine Liebe zum Lesen und Schreiben. Was mochte sein Leben wohl dermaßen auf den Kopf gestellt haben?

Warum gab ein Mann auf dem Höhepunkt seines Ruhms plötzlich alles auf, was er gern tat, was ihn ausmachte und wovon er lebte, um sich in die Einsamkeit zurückzuziehen? Was war in Fawles' Leben aus dem Ruder gelaufen, dass er auf all das verzichtete? Eine schwere Depression? Ein Trauerfall? Eine Krankheit? Niemandem war es gelungen, diese Fragen zu beantworten. Irgendetwas sagte mir, falls es mir gelingen sollte, das Rätsel um Nathan Fawles zu lösen, würde ich es auch schaffen, meinen Traum zu verwirklichen, ein Buch zu veröffentlichen.

Wieder im Wald angekommen, schwang ich mich auf mein Fahrrad, um zurück auf die Straße und in die Stadt zu fahren. Mein Tag war ergiebig gewesen. Fawles mochte mir zwar nicht die Schreiblektion erteilt haben, die ich erwartet hatte, doch er hatte etwas Besseres getan: Er hatte mir ein großartiges Romanthema geliefert und die Energie, die ich brauchte, um mit dem Schreiben beginnen zu können.

3 Die Einkaufsliste der Schriftsteller

*Ich gehöre nicht zu jenen schlechten Schriftstellern,
die behaupten, sie schrieben nur für sich selber. Das
Einzige, was Schriftsteller für sich selber schreiben,
sind Einkaufszettel, die ihnen helfen, sich zu erinnern, was sie besorgen wollten, und die sie hinterher
wegwerfen können. Alles andere ... sind Botschaften,
die sich an jemand anderen richten.*

Umberto Eco, *Bekenntnisse eines jungen Schriftstellers*

1.

Drei Wochen später
Montag, 8. Oktober 2018

Nathan Fawles kam vor Sorge fast um.

Er lag halb ausgestreckt auf einem Sessel, der rechte
Fuß im Gipsverband ruhte auf einer mit Molton gepols-
terten Ottomane, und er fühlte sich völlig hilflos. Sein
Hund Bronco – das einzige Lebewesen, dessen Existenz
ihm auf Erden etwas bedeutete – war seit zwei Tagen
unauffindbar. Der Golden Retriever verschwand gele-

gentlich für ein oder zwei Stunden, aber niemals länger. Kein Zweifel: Ihm war etwas zugestoßen. Ein Unfall, eine Verletzung, eine Entführung.

Am Abend davor hatte Nathan mit seinem New Yorker Agenten Jasper Van Wyck telefoniert – eine seiner wenigen Verbindungen zur Außenwelt und fast schon so etwas wie ein Freund –, um ihn um seinen Rat zu bitten. Jasper hatte angeboten, alle Geschäftsleute von Beaumont anzurufen. Er hatte zudem von einem Mitglied seines Teams ein kleines Plakat erstellen lassen, das tausend Euro Finderlohn für den Hund versprach und das er per Mail an alle verschickte. Momentan blieb nur, abzuwarten und die Daumen zu drücken.

Nathan seufzte und betrachtete seinen eingegipsten Knöchel. Er hatte bereits jetzt Lust auf einen Whisky, obgleich es noch nicht einmal elf Uhr war. Seit zwanzig Tagen lebte er nun schon eingesperrt – und das alles nur wegen dieses Idioten Raphaël Bataille. Zuerst hatte er gedacht, es handle sich um eine einfache Verstauchung und er käme mit einer Kaltkompresse und ein paar Tabletten Paracetamol davon. Als er jedoch am Morgen nach dem Eindringen dieses Kerls aufwachte, hatte er bemerkt, dass alles sehr viel komplizierter war. Sein Knöchel war nicht nur stark geschwollen, sondern er hatte keinen Schritt mehr gehen können, ohne vor Schmerz zu schreien.

Also hatte er sich entschlossen, Jean-Louis Sicard anzurufen, den einzigen Arzt auf Beaumont und ein Original. Seit dreißig Jahren war er mit einem alten Mofa kreuz und quer auf der Insel unterwegs. Sicards Diagnose war nicht optimistisch. Die Bänder des Sprunggelenks waren ebenso gerissen wie die Gelenkkapsel, und auch eine Sehne war stark in Mitleidenschaft gezogen worden.

Sicard hatte ihm völlige Ruhe verordnet. Vor allem hatte er ihm einen Gipsverband verpasst, der beinahe bis zum Knie reichte und ihn seit drei Wochen völlig verrückt machte.

Fawles bewegte sich mit seinen Krücken wie ein Löwe im Käfig und schluckte Blutgerinnungshemmer. Zum Glück würde in weniger als vierundzwanzig Stunden die Erlösung eintreffen. Heute Morgen hatte er, der nur selten zum Telefon griff, sich in aller Früh zu einem Anruf bei dem alten Doktor durchgerungen, um sicherzugehen, dass dieser den Termin nicht vergaß. Fawles hatte sogar versucht, Sicard noch am selben Tag dazu zu bewegen, zu ihm zu kommen, aber dieser Versuch war gescheitert.

2.

Das Klingeln des Wandtelefons riss Fawles aus seiner Lethargie. Der Schriftsteller besaß weder ein Handy noch eine Mailadresse oder einen Computer. Nur einen alten Hörer aus Bakelit auf einem Gehäuse, das an einem Pfeiler zwischen Wohnzimmer und Küche hing. Fawles nutzte diesen Apparat nur, um Anrufe zu täti-

gen, persönlich nahm er keine entgegen, sondern über-
ließ das dem Anrufbeantworter im ersten Stock. Heute
jedoch verstieß er wegen des Verschwindens seines
Hundes gegen diese Gewohnheit. Er stand auf und
quälte sich auf Krücken zum Telefon.

Es war Jasper Van Wyck.

»Ich habe eine großartige Neuigkeit, Nathan: Man
hat Bronco gefunden!«

Fawles seufzte erleichtert.

»Geht es ihm gut?«

»Sehr gut«, versicherte Van Wyck.

»Wo wurde er gefunden?«

»Eine junge Frau hat ihn auf der Küstenstraße der
Halbinsel Sainte-Sophie bemerkt und zu *Ed's Corner*
gebracht.«

»Hast du Ed gebeten, mir Bronco zu bringen?«

»Das Mädchen besteht darauf, ihn selbst vorbeizu-
bringen.«

Nathan witterte sofort eine Falle. Die Halbinsel war
am anderen Ende von Beaumont, gegenüber der Pointe
du Safranier. Und wenn nun diese Frau seinen Hund
entführt hatte, um in seine Nähe zu kommen? Anfang
der Achtzigerjahre hatte eine Journalistin, Betty Eppes,
Salinger geködert, indem sie ihn über ihre Identität
belogen und eine alltägliche Unterhaltung mit ihm in
ein Interview verwandelt hatte, das sie anschließend
amerikanischen Zeitungen anbot.

»Wer genau ist diese Frau?«

»Mathilde Monney. Eine Schweizerin, glaube ich, die

auf der Insel Urlaub macht. Sie hat sich in einem Bed &
Breakfast in der Nähe des Benediktinerinnenklosters
eingemietet. Sie ist Journalistin bei *Le Temps* in Genf.«

Fawles seufzte. Sie konnte natürlich keine Floristin,
Metzgereiverkäuferin, Krankenschwester oder Pilotin
sein, sondern ausgerechnet eine Journalistin.

»Vergiss es, Jasper, ich habe ein ungutes Gefühl bei
der Sache.«

Er ballte seine Hand zur Faust und schlug gegen den
Holzpfosten. Er brauchte seinen Hund, und Bronco
brauchte ihn, aber er konnte ihn nicht mit dem Auto
abholen. Das war jedoch kein Grund, in eine Falle zu
tappen. Journalistin bei *Le Temps* ... Er erinnerte sich an
einen Korrespondenten dieser Zeitung, der ihn früher
einmal in New York interviewt hatte. Der Typ hatte sich
verständnisvoll gegeben, den Roman aber eigentlich
nicht verstanden. Das waren vielleicht die Schlimmsten: Journalisten, die eine positive Kritik schreiben,
ohne die Geschichte begriffen zu haben.

»Vielleicht ist es einfach ein Zufall, dass sie Journalistin ist«, meinte Jasper.

»Ein Zufall? Bist du bescheuert, oder machst du dich
über mich lustig?«

»Ach, weißt du, mach dir keinen Kopf, Nathan. Du
akzeptierst, dass sie zu *La Croix du Sud* kommt, du bekommst deinen Hund zurück und setzt sie auf der
Stelle wieder vor die Tür.«

Den Hörer in der Hand, massierte Fawles sich die
Schläfen, um noch ein paar Sekunden überlegen zu

können. Er fühlte sich mit seinem eingegipsten Knöchel verwundbar und hasste den Eindruck, einer Situation ausgeliefert zu sein, statt sie zu beherrschen.

»Einverstanden«, gab er dennoch nach. »Ruf sie an, ruf diese Mathilde Monney an. Sag ihr, sie soll am frühen Nachmittag kommen, und erklär ihr, wie sie zu mir findet.«

3.

Mittag. Nach zwanzigminütiger Überzeugungsarbeit war es mir gelungen, ein Exemplar des Mangas *Vertraute Fremde*, des Meisterwerks von Taniguchi, zu verkaufen, und ich hatte ein Lächeln auf den Lippen. In knapp einem Monat hatte ich es fertiggebracht, die Buchhandlung umzugestalten. Es war keine Metamorphose, eher eine Reihe kleiner, aber bedeutsamer Veränderungen: Der Raum war heller und luftiger geworden, der Empfang freundlicher. Ich hatte Audibert sogar die Erlaubnis abgerungen, einige Titel bestellen zu dürfen, die eher der Entspannung als dem Nachdenken dienten. Kleine Signale, die alle in dieselbe Richtung wiesen: Kultur konnte *auch* Spaß machen.

Ich musste zugeben, der Buchhändler hatte mir wirklich freie Hand gelassen. Er mischte sich nicht ein und zeigte sich selten in seinem Laden, verließ seine Wohnung in der ersten Etage nur, um draußen auf dem Platz etwas zu trinken. Als ich mich in die Buchhaltung vertiefte, wurde mir klar, dass er das Bild viel zu schwarz gemalt hatte. Die Situation der Buchhandlung war keineswegs katastrophal. Der Laden gehörte Audibert, der wie viele Händler auf Beaumont eine großzügige Subvention durch die Gallinari AG erhielt, der Eigentümerin der Insel. Mit etwas gutem Willen und Engagement war es möglich, der Buchhandlung ihren Glanz zurückzugeben und sogar, so mein Traum, wieder Autoren anzulocken.

»Raphaël?«

Peter McFarlane, der Inhaber der Bäckerei am Platz, steckte den Kopf zur Tür herein. Ein sympathischer Schotte, der vor fünfundzwanzig Jahren seine Insel für eine andere Insel verlassen hatte. Seine Bäckerei war berühmt für ihre Pissaladière, die berühmten mediterranen Zwiebelkuchen, und ihre Fougassette, die provenzalischen Brotfladen. Die Bäckerei nannte sich *Bread Pit* und folgte damit einer etwas lächerlichen Tradition, die so gar nicht zu der schicken Seite Beaumonts passte, an der die Leute aber sehr zu hängen schienen: Jedes Geschäft musste einen Namen führen, der auf einem Wortspiel beruhte. Nur einige Griesgrame wie Ed hatten sich geweigert, dabei mitzumachen.

»Kommst du auf einen Aperitif mit?«, fragte Peter.

Jeden Tag lud mich jemand zu der Zeremonie des Aperitifs ein. Schlag zwölf Uhr setzten sich die Leute auf die Terrassen, um einen Pastis oder ein Glas Terra dei Pini zu genießen, den Weißwein, der der ganze Stolz der Insel war. Anfangs fand ich das ein bisschen eigenartig, war jedoch sehr schnell auf den Geschmack gekommen. Auf Beaumont kannte jeder jeden. Wohin man auch ging, man begegnete einem bekannten Gesicht und unterhielt sich kurz. Die Menschen nahmen sich hier Zeit, um zu leben und miteinander zu sprechen, und für mich, der stets im Grau, der Aggressivität und der Umweltverschmutzung der Pariser Region gelebt hatte, war das etwas völlig Neues.

Ich setzte mich mit Peter auf die Terrasse des *Fleurs du Malt*. Mit scheinbar gleichgültiger Miene blickte ich mich um, auf der Suche nach einer blonden jungen Frau. Einer Kundin der Buchhandlung, die ich am Vortag getroffen hatte. Sie hieß Mathilde Monney. Sie machte Urlaub auf Beaumont und hatte ein Zimmer in einem Haus neben dem Benediktinerinnenkloster gemietet. Sie kaufte bei mir die drei Romane von Nathan Fawles, die sie jedoch bereits gelesen hatte, wie sie mir versicherte. Sie war intelligent, witzig, strahlend. Wir unterhielten uns zwanzig Minuten lang, und ich hatte mich noch immer nicht davon erholt. Seither ging mir der Gedanke nicht aus dem Kopf, sie wiedersehen zu wollen.

Das einzige Problem der letzten Wochen war, dass ich nur wenig geschrieben hatte. Mein Projekt über das Mysterium um Nathan Fawles – das ich *Ein Wort, um dich zu retten* getauft hatte – kam nur zögerlich voran. Es fehlte mir an Stoff, und meine Hauptperson entzog sich mir. Ich hatte mehrere Mails an Fawles' Agenten Jasper Van Wyck geschrieben, natürlich ohne eine Antwort zu

bekommen. Ich hatte die Menschen auf der Insel befragt, jedoch von niemandem etwas erfahren, was ich
nicht ohnehin schon wusste.

»Was ist das für eine verrückte Geschichte?«, fragte
Audibert, der sich, ein Glas Rosé in der Hand, zu uns
gesellte.

Der Buchhändler sah besorgt aus. Seit zehn Minuten
verbreitete sich ein Gerücht auf dem Platz, auf den
immer mehr Leute strömten. Man erzählte sich, zwei
niederländische Wanderer hätten eine Leiche am Tristana Beach gefunden, dem einzigen Strand an der süd-
westlichen Küste der Insel. Der Ort war großartig, aber
gefährlich. Bereits 1990 waren dort zwei Jugendliche
ums Leben gekommen, die in der Nähe der Steilfelsen
gespielt hatten. Ein Unfall, der die Inselbewohner trau-
matisierte. Hinter den kleinen Gruppen, in denen dis-
kutiert wurde, bemerkte ich Ange Agostini, einen der
Polizisten der Gemeinde, der soeben den Platz verließ.
Instinktiv folgte ich ihm durch die Gassen und holte ihn
in dem Moment ein, als er seinen am Hafen geparkten,
dreirädrigen Kleintransporter erreichte.

»Sie fahren zum Tristana Beach, nicht wahr? Kann
ich mitkommen?«

Agostini drehte sich um, etwas überrascht, mich zu
sehen. Er war ein großer, kahlköpfiger Typ. Ein sympathischer Korse, begeisterter Leser von Kriminalroma-
nen und Fan der Coen-Brüder, dem ich meine Lieb-
lings-Simenons empfohlen hatte: *Die Selbstmörder; Der
Mann, der den Zügen nachsah; Das blaue Zimmer* ...

»Steig ein, wenn du willst«, antwortete der Korse schulterzuckend.

Mit einer Geschwindigkeit zwischen dreißig und vierzig Stundenkilometern zuckelte der Piaggio Ape auf der Strada Principale dahin. Agostini sah beunruhigt aus. Die Nachrichten, die er auf seinem Mobiltelefon erhalten hatte, waren alarmierend und legten nahe, dass es sich eher um einen Mord als um einen Unfall handelte.

»Das ist unvorstellbar«, murmelte er, »es kann doch auf Beaumont keinen Mord geben.«

Ich verstand, was er sagen wollte. Es gab auf Beaumont keine nennenswerte Kriminalität. Praktisch keine Übergriffe und nur wenige Diebstähle. Die Menschen fühlten sich hier so sicher, dass sie ihre Schlüssel in der Eingangstür stecken ließen oder den Kinderwagen mit ihrem Baby draußen vor einem Laden abstellten. Die örtliche Polizei umfasste nur vier oder fünf Personen, und der Großteil ihrer Arbeit bestand darin, mit der Bevölkerung im Gespräch zu bleiben, Kontrollgänge durchzuführen und defekte Sicherheitssysteme zu melden.

4.

Mühsam wand sich die Straße an der zerklüfteten Küste entlang. Der dreirädrige Kleintransporter brauchte gut zwanzig Minuten bis zum Tristana Beach. Nach einer

Kurve konnte man gelegentlich große weiße Villen hinter mehreren Hektar Kiefernwald eher erahnen als sehen.

Plötzlich veränderte sich die Landschaft grundlegend und machte einer wüstenartigen Ebene oberhalb eines schwarzen Sandstrands Platz. Hier hatte Beaumont mehr Ähnlichkeit mit Island als mit Porquerolles.

»Was ist denn das für ein Mist?«

Das Gaspedal durchgedrückt – bergab und auf gerader Strecke erreichte der Piaggio Ape eine Geschwindigkeit von nahezu vierzig Stundenkilometern –, deutete Ange Agostini auf die etwa zehn Autos, die die Straße versperrten. Als wir uns näherten, wurde die Situation klarer. Der Bereich war durch Polizisten vom Festland komplett abgeriegelt. Agostini parkte sein Fahrzeug auf dem Seitenstreifen und lief am Rand des mit Plastikbändern markierten Areals entlang. Ich verstand überhaupt nichts. Wie konnten so viele Leute – offensichtlich von der Kripo in Toulon, aber auch ein Wagen der Kriminaltechnik stand dort – so schnell diesen unwirtlichen Teil der Küste erreicht haben? Woher kamen ihre drei Fahrzeuge mit amtlichem Emblem? Warum hatte niemand gesehen, wie sie vom Hafen aus losgefahren waren?

Ich mischte mich unter die Schaulustigen und lauschte ihren Unterhaltungen. Nach und nach konnte ich den Ablauf des Vormittags nachvollziehen. Gegen acht Uhr hatte ein niederländisches Studentenpaar, das hier wild campte, die Leiche einer Frau entdeckt. Sie hatten sofort das Kommissariat von Toulon angerufen, das die Genehmigung erhalten hatte, das Luftkissenboot vom Zoll zu benutzen und eine Armada von Polizisten und drei Fahrzeuge auf die Insel zu schicken. Um möglichst wenig Aufsehen zu erregen, waren die Beamten direkt an der Betonplatte von Saragota, etwa zehn Kilometer von hier entfernt, an Land gegangen.

Ich entdeckte Agostini ein Stück weiter auf einem kleinen Erdhügel am Straßenrand. Er schien zugleich aufgewühlt und auch ein wenig gedemütigt zu sein, den Schauplatz des Verbrechens nicht betreten zu dürfen.

»Weiß man, wer das Opfer ist?«, fragte ich.

»Noch nicht, aber allem Anschein nach ist es niemand von der Insel.«

»Warum ist die Polizei so schnell und so zahlreich hier aufgetaucht? Warum haben sie niemanden benachrichtigt?«

Der Korse betrachtete abwesend sein Mobiltelefon.

»Wegen der Art des Verbrechens. Und wegen der Fotos, die das Paar geschickt hat.«

»Die Niederländer haben Fotos gemacht?«

Agostini nickte.

»Sie wurden ein paar Minuten lang auf Twitter verbreitet, bevor sie wieder gelöscht wurden. Aber es gibt noch Screenshots.«

»Kann ich sie sehen?«

»Ehrlich gesagt, rate ich dir davon ab, das ist kein Anblick für einen Buchhändler.«

»Unsinn! Ich hätte sie ebenso gut auf meinem Twitter-Account sehen können.«

»Wie du willst.«

Er reichte mir sein Mobiltelefon, und bei dem Anblick wurde mir übel. Man sah die Leiche einer Frau. Es fiel mir schwer, ihr Alter zu schätzen, so sehr war ihr Gesicht durch Verletzungen entstellt. Ich versuchte zu schlucken, aber meine Kehle war wie gelähmt. Der nackte Körper schien an den Stamm eines riesigen Eukalyptusbaums genagelt worden zu sein. Ich zoomte das Foto auf dem Touchscreen heran. Die Frau war nicht mit Nägeln an den Stamm geschlagen worden, sondern mit Stemmeisen oder Steinmetzwerkzeugen, die ihre Knochen gebrochen hatten und sich in ihr Fleisch bohrten.

5.

Am Steuer ihres Pick-ups fuhr Mathilde Monney durch den Wald, der sich bis zur Pointe du Safranier erstreckte. Hinten im Auto auf der offenen Ladefläche saß Bronco und betrachtete kläffend die Landschaft. Es war angenehm mild. Der Geruch der Meeresbrise mischte sich mit dem Duft von Eukalyptus und Pfefferminze. Die goldbraunen herbstlichen Sonnenreflexe bahnten sich einen Weg zwischen den Ästen der Pinien und Steineichen hindurch.

Vor der Umfassungsmauer aus Schieferbruchsteinen

angekommen, stieg Mathilde aus dem Auto und folgte den Anweisungen, die Jasper Van Wyck ihr übermittelt hatte. Neben dem Eisentor verbarg sich hinter einem Stein, der dunkler war als die anderen, eine Gegensprechanlage. Mathilde klingelte, um sich anzukündigen. Sie hörte ein Rauschen, dann öffnete sich das Tor.

Sie stieg wieder in ihren Wagen und wagte sich ins Innere eines großen verwilderten Parks. Ein unbefestigter Weg führte zwischen den Bäumen hindurch und dann an einem steilen Hang entlang. Mammutbäume, Ginster- und Lorbeerbüsche bildeten eine dichte Vegetation. Plötzlich tauchte gleichzeitig mit dem Meer Fawles' Haus auf: ein geometrisch geformtes Gebäude aus ockerfarbenem Stein, Glas und Beton.

Kaum hatte sie den Pick-up neben dem Fahrzeug geparkt, das offenbar dem Schriftsteller gehörte – einem Mini Moke in Tarnfarbe mit einem Lenkrad und Armaturenbrett aus lackiertem Holz –, als der Golden Retriever auch schon aus dem Wagen sprang, um zu seinem Herren zu laufen, der ihn vor der Tür erwartete.

Der Schriftsteller, auf eine Krücke gestützt, war überglücklich, seinen Gefährten wiederzusehen. Mathilde näherte sich. Sie hatte sich vorgestellt, es mit einer Art Höhlenmensch zu tun zu bekommen: einem ungehobelten, wild lebenden Alten in Lumpen mit zerzaustem Haar und einem zwanzig Zentimeter langen Bart. Der Mann vor ihr war jedoch frisch rasiert. Er trug das Haar kurz geschnitten, ein himmelblaues Poloshirt aus Leinen in der Farbe seiner Augen und eine Stoffhose.

»Mathilde Monney«, stellte sie sich vor und reichte ihm die Hand.

»Danke, dass Sie mir Bronco zurückgebracht haben.«

Sie kraulte den Kopf des Hundes.

»Es macht Freude, dieses Wiedersehen zu erleben.«

Mathilde deutete auf die Krücke und den eingegipsten Knöchel.

»Das ist hoffentlich nicht zu schlimm.«

Fawles schüttelte den Kopf.

»Morgen wird es nur noch eine schlechte Erinnerung sein.«

Sie zögerte, dann sagte sie:

»Sie werden sich nicht mehr daran erinnern, aber wir sind uns bereits einmal begegnet.«

Misstrauisch trat er einen Schritt zurück.

»Ich glaube nicht.«

»Doch, es ist schon lange her.«

»Bei welcher Gelegenheit?«

»Das lasse ich Sie raten.«

6.

Fawles wusste, dass er sich später sagen würde, dies sei genau der Moment gewesen, in dem er alles hätte beenden müssen. In dem er einfach, wie mit Van Wyck vereinbart, »Danke und Auf Wiedersehen!« hätte sagen sollen, um sich dann in sein Haus zurückzuziehen. Stattdessen schwieg er. Stoisch blieb er vor der Tür stehen, wie hypnotisiert von Mathilde Monney. Sie trug ein kurzes Strickkleid im Jacquardmuster, eine Perfecto-Lederjacke und hochhackige Sandalen mit dünnen Riemchen, die mit einer Schnalle über dem Knöchel geschlossen waren.

Er würde nicht den Anfang des Romans *Die Schule der Empfindsamkeit* nachspielen – »Es war wie eine Erscheinung« –, aber einen langen Moment ließ er sich berauschen von dieser undefinierbaren Sensibilität, der Energie und Strahlkraft, die von der jungen Frau ausgingen.

Es war ein kontrollierter Rausch, eine liebenswerte Trunkenheit, die er sich zugestand, ein Schuss Blond und der wärmende Gelbton eines Getreidefelds. Nicht einen Moment zweifelte er daran, den Lauf der Dinge zu beherrschen und diesen Zauber mit einem Fingerschnipsen beenden zu können, sobald er es wollte.

»Auf dem Plakat wurde eine Belohnung von tausend Euro versprochen, aber ich glaube, ich würde mich mit einem Eistee zufriedengeben«, sagte Mathilde lächelnd.

Fawles wich dem Blick aus den grünen Augen der jungen Frau aus und erklärte halbherzig, er habe schon lange nicht mehr eingekauft, da er sich nicht fortbewegen könne. Seine Vorratsschränke seien daher leer.

»Ein Glas Wasser tut es auch«, beharrte sie. »Es ist heiß.«

Im Allgemeinen war er ziemlich begabt darin, Menschen instinktiv einzuschätzen, und oft war sein erster Eindruck richtig. Hier hingegen war er verloren und wurde von widersprüchlichen Empfindungen verunsichert. In seinem Kopf schrillte eine Alarmglocke, die ihn vor Mathilde warnte. Aber wie sollte er der nicht greifbaren und geheimnisvollen Verheißung widerstehen, die sie in sich trug? Ein diffuser Lichthof, sanft wie die Oktobersonne.

»Kommen Sie herein«, sagte er schließlich.

7.

Blau, so weit das Auge reichte.

Mathilde war überrascht über das Licht, das im Inneren des Hauses herrschte. Vom Eingang aus kam man direkt in den Salon, auf den ein Esszimmer und die Küche folgten. Die drei Räume hatten riesige Fensterfronten zum Meer hin und vermittelten den Eindruck, auf den Wellen zu treiben. Während Fawles in die Küche ging, um ihnen zwei Gläser Wasser zu holen, verfiel Mathilde dem Zauber des Ortes. Das Geräusch der Brandung tat ein Übriges; sie fühlte sich wohl hier. Die Schiebefenster und -türen, die in der Wand verschwanden, hoben die Trennung zwischen innen und außen auf, sodass man nicht mehr genau wusste, ob man sich nun im Haus befand oder draußen. In der Mitte des Salons zog ein von der Decke hängender Kaminofen die Blicke auf sich, eine offene Treppe aus geschliffenem Beton führte in den ersten Stock.

Mathilde hatte sich diesen Ort wie ein finsteres

Schlupfloch vorgestellt, sich aber auf der ganzen Linie getäuscht. Fawles war nicht auf die Île Beaumont gekommen, um sich zu vergraben, sondern ganz im Gegenteil, um dem Himmel, dem Meer und dem Wind nahe zu sein.

»Darf ich einen Blick auf die Terrasse werfen?«, fragte sie, als Fawles ihr ein Glas reichte.

Der Schriftsteller antwortete nicht, sondern begnügte sich damit, seinen Gast auf die Schieferplatten zu begleiten, die den Eindruck vermittelten, ins Leere zu treten. Als Mathilde sich dem Rand näherte, wurde sie von einem Schwindel ergriffen. Auf dieser Höhe verstand sie die Architektur des Hauses, das sich, mit der Rückseite an der Felswand, über drei Etagen erhob, wobei die Terrasse, auf der sie standen, sich auf dem mittleren Niveau befand. Die Betonplatten waren auskragend verlegt, sodass jede zugleich als Boden- und Dachplatte diente. Mathilde beugte sich vor, um mit dem Blick der Steintreppe zu folgen, die auf die Terrasse der unteren Etage führte. Von dort aus gewährte ein kleiner Schiffsanleger direkten Zugang zum Meer und diente als Ankerplatz für ein wunderschönes Riva Aquarama mit einem Rumpf aus lackiertem Holz, dessen Chromteile in der Sonne funkelten.

»Man hat wirklich den Eindruck, auf einer Schiffsbrücke zu stehen.«

»Ja« – Fawles winkte ab –, »auf einem Schiff, das nirgendwo hinfährt und immer am Kai liegt.«

Einige Minuten lang unterhielten sie sich, dann begleitete Fawles sie wieder zurück ins Haus, und Mathilde, die wie in einem Museum umherging, näherte sich einem Regal, auf dem eine Schreibmaschine stand.

»Ich dachte, Sie schreiben nicht mehr«, fragte sie und deutete mit einer Kopfbewegung darauf.

Fawles strich über die Rundungen der Maschine – ein schönes mandelgrünes Modell aus Bakelit der Firma Olivetti.

»Sie ist nur Deko. Sie hat übrigens auch kein Farbband mehr«, sagte er und drückte auf die Tasten. »Und wissen Sie, es gab zu meiner Zeit bereits Laptops.«

»Sie haben also nicht auf dieser Maschine Ihre ...«

»Nein.«

Sie sah ihn herausfordernd an.

»Ich bin sicher, dass Sie noch schreiben.«

»Da täuschen Sie sich. Ich habe nicht mehr den geringsten Satz geschrieben, nicht einmal irgendeine Randbemerkung in ein Buch, keine noch so kleine Einkaufsliste.«

»Ich glaube Ihnen nicht. Man beendet nicht von heute auf morgen eine Aktivität, die jeden einzelnen Tag strukturiert hatte und die ...«

Fawles fiel ihr verärgert ins Wort:

»Einen Moment lang dachte ich, Sie wären nicht wie die anderen und würden das Thema nicht anschneiden, aber da habe ich mich wohl getäuscht. Sie stellen Nachforschungen an, stimmt's? Sie sind als Journalistin hier, um einen kleinen Artikel über ›Das Rätsel um Nathan Fawles‹ zu schreiben.«

»Nein, ich schwöre Ihnen, das stimmt nicht.«

Der Schriftsteller deutete auf die Tür.

»Gehen Sie jetzt! Ich kann die Leute nicht daran hindern, sich alles Mögliche vorzustellen, aber das Rätsel Fawles ist eben, dass es kein Rätsel gibt, verstehen Sie? Das können Sie gern in Ihrer Zeitung schreiben.«

Mathilde rührte sich nicht vom Fleck. Fawles hatte sich nicht sehr verändert, seit sie ihm das erste Mal begegnet war. Er war so, wie sie sich an ihn erinnerte: aufmerksam, zugänglich, aber direkt. Und ihr wurde klar, dass sie diese Möglichkeit nicht wirklich in Betracht gezogen hatte: dass Fawles *noch immer* Fawles war.

»Unter uns gesagt, fehlt es Ihnen nicht?«

»Täglich zehn Stunden vor einem Bildschirm zu sitzen? Nein. Ich verbringe sie lieber im Wald oder gehe mit meinem Hund spazieren.«

»Ich glaube Ihnen noch immer nicht.«

Fawles schüttelte seufzend den Kopf.

»Hören Sie auf, das alles so sentimental zu betrachten. Es waren einfach nur Bücher.«

»*Nur* Bücher? Und das sagen Sie?«

»Ja, und unter uns gesagt, Bücher, die noch dazu bei Weitem überbewertet wurden.«

Mathilde fuhr fort zu fragen:

»Und was fangen Sie heute mit Ihren Tagen an?«

»Ich meditiere, ich trinke, ich koche, ich trinke, ich schwimme, ich trinke, ich unternehme lange Spaziergänge, ich …«

»Lesen Sie?«

»Gelegentlich ein paar Krimis und Bücher über die Geschichte der Malerei oder über Astronomie. Ich lese einige Klassiker erneut, aber das ist alles nicht wichtig.«

»Warum nicht?«

»Unser Planet ist zum Tollhaus geworden, große Teile der Welt werden von Kriegen heimgesucht, die Leute wählen blindwütige Irre und verblöden durch die sozialen Netzwerke ... und überall auf der Welt kracht es, also ...«

»Ich sehe da keinen Zusammenhang.«

»... also glaube ich, dass es wichtigere Dinge gibt, als zu wissen, warum Nathan Fawles vor zwanzig Jahren mit dem Schreiben aufgehört hat.«

»Die Leser lesen Ihre Bücher weiterhin.«

»Was wollen Sie, ich kann sie nicht daran hindern. Und Sie wissen sehr gut, dass der Erfolg auf einem Missverständnis beruht. Marguerite Duras hat das gesagt, nicht wahr? Oder war es Malraux? Ab dreißigtausend verkauften Exemplaren ist es ein Missverständnis ...«

»Schreiben Ihnen Ihre Leser auch?«

»Es scheint so. Mein Agent sagt, dass er viel Post für mich bekommt.«

»Lesen Sie diese Post?«

»Machen Sie Witze?«

»Warum nicht?«

»Weil mich das nicht interessiert. Als Leser käme ich nie auf die Idee, einem Autor zu schreiben, dessen Bücher mir gefallen. Mal ehrlich, könnten Sie sich vorstellen, an James Joyce zu schreiben, weil Sie *Finnegans Wake* lieben?«

»Nein. Denn erstens ist es mir nie gelungen, mehr als zehn Seiten dieses Buches zu lesen, und zweitens ist James Joyce etwa vierzig Jahre vor meiner Geburt gestorben.«

Fawles schüttelte den Kopf.

»Hören Sie, ich danke Ihnen, dass Sie mir meinen Hund zurückgebracht haben, aber es wäre besser, wenn Sie jetzt gehen.«

»Ja, das glaube ich auch.«

Er begleitete sie zu ihrem Wagen. Sie verabschiedete sich von dem Hund, aber nicht von Fawles. Er sah ihr beim Rangieren zu, zugleich hypnotisiert von einer gewissen Anmut, die in all ihren Bewegungen lag, und zufrieden darüber, sie endlich losgeworden zu sein. Als sie gerade anfahren wollte, nutzte er das geöffnete Fenster, um zu versuchen, den Alarm auszuschalten, der weiterhin in seinem Kopf schrillte.

»Sie haben vorhin gesagt, wir wären uns vor langer Zeit bereits einmal begegnet. Wo war das?«

Ihre grünen Augen sahen ihn durchdringend an.

»Im Frühjahr 1998 in Paris. Ich war vierzehn Jahre alt. Sie haben der Jugendhilfeeinrichtung einen Besuch abgestattet. Sie haben mir damals sogar eine Widmung in ein Exemplar der englischen Originalausgabe von *Loreleï Strange* geschrieben.«

Fawles zeigte keinerlei Reaktion, als würde er sich nicht daran erinnern oder lediglich vage.

»Ich hatte *Loreleï Strange* bereits gelesen«, fuhr Mathilde fort. »Das Buch hat mir sehr geholfen, und ich hatte weder den Eindruck, es sei überbewertet worden, noch, dass das, was ich der Lektüre entnommen hatte, auf irgendein Missverständnis zurückzuführen wäre.«

Toulon, 8. Oktober 2018

ABTEILUNG »STAATLICHE MARITIME
SCHUTZAUFGABEN«
ERLASS DES PRÄFEKTEN Nr. 287/2018

**Bezüglich der vorübergehenden Einrichtung einer
Verbotszone für die Schifffahrt und alle nautischen
Aktivitäten hin zur und im Umkreis der Île Beaumont
(Var).**
Der Vizeadmiral des Geschwaders Édouard Lefébure,
Meerespräfekt für das Mittelmeer

UNTER HINWEIS AUF die Artikel 131-13-1 und R 610–5
des Strafgesetzbuches,
UNTER HINWEIS AUF das Seeverkehrsgesetzbuch, ins-
besondere die Artikel L5242–1 und L5242–2,
UNTER HINWEIS AUF das geänderte Dekret 2007–1167
vom 2. August 2007 bezüglich der Fahrerlaubnis und der
Ausbildung zur Führung motorisierter Jachten,
UNTER HINWEIS AUF das Dekret Nr. 2004–112 vom

6. Februar 2004 bezüglich der Organisation staatlicher maritimer Schutzaufgaben.

IN ANBETRACHT der Einleitung kriminalpolizeilicher Ermittlungen nach der Entdeckung einer Leiche auf der Île Beaumont am Strand von Tristana Beach,
IN ANBETRACHT der Notwendigkeit, den Sicherheitskräften Zeit für die Ermittlungen auf der Insel zu geben,
IN ANBETRACHT der Notwendigkeit, Beweismittel zu sichern, um die Suche nach der Wahrheit zu ermöglichen.

ERGEHT FOLGENDER ERLASS

Artikel 1: Auf dem offenen Meer vor dem Département Var wird eine Verbotszone für den Verkehr und die Durchführung sämtlicher nautischer Aktivitäten ausgewiesen, und zwar in einem Umkreis von 500 Metern um die Île Beaumont und im direkten Uferbereich. Das betrifft jegliche Personenbeförderung von und zur Insel ab Inkrafttreten des vorliegenden Erlasses.

Artikel 2: Die Bestimmungen des vorliegenden Erlasses sind unwirksam gegenüber Schiffen und nautischen Geräten, die im Rahmen der Wahrnehmung öffentlicher Aufgaben operieren.

Artikel 3: Jeder Verstoß gegen den vorliegenden Erlass sowie gegen Maßnahmen zu seiner Umsetzung zieht gerichtliche Verfolgungen, Strafen und administrative Sanktionen nach sich, wie sie in den Artikeln L5242−1 bis L5242-6-1 des Seeverkehrsgesetzbuches und Artikel R610−5 des Strafgesetzbuches vorgesehen sind.

Artikel 4: Der Direktor des Departements und des Meeresraums Var sowie Polizeibeamte und bevollmächtigte Beamte der Schifffahrtsbehörde sind mit der Umsetzung des vorliegenden Erlasses beauftragt, der in den Verwaltungsakten der Meerespräfektur des Mittelmeers veröffentlicht wird.

Der Meerespräfekt für das Mittelmeer

Édouard Lefébure

4 Interview mit einem Schriftsteller

Der Interviewer stellt Ihnen Fragen,
1) die für ihn interessant sind und für
Sie uninteressant,
2) von Ihren Antworten verwendet er nur
die, die ihm passen,
3) er übersetzt sie in sein Vokabular,
in seine Denkweise.

Milan Kundera, *Die Kunst des Romans*

1.
Dienstag, 9. Oktober 2018

Seit ich auf Beaumont lebte, hatte ich mir angewöhnt, bei Sonnenaufgang aufzustehen. Dann duschte ich schnell und ging zu Audibert, der auf einer Café-Terrasse am Dorfplatz – entweder im *Le Fort de Café* oder im *Fleurs du Malt* – frühstückte. Der Buchhändler hatte ein launisches Wesen. Einmal war er in sich gekehrt und schweigsam, dann wieder redselig, ja, regelrecht geschwätzig. Doch ich glaube, er mochte mich recht gern. Zumindest genug, um mich jeden Morgen an seinem Tisch zu einer Tasse Tee und Toast mit Feigenmarmelade einzuladen. Die Konfitüren der Mère Françoise, die ultrabio waren, im Kupferkessel gekocht wurden und das ganze Trallala, waren der Schatz der Insel und wurden zum Preis von Kaviar an die Touristen verkauft.

»Guten Morgen, Monsieur Audibert!«

Der Buchhändler hob den Blick von seiner Zeitung und begrüßte mich mit einem besorgten Brummen. Seit dem Vortag waren die Inselbewohner von einer fieberhaften Nervosität ergriffen. Die Entdeckung der Frauenleiche, die an den ältesten Eukalyptusbaum der Insel geschlagen worden war, verstörte die Bevölkerung. Inzwischen hatte ich erfahren, dass der Baum den Beinamen *der Unsterbliche* trug und im Laufe der Jahrzehnte zum Symbol für die Einheit der Insel geworden war. Diese Inszenierung konnte kein Zufall sein, und die Todesumstände des Opfers verblüfften alle. Doch was die Bewohner am meisten irritierte, war die Entscheidung des Meerespräfekten, zur Erleichterung der Ermittlungen eine Sperrzone um die Insel zu errichten. Die Fährschiffe waren im Hafen von Saint-Julien-les-Roses festgesetzt, und die Küstenwache hatte den Auftrag, Patrouille zu fahren und private Boote abzufangen, die versuchten, das Meer in die eine oder andere Richtung zu überqueren. Das bedeutete konkret, dass niemand auf die Insel gelangen oder sie verlassen konnte. Diese Maßnahme, die ihnen das Festland auferlegte, verärgerte die Beaumonteser, die nicht

84

bereit waren, auf die Selbstbestimmung ihres kollektiven Schicksals zu verzichten.

»Dieses Verbrechen ist ein furchtbarer Schlag gegen die Insel«, schimpfte Audibert und klappte seinen *Var-Matin* zu.

Es war die Abendausgabe vom Vortag, die mit der letzten genehmigten Fähre gekommen war. Als ich mich setzte, warf ich einen Blick auf die Titelseite mit der Schlagzeile »Die schwarze Insel«, eine diskrete Anspielung auf den gleichnamigen Comic von Hergé.

»Warten wir ab, was die Ermittlungen ergeben.«

»Was sollen sie schon ergeben«, erwiderte der Buchhändler ungeduldig. »Eine Frau ist zu Tode gefoltert worden, ehe man sie an den *Unsterblichen* geschlagen hat. Das bedeutet, dass auf dieser Insel ein Irrer frei herumläuft!«

Ich verzog das Gesicht, doch ich wusste, dass Audibert nicht unrecht hatte. Während ich meine Toasts aß, überflog ich den Zeitungsartikel, ohne viel Neues zu erfahren. Dann nahm ich mein Handy und machte mich auf die Suche nach aktuelleren Informationen.

Am Vortag hatte ich Tweets gelesen, die ein gewisser Laurent Lafaury gepostet hatte, ein Journalist aus der Pariser Region, der sich gerade auf Beaumont aufhielt, um seine Mutter zu besuchen. Der Typ war kein Meister seiner Zunft. Er hatte einige Artikel für die Internetversion der Magazine *Nouvel Observateur* und *Marianne* geschrieben und war dann Community Manager eines Zusammenschlusses von Radiosendern geworden. Eine Überprüfung seines Twitteraccounts zeigte, dass er ein perfektes Beispiel für den schlimmsten Pseudojournalismus der Version 2.0 war: anstößige Themen, klickködernde Titel, Clashs, Aufrufe zu Hetzjagden, geschmacklose Witze, systematische Retweets von Angst einflößenden Videos und alles, was dazu angetan war, das Niveau zu senken, die niedersten Instinkte anzusprechen, Angst und Hirngespinste zu schüren. Ein Typ, der, hinter seinem Bildschirm verschanzt, nicht nur Fake News verbreitete, sondern auch Thesen, die mit Verschwörungstheorien liebäugelten.

Doch angesichts der Blockade hatte Lafaury nun das Privileg, der einzige »Journalist« auf der Insel zu sein. Und seit einigen Stunden nutzte er diese Situation aus: Er war in den Fernsehnachrichten von *France 2* zugeschaltet, und sein Foto wurde auf allen Informationssendern gezeigt.

»Was für ein Dreckskerl!«

Als das Profil des Journalisten auf dem Display meines Handys erschien, stieß Audibert wüste Verwünschungen aus. Gestern in den Zwanzig-Uhr-Nachrichten hatte Lafaury angedeutet, zum einen würden die Bewohner der Insel ihre skandalösen Geheimnisse hinter den »hohen Mauern ihrer Luxusvillen« verbergen, zum anderen würde hier nie das Schweigen durchbrochen werden, da die Gallinaris, vergleichbar den Corleones, mittels Drohungen und mithilfe des Geldes regierten. Wenn er so weitermachte, wäre Laurent Lafaury bald der Erzfeind von ganz Beaumont. Die Präsenz der Medien auf der Insel in Gestalt eines so zwielichtigen Journalisten traf die Bewohner hart, denen seit Jahren ihr Wunsch nach Diskretion in Fleisch und Blut übergegangen war. Auf Twitter machte dieser Typ die Sache noch schlimmer, indem er – in diesem Fall offenbar vertrauliche – Informationen weitergab, die er von den Gesetzeshütern bekommen haben musste. Ich verabscheute dieses Prinzip, das unter dem Vorwand des Rechts auf Informationen die Ermittlungen behinderte, aber ich war auch neugierig genug, um vorübergehend meine Empörung außen vor zu lassen.

Bei Lafaurys letztem Tweet, vor einer halben Stunde gepostet, handelte es sich um einen Hyperlink zu seinem Blog. Ich klickte diesen an, um den Artikel aufzurufen, der eine Synthese der letzten Ermittlungsergebnisse darstellte. Nach Angaben des Journalisten war das Opfer noch immer nicht identifiziert worden. Ob nun frei erfunden oder wahr, der Artikel endete mit einer Sensationsnachricht: Zu dem Zeitpunkt, als der Körper der Unglückseligen an den Eukalyptusbaum geschlagen worden war, war er tiefgefroren gewesen. Es war also nicht ausgeschlossen, dass der Todeszeitpunkt schon länger zurücklag. Ich musste den Satz noch einmal lesen, um den Sinn vollständig zu erfassen. Audibert, der sich erhoben hatte, um über meine Schulter hinweg mitzulesen, sank deprimiert auf seinen Stuhl.

Als die Insel erwachte, herrschte hier eine andere Realität.

2.

Nathan Fawles war gut gelaunt aufgewacht, was ihm schon lange nicht mehr passiert war. Er hatte ausgiebig geschlafen und dann in aller Ruhe gefrühstückt. Anschließend saß er eine Stunde lang auf seiner Terrasse, rauchte und hörte alte Schallplatten von Glenn Gould an. Beim fünften Stück fragte er sich halblaut, woher diese Leichtigkeit wohl rühren mochte. Eine Weile verschloss er sich der Vorstellung, doch dann musste er sich eingestehen, dass seine Stimmung mit der Erinnerung an Mathilde Monney zu tun hatte. Es lag noch etwas von ihrer Anwesenheit in der Luft. Ein Strahlen, eine lichterfüllte Poesie, ein leichter Hauch ihres Parfums. Etwas Flüchtiges und Ungreifbares, das bald verflogen wäre, das er jedoch bis zum Letzten auskosten wollte.

Gegen elf Uhr schlug seine Laune um. Auf das Gefühl der Unbeschwertheit folgte die Erkenntnis, dass er Mathilde zweifellos nie wiedersehen würde. Und die Einsicht, dass seine Einsamkeit, was auch immer er behaupten mochte, oft schwer zu ertragen war. Gegen Mittag beschloss er dann, mit diesen Teenagerschwärmereien aufzuhören und sich – im Gegenteil – zu beglückwünschen, dass diese Frau nicht mehr da war. Er durfte keine Schwäche zeigen. Dazu hatte er kein Recht. Dennoch erlaubte er sich, ihre Begegnung noch einmal Revue passieren zu lassen. Eines machte ihn stutzig.

Ein Detail, das eigentlich keines war und das er überprüfen musste.

Er rief Jasper Van Wyck in Manhattan an. Nach mehreren Klingeltönen meldete sich sein Agent mit müder Stimme. In New York war es sechs Uhr morgens, und Jasper lag noch immer im Bett. Fawles bat ihn zunächst, Recherchen über die Artikel durchzuführen, die Mathilde Monney in den letzten Jahren in *Le Temps* veröffentlicht hatte.

»Was genau suchst du?«

»Ich weiß nicht. Alles, was einen direkten oder entfernten Zusammenhang mit meinen Büchern hat.«

»Okay, aber das dauert eine Weile. Noch was?«

»Ich möchte, dass du herausfindest, wer im Jahr 1998 die Leiterin der Mediathek in der Jugendhilfeeinrichtung war.«

»Wo bitte?«

»In der medizinischen Einrichtung für Jugendliche, die dem Hôpital Cochin angegliedert ist.«

»Weißt du den Namen dieser Bibliothekarin?«

»Nein, ich erinnere mich nicht mehr. Kannst du gleich anfangen?«

»Okay, ich rufe dich an, sobald ich etwas herausgefunden habe.«

Fawles legte auf und ging in die Küche, um sich einen Kaffee zu kochen. Während er den Espresso trank, versuchte er seine Erinnerungen heraufzubeschwören. Das Haus für Jugendhilfe lag am Port Royal und nahm junge Patienten auf, die in erster Linie an Essstörungen,

Depressionen, Schulphobien oder Angstzuständen litten. Manche waren in stationärer Behandlung, andere besuchten die Tagesklinik. Fawles war zwei- oder dreimal bei den Patienten, junge Mädchen, dort gewesen. Vorträge, Frage-und-Antwort-Spiele, ein kleines Schreibatelier. Er erinnerte sich weder an die Vornamen noch an die Gesichter, wohl aber an einen positiven Gesamteindruck. Aufmerksame Leserinnen, bereichernde Diskussionen und im Allgemeinen intelligente Fragen. Als er gerade den letzten Rest seines Kaffees hinunterschluckte, klingelte das Telefon. Jasper hatte wirklich nicht getrödelt.

»Dank LinkedIn habe ich schnell herausgefunden, wer die Leiterin der Mediathek war. Sie heißt Sabina Benoit.«

»Genau, jetzt erinnere ich mich wieder.«

»Sie war bis 2012 in der Einrichtung für Jugendhilfe tätig. Seither arbeitet sie irgendwo auf dem Land in einem Bibliothekenverbund. Nach den letzten Informationen, die ich im Netz gefunden habe, ist sie zurzeit in der Dordogne tätig, in einer Stadt namens Trélissac. Willst du die Telefonnummer?«

Fawles notierte sie und rief Sabina Benoit gleich an. Die Bibliothekarin war ebenso erstaunt wie erfreut, seine Stimme zu hören. Fawles erinnerte sich mehr an ihre Gesamterscheinung als an ihr Gesicht: hochgewachsen, kurzes, dunkles Haar, dynamisch und von ansteckender Herzlichkeit. Er hatte sie auf der Pariser Buchmesse kennengelernt und sich von ihrem Vorschlag, mit den Patienten über das Schreiben zu sprechen, überzeugen lassen.

»Ich schreibe meine Memoiren«, begann er, »und ich brauche ...«

»Ihre Memoiren? Und das soll ich glauben, Nathan?«, unterbrach sie ihn lachend.

Letztlich war es besser, mit offenen Karten zu spielen.

»Ich suche Informationen über eine Patientin der Jugendhilfeeinrichtung. Eine gewisse Mathilde Monney.«

»Der Name sagt mir nichts«, erwiderte Sabina nach kurzer Überlegung. »Aber mit dem Alter wird das Gedächtnis immer schlechter.«

»Das geht uns allen so. Ich möchte wissen, aus welchem Grund Mathilde Monney in Behandlung war.«

»Auf diese Art von Informationen habe ich keinen Zugriff mehr, und selbst wenn ...«

»Ich bitte Sie, Sabine, Sie haben mit Sicherheit noch Kontakte. Tun Sie mir bitte den Gefallen. Es ist wichtig.«

»Ich will es versuchen, aber versprechen kann ich nichts.«

Fawles legte auf und machte sich daran, sein Bücherregal zu inspizieren. Es dauerte eine gute Weile, bis er ein Exemplar von *Lorelei Strange* fand. Es war eine Originalausgabe, die erste, die im Herbst 1993 an die Buchhandlungen ausgeliefert worden war. Das Cover zeigte sein Lieblingsbild *L'Acrobate à la boule*, das Mädchen am Ball, ein herausragendes Werk aus Picassos rosa Peri-

91

ode. Fawles hatte dieses Bild damals ein wenig verändert und es seinem Verleger gezeigt. Letzterer glaubte so wenig an das Buch, dass er ihn gewähren ließ. Die erste Auflage von *Loreleï Strange* hatte nur fünftausend Exemplare umfasst. Das Buch war kaum rezensiert worden, und man konnte nicht gerade behaupten, dass sich die Buchhändler dafür eingesetzt hätten, obwohl sie schließlich dem Trend gefolgt waren. Der Erfolg des Romans war auf die Mundpropaganda der Leser zurückzuführen. Zumeist waren es Jugendliche, wie damals Mathilde Monney, die sich in der Protagonistin wiedererkannten. Die Geschichte eignete sich für diese Art der Identifikation, da sie von den Begegnungen erzählte, die Loreleï, Patientin der Jugendpsychiatrie, an einem Wochenende erlebte. Diese Inszenierung war ein Vorwand, um verschiedene Personen zu beschreiben, die sich in dem Krankenhaus aufhielten. Nach und nach war der Roman zum Bestseller geworden, und viele beneideten den Autor um den Erfolg dieses literarischen Phänomens. Jene, die das Buch anfangs verschmäht hatten, beeilten sich jetzt, auf den Zug aufzuspringen. Der Roman wurde von Jugendlichen, Alten, Intellektuellen, Lehrern, Schülern, Viellesern und Weniglesern verschlungen. Alle hatten eine Meinung zu *Loreleï Strange*, und man interpretierte Dinge in die Geschichte hinein, die sie gar nicht enthielt. Das war das große Missverständnis. Im Laufe der Jahre war *Loreleï* zu einer Art Klassiker der populären Literatur geworden. Es wurden Doktorarbeiten über den Roman verfasst, aber man fand ihn auch in den Buchhandlungen am Flughafen und in den *book corners* der großen Supermärkte. Manchmal sogar in der Abteilung »Entwicklung der Persönlichkeit«, was seinen Autor schier zur Verzweiflung trieb. Und es kam, wie es kommen musste: Noch ehe Fawles aufhörte zu schreiben, begann er seinen ersten Roman zu verabscheuen und ertrug es nicht mehr, wenn man ihn darauf ansprach, so stark war der Eindruck, Gefangener seines eigenen Buches zu sein.

Das Läuten der Türglocke riss den Schriftsteller aus seinen Erinnerungen. Er stellte das Buch zurück und sah auf den Monitor der Videoüberwachungsanlage. Es war Doktor Sicard, der kam, um ihn von seinem Gips zu befreien. Das hatte er fast vergessen. Endlich die Erlösung.

3.

Der Mord am Tristana Beach.

Die Kunden der Buchhandlung, die Touristen, die Einheimischen, die über den Platz gingen – alle sprachen nur noch darüber. Seit dem frühen Nachmittag waren viele Schaulustige in der *La Rose Écarlate* gewesen. Wenig echte Kunden, sondern Leute, die in die Buchhandlung kamen, um ein Schwätzchen zu halten, die einen, um ihre Angst zu vertreiben, die anderen, weil sie ihre krankhafte Neugier nähren wollten.

Ich hatte mein MacBook auf dem Verkaufstresen ge-
öffnet. Die Internetverbindung im Geschäft war recht
schnell, doch sie brach oft zusammen, sodass ich jedes
Mal in den ersten Stock laufen musste, um die Box neu
zu starten. Ich hatte den Twitteraccount von Laurent
Lafaury aufgerufen, der seinen Blog bereits aktualisiert
hatte.

Seinen Informationen zufolge war es der Polizei gelungen, das Opfer zu identifizieren. Es handelte sich um
eine achtunddreißigjährige Frau. Eine gewisse Apolline
Chapuis, Weinhändlerin, wohnhaft im Chartrons-Vier-
tel in Bordeaux. Erste Zeugenaussagen belegten, dass
sie am 20. August am Anleger von Saint-Julien-les-
Roses gesehen worden war. Einige Passagiere waren ihr
auf der Fähre begegnet, aber die Ermittler hatten noch
nicht herausgefunden, warum sie auf die Insel gekommen war. Eine der Hypothesen besagte, irgendjemand
habe sie nach Beaumont gelockt, dann gefoltert und
schließlich getötet und ihren Körper in einer Kühlkam-
mer oder Tiefkühltruhe aufbewahrt. Der Artikel des
Journalisten endete mit einem verrückten Gerücht:
Angeblich sollten alle Häuser der Insel durchsucht werden, um den Ort zu finden, an dem das Opfer gefangen
gehalten worden war.

Ich warf einen Blick auf den Kalender der Post – er
zeigte ein Porträt von Arthur Rimbaud, aufgenommen
von Etienne Carjat –, den Audibert hinter dem Bildschirm seines Computers aufgehängt hatte. Wenn die
Quellen des Journalisten zuverlässig waren, war Apol-

line Chapuis drei Wochen vor mir auf der Insel eingetroffen. Ende August war wolkenbruchartiger Regen
über der Mittelmeerküste niedergegangen.

Ohne nachzudenken, tippte ich ihren Namen in die
Suchmaschine. Nach wenigen Mausklicks öffnete sich
die Seite von Apolline Chapuis' Firma. Sie arbeitete
zwar im Weinsektor, kümmerte sich allerdings mehr
um kaufmännische Belange und das Marketing. Ihr
kleines Geschäft war sehr aktiv auf dem internationalen Sektor und war für den Verkauf großer Weine an
Hotels und Restaurants zuständig, stellte aber auch
Weinsortimente für reiche Privatpersonen zusammen.
Unter dem Button »Über uns« fand man den Lebenslauf der Besitzerin und die Etappen ihres Werdegangs.
Sie wurde in Paris geboren, die Familie besaß Anteile
an verschiedenen Weingütern im Bordeaux; sie absol-
vierte einen Masterstudiengang in internationalem
Weinrecht an der Universität von Bordeaux und anschließend eine Ausbildung zur Önologin am *Institut
national d'études supérieures agronomiques* in Montpellier.
Danach hatte Apolline Chapuis in London und Hong-
kong gearbeitet, ehe sie ihre eigene kleine Beratungs-
firma gründete. Die Schwarz-Weiß-Fotografie zeigte
ein ansprechendes Äußeres, sofern man eine Vorliebe
für große Blondinen mit leicht melancholischen Zügen
hatte.

Warum war sie auf die Insel gekommen? Aus berufli-
chen Gründen? Das war wahrscheinlich. Auf Beaumont
gab es schon lange Weinberge. Wie auf Porquerolles

hatten die Pflanzungen ursprünglich als Brandschutz gedient. Heute erzeugten mehrere Winzer auf der Insel einen durchaus akzeptablen Côtes-de-Provence. Das größte Weingut – es machte den ganzen Stolz und das Renommee von Beaumont aus – war das der Gallinaris. Anfang der Zweitausenderjahre hatte der korsische Teil der Familie auf einem Lehm-Kalk-Boden seltene Rebsorten angepflanzt. Wenn sie auch anfänglich von allen für verrückt erklärt worden waren, war ihr Weißwein – der berühmte Terra dei Pini, von dem etwa zwanzigtausend Flaschen produziert wurden – heute auf den Karten der besten Restaurants der Welt vertreten. Seit ich hier war, hatte ich mehrmals Gelegenheit gehabt, diesen köstlichen Tropfen zu kosten. Es war ein trockener Weißwein, fein und fruchtig mit einer Note von Blumen und Bergamotte im Abgang. Der gesamte Herstellungsprozess war biodynamisch ausgerichtet und profitierte vom milden Klima der Insel.

Ich wandte mich wieder dem Bildschirm zu, um noch einmal den Artikel von Lafaury zu lesen. Zum ersten Mal in meinem Leben hatte ich den Eindruck, ein Ermittler in einem echten Krimi zu sein. Wie immer, wenn ich etwas Interessantes erlebte, spürte ich das Bedürfnis, es in einen Roman umzuwandeln. Schon nahmen in meinem Kopf rätselhafte und beunruhigende Bilder Gestalt an: eine Mittelmeerinsel, die durch eine Blockade gelähmt war, die gefrorene Leiche einer jungen Frau, ein bekannter Schriftsteller, der sich seit zwanzig Jahren in seinem Haus verschanzte …

Ich öffnete ein neues Dokument in meinem Computer und begann die erste Zeile meines Textes zu schreiben:

Kapitel 1

Dienstag, 11. September 2018

Der Wind ließ die Segel bei strahlend blauem Himmel flattern. Die Jolle hatte kurz nach dreizehn Uhr an der Küste des Département Var abgelegt und sauste mit einer Geschwindigkeit von fünf Knoten Richtung Île Beaumont. Ich saß in der Nähe des Ruders neben dem Skipper und berauschte mich an der Betrachtung des funkelnden goldenen Schimmers über dem Mittelmeer und an der verheißungsvollen Seeluft.

4.

Die Sonne ging am Horizont unter und überzog den Himmel mit orangefarbenen Streifen. Nach einem Spaziergang mit seinem Hund schmerzte Fawles' Bein. Er hatte besonders schlau sein wollen und sich über die Ratschläge seines Arztes hinweggesetzt. Sobald Sicard ihn von dem Gips befreit hatte, war er sofort mit Bronco losgegangen, ohne einen Spazierstock oder irgendwelche anderen Vorsichtsmaßnahmen. Und jetzt bezahlte er den Preis: Er keuchte, sein Knöchel schien aus Holz zu sein, und alle Muskeln schmerzten.

Sobald er im Wohnzimmer war, ließ sich Fawles auf das Sofa mit Blick aufs Meer fallen und schluckte ein entzündungshemmendes Medikament. Als er kurz die Augen schloss, um wieder zu Atem zu kommen, leckte der Golden Retriever ihm die Hand. Fawles war fast eingenickt, da schreckte ihn die Türglocke auf.

Der Schriftsteller rappelte sich, auf die Sofakante gestützt, hoch und humpelte zum Monitor der Videoüberwachung, der Mathilde Monneys strahlendes Gesicht zeigte.

Nathan erstarrte. Was hatte diese Frau hier zu suchen? Er empfand diesen erneuten Besuch zugleich als Hoffnungsschimmer und als Bedrohung. Wenn sie ihn ein zweites Mal aufsuchte, dann hatte Mathilde Monney sicher einen Grund dafür. *Was tun? Nicht antworten?* Das war eine Lösung, um die Gefahr für den Moment zu bannen, doch sie erlaubte nicht, herauszufinden, welcher Art diese Gefahr war.

Ohne die Sprechanlage zu betätigen, öffnete Fawles das Tor. Die erste Überraschung war verflogen. Ruhig und entschlossen wollte er die Situation entschärfen. Er war durchaus in der Lage, es mit Mathilde aufzunehmen. Er musste sie überzeugen, damit aufzuhören, ihre Nase in seine Angelegenheiten zu stecken. Aber auf die sanfte Art.

Wie am Vorabend ging er hinaus, um sie auf der Schwelle zu empfangen. Bronco zu seinen Füßen, beobachtete er, wie sich der Pick-up näherte und Staubwolken hinter sich aufwirbelte. Mathilde parkte vor der

Freitreppe und zog die Handbremse an. Über einem gerippten Rollkragenpullover trug sie ein geblümtes, kurzärmliges Kleid. Ihre senfgelben hochhackigen Lederstiefel glänzten im Schein der letzten Sonnenstrahlen.

Der Blick, mit dem sie ihn bedachte, vermittelte Fawles zwei Gewissheiten. Zum einen, dass sich Mathilde nicht *zufällig* auf der Insel befand. Sie war nach Beaumont gekommen, um sein Geheimnis zu lüften. Zum zweiten, dass Mathilde nicht die geringste Ahnung hatte, was sein Geheimnis sein könnte.

»Wie ich sehe, haben Sie keinen Gips mehr! Können Sie mir also vielleicht helfen?«, rief sie und begann Papiertüten von der Ladefläche des Pick-ups zu heben.

»Was ist das?«

»Ich bin für Sie einkaufen gegangen. Sie haben mir gestern gesagt, Ihre Schränke seien leer.«

Fawles rührte sich nicht vom Fleck. »Ich brauche keine Haushaltshilfe. Ich kann sehr gut selbst einkaufen.«

Von dort, wo er stand, konnte er Mathildes Parfum wahrnehmen. Der klare Duft von Minze, Zitrusfrüchten und frischer Wäsche, der sich mit dem des Waldes vermischte.

»Oh, glauben Sie nicht, der Dienst wäre gratis! Ich will nur diese Geschichte klären. Also helfen Sie mir nun, oder nicht?« Mathilde kam näher und stellte einige der Tüten ab.

»Welche Geschichte?«, fragte Fawles unentschlossen und griff nach den Tüten.

»Die Geschichte mit dem Kalbsragout.«

Fawles glaubte sich verhört zu haben, doch Mathilde erklärte: »In Ihrem letzten Interview haben Sie sich gerühmt, ein göttliches Kalbsragout kochen zu können. Das trifft sich gut, denn das ist mein Lieblingsgericht.«

»Ich hätte Sie eher für eine Vegetarierin gehalten.«

»Ganz und gar nicht. Ich habe alle nötigen Zutaten besorgt, Sie haben also keinen Vorwand mehr, mich nicht zum Essen einzuladen.«

Fawles spürte, dass es kein Scherz war. Mit einer solchen Situation hatte er nicht gerechnet, doch er redete sich ein, er habe das Spiel im Griff, und bedeutete Mathilde einzutreten.

Als wäre sie hier zu Hause, stellte Mathilde die Tüten auf dem Tisch im Wohnzimmer ab, hängte ihre Lederjacke an die Garderobe und öffnete eine Flasche Corona Bier, die sie in aller Ruhe auf der Terrasse trank, während sie den Sonnenuntergang bewunderte.

Allein in der Küche zurückgeblieben, räumte Fawles die Einkäufe weg und stellte sich mit gespielt lässiger Miene an den Herd.

Die Geschichte mit dem Kalbsragout war Unsinn. Ein spontaner Einfall, eine Antwort auf die dumme Frage einer Journalistin. Wenn man sich nach seinem Privatleben erkundigte, hielt er sich an Italo Calvinos Devise: Nicht antworten oder lügen. Jetzt allerdings versuchte er nicht, sich der Sache zu entziehen. Er stellte die Zutaten, die er brauchte, auf die Arbeitsfläche und räumte die anderen Lebensmittel in den Schrank. Dabei versuchte er sein schmerzendes Bein möglichst wenig zu belasten. In einem Schrank entdeckte er einen Topf mit Emailleboden, den er seit Lichtjahren nicht mehr benutzt hatte, und erhitzte Öl darin. Anschließend nahm er ein Brett und schnitt das Kalbfleisch klein, hackte Knoblauch und Petersilie und vermischte alles mit den Fleischwürfeln, die er im Topf anbriet. Er gab einen Esslöffel Mehl dazu, ein großes Glas Weißwein und bedeckte dann das Fleisch mit heißer Brühe. Soweit er sich erinnerte, musste das Ganze nun eine Stunde köcheln.

Die Sonne war untergegangen, es wurde kühl. Er warf einen Blick ins Wohnzimmer. Mathilde war hereingekommen, hatte eine alte LP der Yardbirds aufgelegt und inspizierte sein Bücherregal. In seinem Weinschrank, der neben dem Kühlschrank stand, wählte Fawles eine Flasche Saint-Julien, den er bedächtig dekantierte, ehe er zu Mathilde ging.

»Es ist nicht gerade warm bei Ihnen«, erklärte sie. »Ich hätte nichts gegen ein kleines Feuerchen.«

»Wenn Sie wollen.«

Fawles trat zu dem Metallregal, in dem die Holzscheite gestapelt waren, legte etwas Kleinholz und einige Rundstämme in den hängenden Kamin in der Mitte des Zimmers und zündete das Feuer an.

Mathilde sah sich weiter um, öffnete den Kasten, der neben dem Holzregal an der Wand befestigt war und eine Pumpgun enthielt.

»Es ist also keine Legende, Sie schießen tatsächlich auf Leute, die Sie belästigen?«

»Ja, und Sie können sich glücklich schätzen, dass es Sie nicht getroffen hat.«

Sie betrachtete die Waffe aufmerksam. Der Kolben und der Schaft waren aus Nussbaumholz, der metallene Lauf war poliert. Von dem bläulich schimmernden Gewehrkörper starrte sie drohend ein von Arabesken umrahmter Luzifer an.

»Ist das der Teufel?«, fragte Mathilde.

»Nein, das ist Bolla: ein weiblicher Drache mit Hörnern aus der albanischen Folklore.«

»Sehr charmant.«

Er fasste sie bei der Schulter, um sie von dem Waffenschrank wegzuziehen, und schob sie zum Kamin, wo er ihr ein Glas Wein anbot. Sie stießen an und kosteten schweigend den Saint-Julien.

»Ein Gruaud Larose 1982, Sie bewirten mich gut«, lobte Mathilde.

Dann nahm sie in dem Ledersessel neben dem Sofa Platz, zündete sich eine Zigarette an und spielte mit Bronco.

Fawles kehrte in die Küche zurück, überprüfte sein Ragout und fügte entsteinte Oliven und Champignons hinzu. Dann kochte er Reis und deckte im Esszimmer den Tisch. Als das Fleisch fertig war, gab er mit Eigelb verrührten Zitronensaft hinzu.

»Zu Tisch!«, rief er und brachte das Gericht herein.

Ehe sie zu ihm kam, legte sie eine andere LP auf: die

Musik des Films *Das alte Gewehr*. Fawles beobachtete, wie sie im Rhythmus der Musik von François de Roubaix mit den Fingern schnippte, während Branco um sie herumsprang. Mathilde war hübsch. Es wäre leicht gewesen, sich dem Moment hinzugeben, doch er wusste, dass all das nur ein Spiel zwischen zwei Menschen war, die beide glaubten, den anderen manipulieren zu können. Fawles ahnte, dass dieses Spiel nicht ohne Folgen bleiben würde. Er war das Risiko eingegangen, den Wolf in seine Schäferhütte hereinzulassen. Noch nie war jemand dem Geheimnis, das er seit gut zwanzig Jahren hütete, so nahe gekommen.

Das Kalbsragout war gelungen. Auf alle Fälle aßen beide mit gutem Appetit. Fawles war nicht mehr daran gewöhnt, viel zu reden, aber dank des Humors und des Temperaments von Mathilde, die zu allem und jedem etwas zu sagen hatte, verlief das Essen in einer entspannten Atmosphäre. Doch unvermittelt veränderte sich etwas in ihrem Blick.

»Da Sie heute Geburtstag haben, habe ich Ihnen ein Geschenk mitgebracht«, erklärte sie, plötzlich ernst geworden.

»Ich bin im Juni geboren, also ist das nicht wirklich mein Geburtstag.«

»Ich bin ein wenig zu früh oder zu spät dran, aber das macht weiter nichts. Als Schriftsteller müsste Ihnen das gefallen.«

»Ich bin kein Schriftsteller mehr.«

»Mir scheint, Schriftsteller zu sein ist wie Präsident

eines Landes zu sein. Das ist ein Titel, den man behält, auch wenn man seinen Beruf nicht mehr ausübt.«

»Darüber kann man diskutieren, aber warum nicht.«

Sie startete einen weiteren Angriff. »Schriftsteller sind die größten Lügner der Geschichte, richtig?«

»Nein, das sind die Politiker. Und die Historiker. Und die Journalisten. Aber nicht die Schriftsteller.«

»O doch, indem sie vorgeben, in ihren Romanen das Leben zu erzählen, lügen sie. Das Leben ist zu komplex, als dass man es in einer Gleichung darstellen oder auf den Seiten eines Buches einfangen könnte. Es ist stärker als Mathematik oder Fiktion. Ein Roman ist Fiktion. Und die Fiktion ist technisch gesehen eine Lüge.«

»Ganz im Gegenteil. Philip Roth hat die richtige Formel gefunden: ›Ich selbst erkundige mich niemals nach ihrem Wahrheitsgehalt. Stattdessen denke ich an sie als Fiktion, die, wie Fiktion so oft, dem Geschichtenerzähler die Lüge bietet, die er braucht, um seiner unsagbaren Wahrheit Geltung zu verschaffen.‹«

»Ja, aber …«

Plötzlich reichte es Fawles. »Wir werden das Problem heute Abend nicht lösen können. Was wollten Sie mir also schenken?«

»Ich dachte, Sie möchten es nicht.«

»Sie sind eine ganz schöne Nervensäge!«

»Ihr Geschenk ist eine Geschichte.«

»Was für eine Geschichte?«

Mathilde hatte sich, ihr Glas in der Hand, vom Tisch erhoben, um wieder im Sessel Platz zu nehmen.

»Ich werde Ihnen eine Geschichte *erzählen*. Und wenn ich damit fertig bin, können Sie nichts anderes tun, als sich wieder an Ihre Maschine zu setzen und zu schreiben.«

Fawles schüttelte den Kopf. »Nicht im Traum.«

»Um was wollen wir wetten?«

»Wir wetten um gar nichts.«

»Haben Sie Angst?«

»Auf alle Fälle nicht vor Ihnen. Es gibt nicht einen einzigen Grund, der mich wieder zum Schreiben bewegen könnte, und ich kann mir nicht vorstellen, was Ihre Geschichte daran ändern sollte.«

»Weil sie Sie betrifft. Und weil es eine Geschichte ist, die noch ihren Epilog braucht.«

»Ich bin nicht sicher, dass ich sie hören will.«

»Ich erzähle sie Ihnen trotzdem.«

Ohne sich aus dem Sessel zu erheben, hielt sie ihr leeres Glas in Fawles' Richtung. Er ergriff den Saint-Julien, erhob sich, um Mathilde nachzuschenken, und ließ sich dann auf das Sofa sinken. Er hatte begriffen, dass es nun um etwas Ernsthaftes ging und dass alles andere nur Geplänkel gewesen war. Ein Vorspiel für die eigentliche Auseinandersetzung.

»Die Geschichte beginnt zu Anfang der Zweitausenderjahre in Ozeanien«, erklärte Mathilde. »Ein junges Paar aus der Pariser Region, Apolline Chapuis und Karim Amrani, steigen nach fünfzehn Stunden aus dem Flugzeug, um den Urlaub auf Hawaii zu verbringen.«

5 Die Geschichtenträgerin

Es gibt nichts Qualvolleres,
als eine nichterzählte Geschichte
in sich herumzutragen.

Zora Neale Hurston, *Ich mag mich, wenn ich lache*

2000

Die Geschichte beginnt in Ozeanien zu Anfang der Zweitausenderjahre.

Ein junges Paar aus der Pariser Region, Apolline Chapuis und Karim Amrani, stieg nach fünfzehn Stunden aus dem Flieger, um den Urlaub auf Hawaii zu verbringen. Kaum angekommen, leerten sie die Minibar ihres Hotelzimmers und schliefen schon bald ein. Am nächsten Tag und auch an den folgenden Tagen genossen sie den Charme der vulkanischen Insel Maui. Sie unternahmen Wanderungen in der unberührten Natur, bewunderten die Wasserfälle, die Blumenfelder und rauchten dazu Joints. Sie liebten sich auf den feinen Sandstränden und mieteten ein Boot, um die Wale vor

Lahaina zu beobachten. Als sie sich am dritten Tag einen Tauchkurs leisteten, fiel ihr Fotoapparat ins Wasser.

Die beiden geübten Taucher, die sie begleiteten, versuchten vergeblich ihn zu finden. Apolline und Karim mussten sich in ihr Schicksal fügen: Sie hatten ihre Urlaubsfotos verloren. Am Abend trösteten sie sich in einer der vielen Strandbars mit einem guten Dutzend Cocktails darüber hinweg.

2015

Doch das Leben hat viele Überraschungen parat.

Jahre später entdeckte, neuntausend Kilometer von dort entfernt, die amerikanische Geschäftsfrau Eleanor Farago beim Joggen am Strand von Baishawan, Region Kenting, einen in einem Riff eingeklemmten Gegenstand.

Das war im Frühjahr 2015 um sieben Uhr morgens. Ms Farago arbeitete für eine internationale Hotelkette und befand sich in Asien, um einigen Häusern des Unternehmens einen Besuch abzustatten. Am letzten Morgen ihres Aufenthalts war sie, ehe sie den Rückflug nach New York antrat, an die »Baisha« gefahren, einen berühmten Strand, vergleichbar der Côte d'Azur, um dort zu laufen. Von Hügeln umgeben, bot der Ort feinen, gelben Sand, klares Wasser, aber auch einige Klippen, die steil ins Wasser abfielen. Und eben dort entdeckte Eleanor den geheimnisvollen Gegenstand. Sie kletterte, neugierig geworden, über die Felsen und bückte sich, um ihn mitzunehmen. Es war eine wasserdichte Hülle, die einen Fotoapparat PowerShot der Marke Canon enthielt.

Sie wusste es noch nicht – und würde es auch, ehrlich gesagt, nie erfahren –, aber der Apparat der jungen Franzosen war innerhalb von fünfzehn Jahren trotz vieler Hindernisse von den Strömungen fast zehntausend Kilometer durchs Meer getrieben worden. Die Amerikanerin packte ihn im Hotel in einem Stoffbeutel in ihr Handgepäck. Einige Stunden später flog sie um 12:35 Uhr am Flughafen von Taipeh mit den Delta Airlines los und landete – nach einem Zwischenstopp in San Francisco – um 23:08 Uhr mit über dreistündiger Verspätung in New York. Erschöpft und in Eile fuhr Eleanor Farago nach Hause und vergaß dabei mehrere Dinge in der Ablage über ihrem Sitz, unter anderem auch den Fotoapparat.

*

Die Reinigungskräfte nahmen den Beutel mit und gaben ihn im Fundbüro des Flughafens JFK ab. Drei Wochen später entdeckte ein Angestellter darin das Flugticket von Miss Farago. Nach einigen Nachforschungen hinterließ er ihr eine Nachricht auf dem Anrufbeantworter und schrieb ihr eine E-Mail, doch Eleanor Farago reagierte auf beides nicht.

Wie es die Standardvorschriften verlangten, hob das

Fundbüro den Apparat neunzig Tage lang auf. Anschließend wurde er zusammen mit Tausenden anderer Gegenstände an eine Firma in Alabama verkauft, die seit
Jahrzehnten nicht abgeholtes Gepäck der verschiedenen amerikanischen Fluglinien erwarb.

*

Im Frühherbst 2015 wurde der Fotoapparat also in den
Regalen des Unclaimed Baggage Center, des Zentrums
für nicht abgeholtes Fluggepäck, gelagert. Dieser Ort
war einzigartig. Alles hatte in den Siebzigerjahren in
Scottsboro, einer kleinen Stadt in Jackson County im
Norden von Atlanta, begonnen. Ein bescheidenes Fami-
lienunternehmen war auf die Idee gekommen, Verträge
mit Fluggesellschaften abzuschließen, um vergessenes
Gepäck, das nicht von seinen Besitzern abgeholt worden war, zu verkaufen. Im Laufe der Jahre blühte das
Geschäft und wurde zu einer wahren Institution.

Im Jahr 2015 erstreckte sich das Unclaimed Baggage
Center über fast viertausend Quadratmeter. Täglich
wurden mehr als siebentausend Gegenstände von den
verschiedenen amerikanischen Flughäfen in dieses
kleine, im Nirgendwo verlorene Dorf gebracht. Aus
allen Teilen des Landes und auch von weiter her reisten
Neugierige an. Inzwischen zählte dieser Ort, der sowohl
Super-Discounter als auch Kuriositätenmuseum war,
jährlich über eine Million Besucher. In großen Regalen
stapelten sich Kleidungsstücke, Computer, Tablets,
Kopfhörer, Musikinstrumente und Uhren. Man hatte in

dem Geschäft sogar ein kleines Museum eingerichtet, das die außergewöhnlichsten Stücke, die im Laufe der Jahre eingegangen waren, präsentierte: eine italienische Geige aus dem 18. Jahrhundert, eine ägyptische Totenmaske, einen Diamanten von 5,8 Karat, eine Urne, die die Asche eines Verstorbenen enthielt ...

Und auch die Canon PowerShot landete in der Auslage dieses eigenartigen Geschäfts. Von der Hülle geschützt, blieb sie zusammen mit anderen Fotoapparaten von September 2015 bis Dezember 2017 dort liegen.

2017

Während der Weihnachtsferien jenes Jahres schlenderten Scottie Malone, vierundvierzig Jahre, und seine elfjährige Tochter Billie, die in Scottsboro wohnten, durch die Gänge des Unclaimed Baggage Center. Die Preise, die das Geschäft verlangte, waren manchmal bis zu achtzig Prozent günstiger als Neuware, und Scottie hatte nicht viel Geld. Er betrieb eine Autowerkstatt an der Straße zum Guntersville Lake, in der er sowohl Autos als auch Boote reparierte.

Seit seine Frau ihn verlassen hatte, versuchte er, seine Tochter, so gut er eben konnte, allein großzuziehen. Julia war drei Jahre zuvor an einem Wintertag gegangen. Als er nach Hause kam, fand er auf dem Küchentisch eine Nachricht, die ihm kaltblütig die Neuigkeit mitteilte. Das hatte ihm natürlich wehgetan – und der

Schmerz dauerte noch immer an –, überrascht war er allerdings nicht. Im Grunde hatte er immer gewusst, dass seine Frau ihn irgendwann verlassen würde. Auf irgendeiner Seite im Buch des Schicksals steht geschrieben, dass die allzu schönen Rosen ständig in panischer Angst davor leben zu welken. Und diese Furcht treibt sie manchmal dazu, das Nichtwiedergutzumachende zu tun.

»Bitte, Papa, ich wünsche mir zu Weihnachten einen Malkasten«, sagte Billie.

Scottie nickte, um sein Einverständnis kundzutun. Sie begaben sich in den letzten Stock, wo sich die Bücherabteilung befand, die auch Schreibwaren beherbergte. Sie suchten eine gute Viertelstunde und fanden schließlich eine hübsche Schachtel mit Tempera- und Ölpastellfarben sowie zwei kleine Leinwände. Die Freude seiner Tochter wärmte Scottie das Herz. Er erlaubte sich auch ein kleines Geschenk für sich selbst: das Buch *Der Poet* von Michael Connelly für 0,99 Dollar. Julia hatte ihn in die Magie des Lesens eingeführt. Lange Zeit hatte sie ihm Titel empfohlen, die ihm gefallen könnten – Krimis, historische Romane und Abenteuergeschichten. Es war nicht immer leicht, Zugang zu einer Erzählung zu bekommen, aber wenn man das richtige Buch gefunden hatte, dann genoss man alle Details, die Dialoge, die Gedankengänge der Protagonisten – eine wahre Flucht aus der Realität. Und das war wirklich besser als alles andere. Besser als Netflix, die Basketballspiele der Hawks und die idiotischen Videos, die man sich im

Internet herunterladen konnte und die einen zum Zombie machten.

An der Kasse entdeckte Scottie einen großen Drahtkorb mit Artikeln zu Schleuderpreisen. Er wühlte darin herum und fand zwischen den verschiedenartigsten Gegenständen ein bauchiges Etui, das einen alten, kompakten Fotoapparat enthielt und 4,99 Dollar kostete. Nach kurzer Überlegung erlag Scottie der Versuchung. Er bastelte und reparierte gern alles, was ihm in die Finger kam. Und obwohl die Reparatur oft ein Ding der Unmöglichkeit zu sein schien, machte er es sich zur Aufgabe, es dennoch zu schaffen. Denn wenn es ihm gelang, dass alte, kaputte Gegenstände wieder funktionierten, hatte er jedes Mal das Gefühl, einen Teil seines eigenen Lebens in Ordnung gebracht zu haben.

*

Als sie wieder zu Hause waren, beschlossen Scottie und Billie gemeinsam, dass sie ihre Geschenke eigentlich auch schon am 23. Dezember öffnen könnten und nicht bis Weihnachten warten müssten. So hätten sie das ganze Wochenende Zeit, sich damit zu beschäftigen, denn am Montag musste Scottie wieder in der Werkstatt arbeiten. Es war kalt in diesem Jahr. Er machte seiner Tochter eine Tasse heiße Schokolade, auf der Mini-Marshmallows schwammen wie Schaum. Billie schaltete Musik ein und verbrachte den Nachmittag damit zu malen, während ihr Vater einen Krimi las und dabei in kleinen Schlucken ein kaltes Bier genoss.

Erst abends, während Billie Käse-Makkaroni zubereitete, öffnete Scott die Hülle des Fotoapparats. Als er den Zustand des wasserdichten Etuis untersuchte, vermutete er, dass die Kamera mehrere Jahre im Wasser gelegen haben musste. Der Fotoapparat ließ sich nur mit einem spitzen Messer öffnen und funktionierte auch nicht mehr, doch nach mehreren Versuchen gelang es ihm, die Speicherkarte zu entfernen, die unbeschädigt schien. Er schob sie in seinen Computer und konnte die Fotos überspielen.

Scottie sah sich die Aufnahmen an. Das Gefühl, in das Privatleben anderer Menschen einzudringen, war ihm einerseits unangenehm, weckte aber andererseits auch seine Neugier. Es waren etwa vierzig Bilder. Die letzten zeigten ein junges Paar in einer paradiesischen Umgebung: Strände, türkisfarbenes Wasser, üppige Natur, Unterwasseraufnahmen von bunten Fischen. Eine Fotografie zeigte die beiden vor einem Hotel. Es war ein Schnappschuss, bei dem die Kamera in die Höhe gehalten wurde, sozusagen ein frühes Selfie. Im Hintergrund sah man das *Aumakua Hotel*. Nach wenigen Mausklicks hatte Scottie es im Internet gefunden – ein Luxushotel auf Hawaii.

Dort haben sie die Kamera wahrscheinlich verloren, vermutlich ist sie ins Meer gefallen.

Scottie kratzte sich am Kopf. Auf der Speicherkarte gab es auch noch andere Fotos. Der Datumsanzeige zufolge waren sie einige Wochen *vor* den Bildern auf Hawaii aufgenommen worden. Man sah andere Personen, vermutlich in einem anderen Land und in anderer Umgebung. Wem hatte der Apparat gehört? Mit dieser Frage im Kopf erhob sich Scottie, um mit seiner Tochter zu essen.

Wie er Billie versprochen hatte, verbrachten sie den Abend damit, »Weihnachtsfilme anzuschauen, die Angst machten«, wie zum Beispiel *Gremlins – Kleine Monster* und *Nightmare Before Christmas.*

Vor dem Fernseher dachte Scottie weiter über seine Entdeckung nach. Er trank noch ein Bier, dann noch eines und schlief schließlich auf dem Sofa ein.

*

Als er am nächsten Tag aufwachte, war es schon fast zehn Uhr. Etwas beschämt, so lange geschlafen zu haben, entdeckte er seine Tochter bei der »Arbeit« an seinem Computer.

»Soll ich dir einen Kaffee machen, Papa?«

»Du weißt doch, dass du nicht allein ins Internet darfst!«, schimpfte Scottie.

Verärgert zuckte Billie mit den Schultern und ging schmollend in die Küche.

Auf dem Schreibtisch neben seinem Computer entdeckte Scottie ein altes, zusammengefaltetes Stück Papier, das aussah wie ein elektronisches Flugticket.

»Wo hast du das gefunden?«

»In dem Etui«, antwortete Billie und deutete mit dem Kopf darauf.

Scottie runzelte die Stirn und las die Informationen

auf dem Ticket. Es handelte sich um einen Flug der Delta Airlines am 12. Mai 2015 von Taipeh nach New York. Die Passagierin war eine gewisse Eleanor Farago. Scottie kratzte sich am Kopf, er verstand immer weniger, worum es hier eigentlich ging.

»Ich weiß, was passiert ist, ich hatte ja Zeit genug, darüber nachzudenken, während du geschlafen hast wie ein Murmeltier«, versicherte Billie triumphierend.

Sie setzte sich an den Computer und druckte eine Weltkarte aus, die sie im Internet heruntergeladen hatte. Dann zeichnete sie eine Route auf dem Pazifik ein.

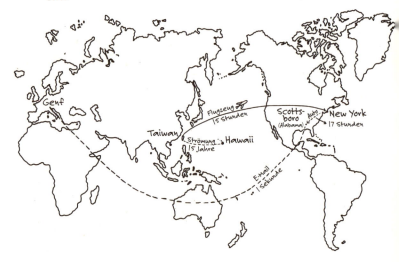

»Im Jahr 2000 hat ein Paar den Apparat beim Tauchen auf Hawaii verloren«, begann sie und öffnete dabei die letzten Fotos, die sie auf der Speicherkarte gefunden hatten.

»So weit sind wir uns einig«, stimmte Scottie ihr zu und setzte seine Brille auf.

Billie deutete auf das Flugticket und zeichnete eine gestrichelte Linie von Hawaii nach Taiwan.

»Die Kamera trieb im Meer und wurde von der Strömung an die taiwanesische Küste geschwemmt, wo Ms Farago sie gefunden hat.«

»Und sie hatte die Kamera dann auf dem Rückflug nach New York im Flugzeug vergessen?«

»Offensichtlich.« Billie vervollständigte das Schema mit einem weiteren Pfeil von Taiwan bis New York und einer gestrichelten Linie von dort bis zu ihrer kleinen Stadt.

Scottie war beeindruckt von den Schlussfolgerungen seiner Tochter. Billie hatte eine fast komplette Version des Puzzles rekonstruiert. Auch wenn ein Teil des Mysteriums noch ungeklärt war.

»Wer sind, deiner Meinung nach, die Leute auf den ersten Fotos?«

»Ich weiß nicht, aber ich denke, es handelt sich um Franzosen.«

»Warum?«

»Durch die Fenster sieht man die Dächer von Paris«, erwiderte Billie. »Und vor allem den Eiffelturm.«

»Ich dachte, der Eiffelturm wäre in Las Vegas.«

»Papa!«

»Das war ein Scherz«, antwortete Scottie, während er daran dachte, dass er Julia irgendwann einmal versprochen hatte, mit ihr nach Paris zu fahren – ein Versprechen, das im Laufe der Tage, Wochen und Jahre und des alltäglichen Trotts in Vergessenheit geraten war.

Er sah sich immer wieder die *Pariser* Aufnahmen und die von Hawaii an. Ohne genau zu wissen, warum, war er fasziniert von der Abfolge dieser Bilder. So, als würde hinter den beiden Fotosequenzen ein Drama lauern. So, als gäbe es ein Geheimnis zu lüften, das den Krimigeschichten würdig war, die er verschlang.

Was sollte er mit den Fotos anfangen? Er hatte keinen Grund, sie der Polizei zu übermitteln, aber eine Stimme in seinem Inneren raunte ihm zu, dass er sie irgendjemandem zeigen müsste. Vielleicht einem Journalisten? Am besten einem französischen Journalisten. Doch Scottie sprach kein Wort Französisch.

Er bedankte sich bei seiner Tochter, die ihm eine Tasse schwarzen Kaffee reichte. Dann setzten sie sich vor den Monitor. In der folgenden Stunde fanden sie durch Eingabe verschiedener Schlüsselwörter in diversen Suchmaschinen jemanden, der dem Profil entsprach, das sie erstellt hatten: Eine französische Journalistin, die einen Teil ihres Studiums in New York absolviert und einen Master of Science an der Columbia University gemacht hatte. Sie war nach Europa zurückgekehrt und arbeitete jetzt bei einer Schweizer Tageszeitung.

Auf der Homepage der Zeitung fand Billie ihre E-Mail-Adresse, und Vater und Tochter machten sich daran, eine Nachricht zu schreiben, die ihren Fund und ihren Eindruck, vor einem Rätsel zu stehen, darlegte.

Um ihre Ausführungen zu untermauern, fügten sie eine Auswahl der auf der Speicherkarte gefundenen Fotos hinzu. Dann schickten sie die Nachricht ab wie eine Flaschenpost.

Die Journalistin hieß Mathilde Monney.

Der Engel mit dem goldenen Haar

Auszug aus der Talkshow-Sendung *Bouillon de culture*
Ausgestrahlt auf *France 2* am 20. November 1998

Schickes, minimalistisches Dekor: cremefarbene Stoffe, antike Säulen, fiktive Bibliothek mit Marmoreffekt. Rund um einen Couchtisch sitzen die Geladenen in schwarzen Ledersesseln. Bernard Pivot, im Tweedjackett, auf der Nase eine Halbmondbrille, wirft jedes Mal einen Blick auf seine Unterlagen, bevor er eine Frage stellt.

Bernard Pivot: Wir sind spät dran, doch bevor ich zum Funkhaus zurückgebe, möchte ich Sie, Nathan Fawles, mit unserem traditionellen Fragenkatalog konfrontieren. Erste Frage: Welches ist Ihr Lieblingswort?
Nathan Fawles: Licht!
Pivot: Das Wort, das Sie am meisten verabscheuen?
Fawles: Voyeurismus, so hässlich im Klang wie in seiner Bedeutung.
Pivot: Ihre Lieblingsdroge?
Fawles: Japanischer Whisky. Ganz besonders der Bara No Niwa, dessen Brennerei in den Achtzigerjahren zerstört wurde und der …

Pivot: Halt! Halt! Wir können in einem öffentlich-rechtlichen Sender keine Werbung für eine Alkoholmarke machen! Nächste Frage: der Laut, das Geräusch, das Sie lieben?

Fawles: Die Stille.

Pivot: Der Laut, das Geräusch, das Sie am meisten verabscheuen?

Fawles: Die Stille.

Pivot: So, so! Und Ihr bevorzugter Fluch, Ihr Lieblingsschimpfwort?

Fawles: Arschlöcher.

Pivot: Das ist aber nicht sehr literarisch.

Fawles: Ich habe nie gewusst, was »literarisch« ist und was nicht. Raymond Queneau zum Beispiel verwendet diesen Ausdruck in seinen Stilübungen: »Nach einem saumäßigen Warten unter der schändlichen Sonne stieg ich endlich in einen unsauberen Autobus, in dem eine Bande Arschlöcher zusammengepfercht stand.«

Pivot: Mann oder Frau, um eine neue Banknote zu illustrieren?

Fawles: Alexandre Dumas, der viel gewonnen hat, ehe er alles verlor, und der daran erinnerte, dass Geld zwar ein guter Diener, aber ein schlechter Herr ist.

Pivot: Welcher Pflanze, welchem Baum, welchem Tier würden Sie im Fall einer Reinkarnation den Vorzug geben?

Fawles: Einem Hund, denn Hunde sind oft menschlicher als die Menschen. Kennen Sie die Geschichte von Levinas Hund?

Pivot: Nein, aber das werden Sie uns leider ein andermal erzählen müssen. Letzte Frage: Angenommen, Gott existiert, was möchten Sie dann nach Ihrem Tod von ihm zu hören bekommen, Nathan Fawles?

Fawles: Du warst nicht perfekt, Fawles ... aber ich bin es auch nicht!

Pivot: Ich danke Ihnen für Ihren Besuch und wünsche Ihnen allen einen schönen Abend. Bis nächste Woche!

[Abspannmusik: The Night Has a Thousand Eyes, *am Saxofon interpretiert von Sonny Rollins]*

6 Der Urlaub des Schriftstellers

Ein Schriftsteller ist nie im Urlaub.
Für einen Schriftsteller besteht das Leben darin,
zu schreiben oder ans Schreiben zu denken.

Eugène Ionesco

1.
Mittwoch, 10. Oktober 2018

Der Tag war noch nicht angebrochen. Gefolgt von seinem Hund, stieg Fawles behutsam die Treppe hinab. Auf dem Holztisch im Esszimmer standen noch immer die Reste vom Abendessen. Die Lider schwer, der Kopf benebelt, begann der Schriftsteller zwischen Wohnzimmer und Küche hin- und herzugehen und mit mechanischen Bewegungen wieder Ordnung zu schaffen.

Als er fertig war, gab er Bronco zu fressen und kochte sich eine große Kanne Kaffee. Nach der Nacht, die er hinter sich hatte, hätte er sich am liebsten eine Dosis Koffein intravenös gespritzt, um sich in dem Nebel, durch den er irrte, halbwegs zurechtzufinden.

Einen heißen Becher in Händen, trat Fawles fröstelnd auf die Terrasse. Blutrote Farbstreifen lösten sich im Tiefblau des Himmels auf. Der Mistral hatte die ganze Nacht geblasen und fegte jetzt über die Côte d'Azur. Die Luft war trocken und kalt, als hätte das Wetter innerhalb weniger Stunden vom Sommer zum Winter umgeschlagen. Der Schriftsteller zog den Reißverschluss seines Pullovers hoch und nahm an einem Tisch in einem Winkel der Terrasse Platz. Eine kleine windgeschützte Nische mit weiß gekalkten Wänden, die ihm als Patio diente.

Nachdenklich ließ er Mathildes Geschichte wie einen Film noch einmal abspulen, wobei er versuchte, die einzelnen Teile in eine kohärente Reihenfolge zu bringen. Die Journalistin war also per Mail von einem Hinterwäldler aus Alabama kontaktiert worden, der in einem Supermarkt, spezialisiert auf Fundsachen in Flugzeugen, einen alten Fotoapparat erstanden hatte. Zwei französische Touristen hatten ihn anscheinend im Jahr 2000 im Pazifik verloren, und irgendjemand hatte ihn fünfzehn Jahre später an einem taiwanesischen Strand wiedergefunden. Er enthielt mehrere Fotografien, die, so Mathilde, auf ein mögliches Drama verwiesen.

»Was war denn auf diesen Fotos zu sehen?«, hatte Fawles gefragt, als die junge Frau eine Pause einlegte.

Sie musterte ihn mit leuchtenden Augen.

»Genug für heute Abend, Nathan. Die Fortsetzung der Geschichte erfahren Sie morgen. Sollen wir uns am Nachmittag in der Pinienbucht treffen?«

Er dachte zunächst, das wäre ein Scherz, aber das kleine Biest hatte ihr Glas Saint-Julien bereits ausgetrunken und sich erhoben.

»Sie wollen mich wohl auf die Schippe nehmen?«

Sie zog ihre Lederjacke an, griff nach dem Autoschlüssel, den sie auf der Ablage im Eingang deponiert hatte, und kraulte Bronco am Kopf.

»Danke für das Kalbsfrikassee und den Wein. Haben Sie noch nie daran gedacht, ein kleines Restaurant aufzumachen? Ich bin sicher, das würde ein Bombenerfolg.«

Sprach's und verließ ohne weiteren Kommentar erhobenen Hauptes das Haus.

Die Fortsetzung der Geschichte erfahren Sie morgen ...

Das hatte ihn richtig wütend gemacht. Für wen hielt sie sich, diese Schundgeschichten-Scheherazade? Sie hatte Spannung aufbauen, ihn auf seinem eigenen Terrain herausfordern und ihm demonstrieren wollen, dass auch sie in der Lage war, ihren Zuhörern schlaflose Nächte zu bereiten.

Kleine, eingebildete Gans ... Fawles nahm einen letzten Schluck Kaffee und bemühte sich, wieder zur Ruhe zu kommen. Die schier endlose Odyssee der Digitalkamera war alles andere als uninteressant. Sie barg ganz gewiss das Potenzial für einen Romanstoff, auch wenn er bisher nicht so recht sah, wohin sie führen konnte. Und vor allem verstand er nicht, warum Mathilde behauptet hatte, die Geschichte würde *ihn* betreffen. Er war noch nie in Hawaii, Taiwan oder gar Alabama gewesen. Wenn tatsächlich eine Verbindung zu ihm bestand, dann nur über die Fotos, doch keiner der beiden Namen, die sie erwähnt hatte – Apolline Chapuis und Karim Amrani –, sagte ihm etwas.

Trotzdem spürte er, dass all das nicht ohne Folgen für ihn sein würde. Hinter dieser Inszenierung verbarg sich etwas viel Gravierenderes als ein simples literarisches Verführungsspiel. Was, zum Teufel, wollte diese Journalistin? Zunächst einmal war ihr der Coup jedenfalls gelungen, denn er konnte die ganze Nacht kein Auge zutun. Er hatte sich reinlegen lassen wie ein Anfänger. Schlimmer noch: Er war dabei, genauso zu reagieren, wie sie es erwartete.

Verdammt noch mal … Er durfte die Situation nicht länger einfach so hinnehmen. Er musste handeln, versuchen, mehr über diese Frau in Erfahrung zu bringen, noch bevor die Falle zuschnappte, die sie aufgestellt hatte. Mit angespannten Gesichtszügen rieb sich Nathan die eiskalten Hände. Leicht gesagt, »etwas in Erfahrung bringen« – er hatte keine Ahnung, wie er vorgehen sollte. Da er keinen Zugriff auf das Internet hatte, konnte er, ans Haus gefesselt, auch keine Nachforschungen anstellen, und sein schmerzendes, steifes und geschwollenes Fußgelenk blieb ein echtes Handicap. Wie so oft war sein erster Reflex, Jasper Van Wyck anzurufen. Aber Jasper war in New York und damit weit weg. Zwar könnte er Internetrecherchen für ihn durchführen, nicht aber ihm als verlängerter Arm für seine Konterattacke gegen Mathilde dienen. Nachdem Fawles das Problem von allen Seiten beleuchtet hatte, musste er zugeben, dass er auf Hilfe angewiesen war. Er brauchte einen findigen Kopf, der bereit und in der Lage war, Risiken einzugehen. Jemanden, der sich für seine Sache einsetzte, ohne zigtausend Fragen zu stellen.

Ein Name kam ihm in den Sinn. Er stand auf und kehrte ins Wohnzimmer zurück, um zu telefonieren.

2.

Tief in mein Bett gekuschelt, zitterte ich am ganzen Leib. Seit gestern schienen die Temperaturen um zehn Grad gesunken zu sein. Beim Zubettgehen hatte ich daran gedacht, den gusseisernen Heizkörper meiner kleinen Schlafstube einzuschalten, aber es war hoffnungslos kalt geblieben.

In meine Decken gewickelt, sah ich durchs Fenster, wie der Tag anbrach. Zum ersten Mal, seit ich hier war, fiel mir das Aufstehen schwer. Die Entdeckung der Leiche von Apolline Chapuis und die Verhängung der Blockade durch die Präfektur hatten Beaumont ganz und gar verwandelt. Innerhalb von knapp zwei Tagen war aus dem kleinen Mittelmeerparadies auf brutale Weise ein gigantischer Tatort geworden.

Vorbei die Gastlichkeit, der unbeschwerte Genuss der Aperitifs, die gewohnte Offenheit und Warmherzigkeit der Einwohner. Selbst die sommerlichen Temperaturen hatten sich aus dem Staub gemacht. Fortan herrschte überall nur noch Misstrauen. Die Anspannung hatte sich sogar noch gesteigert, als ein überregionales Wochenblatt titelte »Die dunklen Geheimnisse der Île Beaumont«. Wie so oft bei diesen schnell heruntergeschriebenen Berichten stimmte nichts. Die Artikel waren ein Konstrukt nicht überprüfter Informationen mit reißerischen Untertiteln. Beaumont erschien bald als die Insel der Millionäre – wenn nicht gar der Milliardäre – und dann wieder als ein Schlupfwinkel fanatischer Freiheitskämpfer, neben denen die Mitglieder des FLNC-Canal Historique sich wie Naivlinge ausnahmen. Auch die Gallinaris, die äußerst diskreten italienischen Inselbesitzer, befeuerten die Fantasie. Es war, als hätte es dieses Dramas bedurft, damit ganz Frankreich von der Existenz jenes schönen Fleckchens Erde erfuhr. Die ausländischen Journalisten standen den einheimischen Schreiberlingen in nichts nach und machten sich ein Vergnügen daraus, die verrücktesten Gerüchte zu verbreiten. Anschließend schrieben die verschiedenen Presseorgane voneinander ab, wodurch die ursprünglichen Informationen jedes Mal noch weiter verfälscht wurden. Dann geriet alles in den großen Häcksler der sozialen Netzwerke, um als Brei wieder herauszukommen, der so unwahr wie sinnentleert war und dessen einzige Funktion darin bestand, Klicks und Retweets zu generieren. Sieg auf der ganzen Linie für die Mittelmäßigkeit.

Neben der Angst, auf der Insel könnte ein potenzieller Mörder frei herumlaufen, waren es meiner Meinung nach diese Gerüchte, die die Bewohner von Beaumont so aufregten. Mit ansehen zu müssen, wie ihre Insel, ihr Stück Land, ihr Leben auf diese Weise im Rampenlicht der zweifelhaften Informationspolitik des 21. Jahrhunderts stand. Ihr Trauma reichte tief und wurde von dem Mantra genährt, das alle wiederholten, denen ich begegnete: *Nichts wird mehr so sein, wie es war.*

Im Übrigen hatte hier jeder ein Boot, von der Fischerbarkasse bis zu imposanteren Wasserfahrzeugen, und das Verbot, dieses zu nutzen, kam einem Hausarrest gleich. Die Polizisten, die vom Festland eingetroffen waren und im Hafen patrouillierten, betrachtete man als Invasoren. Dieses Eindringen war umso unerträglicher, als die Ermittler bisher nicht viel getan zu haben schienen, außer Schande über die Beaumonteser zu bringen. Sie hatten in den wenigen Restaurants und Kneipen der Insel Hausdurchsuchungen durchgeführt, ebenso in einigen Geschäften, von denen angenommen werden konnte, dass sie einen Kühlraum oder eine große Gefriertruhe besaßen, aber nichts ließ vermuten, dass diese Ermittlungen von Erfolg gekrönt waren.

Das Signal, das den Eingang einer Nachricht auf meinem Handy anzeigte, bewog mich dazu, unter meinen Bettdecken hervorzukriechen. Ich rieb mir die Augen, bevor ich nachschaute, was auf meinem Display angezeigt wurde. Laurent Lafaury hatte soeben kurz hintereinander zwei Artikel veröffentlicht. Ich rief seinen Blog auf. Der erste Post wurde durch ein Foto seines verschwollenen Gesichts illustriert. Er berichtete von einem Angriff, dem er angeblich letzte Nacht zum Opfer gefallen war, als er am Tresen des *Fleurs du Malt* ein Gläschen trank. Eine Gruppe von Gästen hatte ihn demnach beiseitegenommen und ihm vorgeworfen, durch seine Tweets die Paranoia zu nähren, die sich auf der Insel allmählich breitmachte. Lafaury hatte sein Mobiltelefon gezückt, um die Szene zu filmen, aber seinen Worten nach hatte der Gemeindepolizist Ange Agostini das Gerät konfisziert, bevor er tatenlos zusah, wie ihm der Wirt der Kneipe, angefeuert von einigen Gästen, eine Tracht Prügel verabreichte. Der Journalist verkündete seine Absicht, Anzeige zu erstatten, und beschloss seine Mitteilung mit einem Hinweis auf die Theorie des »Sündenbocks«, die durch René Girard bekannt geworden war: Jede Gesellschaft oder Gemeinschaft, die sich in einer Krise befindet, verspürt das Bedürfnis, Sündenböcke zu ermitteln und sie als Ursache des Übels abzustempeln, das die Gesamtheit zu tragen hat.

Diese letzte Feststellung war hellsichtig, und Lafaury hatte nicht unrecht. Der Journalist beschwor Hass herauf und erlebte gleichzeitig seine Sternstunde und einen echten Leidensweg. Er war der Meinung, seinen Beruf rechtmäßig auszuüben, hingegen fand ein Teil der Insulaner, er gieße Öl ins Feuer. Die Inselbewohner waren ins Irrationale abgedriftet, und man konnte sich durchaus vorstellen, dass Lafaury weiteren Ausschreitungen zum Opfer fallen könnte. Um die Gemüter zu beruhigen und zu vermeiden, dass die Situation eskalierte, hätte die Blockade aufgehoben werden müssen, wozu die Präfektur aber noch nicht bereit zu sein schien. Vor allem hätte man schnellstens den Urheber dieses grauenvollen Verbrechens finden müssen.

Der zweite Post des Journalisten betraf die Ermittlungen der Polizei, genauer gesagt, die Persönlichkeit und Geschichte des Opfers.

1980 als Apolline Mérignac geboren, wuchs Apolline Chapuis im 7. Arrondissement von Paris auf. Sie besuchte die Schule Sainte-Clotilde und anschließend das Gymnasium Fénelon-Sainte-Marie. Die schüchterne und glänzende Schülerin belegte eine Vorbereitungsklasse in Literatur, 1998 geriet ihr Leben jedoch urplötzlich aus den Fugen.

Auf einer Studentenparty begegnete sie Karim Amrani, einem kleinen Dealer, der am Boulevard de la Chapelle seine Geschäfte machte, und verliebte sich Hals über Kopf in ihn. Amrani hatte sein Jurastudium in Nanterre abgebrochen. Der etwas verloren wirkende Schönredner stand den Ultralinken nahe und träumte sich den einen Tag in die Rolle von Fidel Castro und den anderen Tag in die von Tony Montana.

Um ihm zu gefallen, schwänzte Apolline den Unterricht und zog mit ihm in ein besetztes Haus in der Rue de Châteaudun. Nach und nach schlitterte Karim tiefer in die Drogenszene und brauchte immer mehr Geld, um seine Abhängigkeit finanzieren zu können. Trotz aller Bemühungen ihrer Familie, sie aus diesem Milieu herauszuholen, lebte Apolline von Tag zu Tag mehr ein

Leben außerhalb der gesellschaftlichen Normen. Sie begann sich zu prostituieren, bald aber genügten diese Einnahmen nicht mehr. So wurde sie Karims Komplizin und rutschte mit ihm in die Kriminalität ab. Es folgte eine Reihe von Diebstählen, gelegentlich mit Gewaltanwendung, die im September 2000 ihren Höhepunkt mit einem Raubüberfall auf ein Wettcafé in der Nähe der Place Stalingrad erreichte. Der Überfall misslang. Der Besitzer setzte sich zur Wehr. Um ihn einzuschüchtern, gab Karim einen Schuss mit einer Schreckschusspistole ab. Der Mann wurde verletzt und verlor ein Auge. Karim schnappte sich die Kasse und lief zu Apolline, die ihn draußen auf einem Motorrad erwartete. Eine Polizeistreife entdeckte die beiden, und es kam zu einer Verfolgungsjagd, die, zum Glück ohne Opfer zu fordern, am Boulevard Poissonnière, direkt gegenüber vom Grand Rex, dem unter Denkmalschutz stehenden Kino, endete. Im Prozess wurde Karim zu acht Jahren Gefängnis verurteilt, Apolline kam mit der Hälfte der Zeit davon.

Na klar ... Mir fiel ein, dass mich einige Daten erstaunt hatten, als ich mir Apollines Internetseite angeschaut hatte, denn ihr Lebenslauf wies große Lücken auf.

Die Zeit verging. Sie kam 2003 aus dem Gefängnis in Fleury-Mérogis frei und brachte ihr Leben wieder auf den rechten Weg. Sie nahm erst in Bordeaux, dann in Montpellier erneut ihr Studium auf, heiratete Rémi Chapuis, den Sohn eines Anwalts aus der Gegend. Die Ehe blieb kinderlos und wurde nach einigen Jahren geschieden. 2012 kehrte sie nach Bordeaux zurück, eröffnete ihre Weinfirma und machte erst zu diesem Zeitpunkt ihre Vergangenheit publik – es war übrigens eine ihrer ehemaligen Partnerinnen, die ihr Verschwinden bei der Polizei in Bordeaux meldete.

Am Ende seines Blogs hatte Lafaury einen alten Artikel aus dem *Parisien* eingescannt, der über den Prozess von »*Bonnie and Clyde von der Place Stalingrad*« berichtete. Ein Schwarz-Weiß-Foto zeigte Apolline als großes und zartgliedriges junges Mädchen mit schmalem Gesicht, eingefallenen Wangen und gesenktem Blick. Karim war kleiner, gedrungen und kräftig und hatte einen entschlossenen Gesichtsausdruck. Er stand in dem Ruf, unter Drogeneinfluss brutal und gewalttätig zu werden, sein Verhalten während des Prozesses war jedoch tadellos. Gegen den Rat seines Anwalts hatte er versucht, Apolline möglichst zu entlasten. Eine Strategie, die durchaus erfolgreich gewesen war.

Nachdem ich den Post gelesen hatte, sagte ich mir, die Entdeckung der kriminellen Vergangenheit von Apolline Chapuis könnte die Gemüter möglicherweise beruhigen. Vielleicht gab es keinerlei Verbindung zwischen ihrer Ermordung, der Île Beaumont und ihren Bewohnern. Vielleicht hätte sie auch irgendwo anders zu Tode kommen können. Ich fragte mich auch, was wohl aus Karim Amrani nach seiner Entlassung aus dem Knast geworden war. Hatte er seine kriminellen Aktivitäten wieder aufgenommen? Hatte er versucht, mit seiner ehemaligen Komplizin erneut in Kontakt zu

treten? Hatte er damals wirklich so großen Einfluss auf
Apolline gehabt, oder waren die Dinge komplizierter?
Ich fragte mich vor allem, ob es möglich war, dass Apollines unheilvolle Vergangenheit sie so viele Jahre später
wie ein Bumerang eingeholt hatte.

Ich schnappte mir meinen Laptop, der vor dem Bett
stand, um mir Notizen für meinen Roman zu machen.
Ich arbeitete wie besessen, die Seiten füllten sich ganz
von selbst. Ich wusste nicht, ob das, was ich schrieb,
etwas wert war, aber ich wusste, dass das Schicksal mich
auf eine Geschichte gebracht hatte, die jemand erzählen
musste. Eine wahre Geschichte, die stärker war als jede
erfundene und die, das spürte ich, sich noch im Anfangsstadium befand. Warum war ich so fest davon
überzeugt, dass der Mord an Apolline nur die Spitze
eines Eisbergs darstellte? Vielleicht erschien mir die
Panik der Leute verdächtig, so als gäbe es auf der Insel
ein Geheimnis, das sie nicht preisgeben wollten. Auf
jeden Fall war ich definitiv eine Romanfigur geworden
wie in jenen Büchern, in denen man selbst der Held ist
und die ich als Kind gelesen hatte.

Dies Gefühl sollte sich alsbald noch verstärken. Mein
Telefon klingelte, und auf dem Display war eine unbekannte Nummer zu sehen – die Vorwahl deutete jedoch
auf einen Anschluss auf der Insel hin.

Als ich abhob, erkannte ich sofort die Stimme von
Nathan Fawles.

Er bat mich, zu ihm zu kommen.

Sofort.

3.

Dieses Mal empfing Fawles mich nicht mit Schüssen, sondern mit einer Tasse guten Kaffees. Das Innere des Hauses war so, wie ich es mir vorgestellt hatte: minimalistisch und spektakulär, cool und gemütlich. Das perfekte Haus für einen Schriftsteller. Ich sah Persönlichkeiten wie Hemingway, Neruda oder Simenon hier sitzen und schreiben. Oder auch Nathan Fawles ...

Er trug eine Jeans, ein weißes Hemd und darüber einen Pullover mit Reißverschluss und gab seinem Hund, dem Golden Retriever mit dem blonden Fell, Wasser. Ohne seinen Panamahut und seine Sonnenbrille konnte ich endlich erkennen, wie er wirklich aussah. Um ehrlich zu sein, war er im Vergleich zu den Fotos vom Ende der Neunzigerjahre kaum gealtert. Fawles war von mittlerer Statur, aber er strahlte eine starke Präsenz aus. Sein Gesicht war gebräunt, die Augen waren klar wie das durchscheinende Meerwasser, das man in der Ferne sah. Sein Dreitagebart und sein Haar tendierten eher Richtung Pfeffer als Richtung Salz. Von ihm ging etwas nicht Greifbares, Geheimnisvolles aus. Eine Ernsthaftigkeit, von der man nicht wusste, ob man sich vor ihr in Acht nehmen musste oder nicht.

»Setzen wir uns nach draußen«, schlug Fawles vor, wobei er nach einem kleinen Köfferchen aus abgenutztem Leder griff, das auf einem Eames-Stuhl gelegen hatte, der doppelt so alt sein musste wie ich.

Ich folgte ihm auf die Terrasse. Es war noch immer ein wenig kühl, aber die Sonne war bereits aufgegangen. Der linke, an den Felsen grenzende Bereich, wo Fawles bei unserer ersten Begegnung Wache gehalten hatte, war nicht gefliest, sondern aus gestampftem Lehm. Hier war unter drei großen Pinien ein Tisch mit Metallfüßen im Boden verankert, zu dessen beiden Seiten zwei Steinbänke standen.

Fawles forderte mich auf, Platz zu nehmen, und setzte sich mir gegenüber.

»Ich will gleich zur Sache kommen«, sagte er, während er mich durchdringend ansah. »Ich habe dich kommen lassen, weil ich dich brauche.«

»Mich?«

»Ich brauche deine Hilfe.«

»Meine Hilfe?«

»Hör auf, immer zu wiederholen, was ich sage, das nervt. Du sollst etwas für mich erledigen, kapiert?«

»Was?«

»Etwas Wichtiges und Gefährliches.«

»Aber … Was bekomme ich dafür, wenn es gefährlich ist?«

Fawles stellte seinen Aktenkoffer auf die Tischplatte aus Keramik.

»Du bekommst das, was in diesem Aktenkoffer ist.«

»Ich pfeife auf das, was in Ihrem Aktenkoffer ist.«

Er verdrehte die Augen.

»Wie kannst du sagen, dass du darauf pfeifst, wenn du nicht einmal weißt, was der Koffer enthält?«

140

»Was ich will, ist, dass Sie mein Manuskript lesen.«

Ohne ein Wort zu sagen, öffnete Fawles den Akten-koffer, um den Roman herauszuholen, den ich ihm bei unserer ersten Begegnung zugeworfen hatte.

»Ich habe deinen Text bereits gelesen, mein Klei-ner!«, sagte er lächelnd.

Er reichte mir das Manuskript von *Die Unnahbarkeit der Baumkronen*, offensichtlich erfreut darüber, mich hereingelegt zu haben.

Fieberhaft blätterte ich die Seiten um. Sie enthielten viele Anmerkungen. Fawles hatte meinen Roman nicht nur gelesen, sondern sehr gewissenhaft korrigiert, so-dass er damit entsprechend viel Zeit zugebracht haben musste. Plötzlich wurde ich von Angst ergriffen. Ich hatte die Ablehnung der Verlage und die herablassen-den Äußerungen eines Blödmanns wie Bernard Dufy aushalten können, aber würde ich mich von sarkasti-schen Bemerkungen meines Idols je wieder erholen?

»Was halten Sie davon?«, fragte ich monoton.

»Ehrlich?«

»Ehrlich. Ist er miserabel?«

Sadistisch trank Fawles einen Schluck Kaffee und ließ sich Zeit, bevor er erklärte:

»Zuerst einmal gefällt mir der Titel sehr gut, sein Klang, seine Symbolik ...«

Ich hielt den Atem an.

»Dann muss ich anerkennen, dass er durchaus gut geschrieben ist ...«

Ich stieß einen Seufzer der Erleichterung aus, auch

wenn ich wusste, dass für Fawles »gut geschrieben« nicht unbedingt ein Kompliment war, was er übrigens eilig bestätigte:

»Ich würde sogar sagen, er ist ein bisschen zu gut geschrieben.«

Nun griff er nach dem Manuskript und blätterte es durch.

»Ich habe festgestellt, dass du mir zwei oder drei Formulierungen geklaut hast. Genau wie Stephen King, Cormac McCarthy und Margaret Atwood ...«

Ich wusste nicht, ob von mir irgendeine Antwort erwartet wurde. Das Geräusch der Wellen am Fuß des Steilfelsens stieg mit einer Kraft bis zu uns herauf, die den Eindruck vermittelte, auf einem Schiffsdeck zu stehen.

»Aber das ist nicht schlimm«, fuhr Fawles fort, »es ist normal, als Anfänger Vorbilder zu haben, und es beweist zumindest, dass du gute Bücher gelesen hast.«

Er blätterte weiter, um sich seine Anmerkungen noch einmal anzusehen.

»Es gibt überraschende Wendungen, die Dialoge sind häufig schnell und leicht formuliert, manchmal witzig, und man kann nicht sagen, dass man sich langweilt ...«

»Aber?«

»Aber das Wesentliche fehlt.«

Ach ja, also doch ...

»Und was ist das Wesentliche?«, fragte ich ziemlich deprimiert.

»Was ist es deiner Meinung nach?«

»Keine Ahnung. Originalität? Neue Ideen?«

»Nein, auf neue Ideen pfeife ich, die gibt es überall.«

»Die Dynamik der Geschichte? Die Relation zwischen einer guten Geschichte und interessanten Personen?«

»Dynamik ist etwas für Physiker. Und Relationen sind für Mathefreaks. Das alles wird aus dir keinen guten Romanschriftsteller machen.«

»Die passenden Worte?«

»Passende Worte sind in Gesprächen nützlich«, meinte Fawles spöttisch. »Mit einem Wörterbuch kann aber jeder arbeiten. Überlege weiter, was ist wirklich wichtig?«

»Wichtig ist, dass das Buch dem Leser gefällt.«

»Der Leser ist wichtig, das stimmt. Du schreibst für ihn, da sind wir uns einig, aber wenn du versuchst, deinen Lesern zu gefallen, ist es der beste Weg, nicht gelesen zu werden.«

»Gut, dann weiß ich es nicht. Was ist denn nun das Wesentliche?«

»Das Wesentliche ist die Begeisterung, die deine Geschichte nährt, von der du besessen sein musst, die dich durchzucken muss wie ein elektrischer Stromstoß. Die dich innerlich verzehren muss, sodass du gar nicht mehr anders kannst, als deinen Roman zu Ende zu bringen, als würde dein Leben davon abhängen. Das bedeutet es, zu schreiben. Begeisterung und Energie führen dazu, dass man alles andere vergisst, um sich, so wie du selbst, von der Geschichte mitreißen zu lassen.«

Ich dachte erst einmal darüber nach, was er mir gerade gesagt hatte, dann wagte ich es, zu fragen:

»Was ist denn ganz konkret das Problem meines Schreibstils?«

»Er ist zu trocken. Ich spüre darin keine Dringlichkeit. Und das Schwerwiegendste ist vor allem, dass ich keine Emotionen darin spüre.«

»Die gibt es aber!«

Fawles schüttelte den Kopf.

»Falsche Emotionen. Künstliche, das sind die schlimmsten ...«

Er ließ seine Finger knacken und präzisierte seinen Gedanken:

»Ein Roman ist Emotion, nicht Intellekt. Um jedoch Emotionen hervorzubringen, muss man sie zuerst erleben. Du musst die Emotionen deiner Personen körperlich empfinden. Und zwar die Emotionen *aller* deiner Personen: der Helden ebenso wie der Dreckskerle.«

»Das ist die wahre Aufgabe des Romanschriftstellers? Emotionen zu erschaffen?«

Fawles zuckte mit den Schultern.

»Das ist es jedenfalls, was *ich* erwarte, wenn ich einen Roman lese.«

»Als ich gekommen bin, um Ihren Rat zu erbitten, warum haben Sie mir da geantwortet: ›Mach aus deinem Leben etwas anderes, als Schriftsteller werden zu wollen‹?«

Fawles seufzte und erwiderte:

»Weil das keine Arbeit für Leute ist, die geistig gesund

sind. Es ist eine Arbeit für Schizophrene. Eine Tätigkeit, die eine zerstörerische mentale Spaltung erfordert: Um zu schreiben, musst du zugleich in der Welt und außerhalb der Welt sein. Verstehst du, was ich sagen will?«

»Ich glaube, ja.«

»Sagan hat die perfekte Formulierung dafür gefunden: ›Der Schriftsteller ist ein armes Tier, mit sich selbst in einem Käfig gefangen.‹ Wenn du schreibst, lebst du nicht mit deiner Frau, deinen Kindern oder deinen Freunden. Oder vielmehr, du tust lediglich so, als würdest du mit ihnen leben. Dein wahres Leben aber verbringst du ein, zwei oder auch fünf Jahre mit deinen Romanfiguren ...«

Jetzt war er in Schwung geraten und fuhr fort:

»Romanschriftsteller zu sein, das ist kein Halbtagsjob. Wenn du Romanschriftsteller bist, dann bist du es rund um die Uhr. Du hast nie Urlaub. Du liegst immer auf der Lauer, wartest immer gierig auf eine Idee, die du aufgreifen kannst, auf einen Ausdruck, ein Verhalten, die eine deiner Figuren charakterisieren könnten.«

Ich saugte seine Worte auf. Es war aufregend, ihn voller Leidenschaft über das Schreiben sprechen zu hören. Das war der Nathan Fawles, den ich zu finden gehofft hatte, als ich auf die Île Beaumont kam.

»Aber es lohnt sich doch, Nathan, oder?«

»Ja, es lohnt sich«, antwortete er und ließ sich mitreißen. »Und weißt du auch, warum?«

Dieses Mal hatte ich tatsächlich den Eindruck, es zu wissen, und antwortete:

»Weil man einen Moment lang Gott ist.«

»Genau. Es ist dämlich, das zu sagen, aber einen Moment lang bist du vor deinem Bildschirm ein Schöpfergott, der die Schicksale gestalten und die Protagonisten auch wieder vernichten kann. Und wenn du diese Euphorie erlebt hast, gibt es nichts Erregenderes mehr.«

Der Köder war einfach zu schön.

»Warum haben Sie dann mit dem Schreiben aufgehört?«

Fawles verstummte, und seine Gesichtszüge verhärteten sich. Seine Augen verloren ihren Glanz. Ihr helles Blau wurde dunkel, als hätte ein Maler einige Tropfen schwarze Tinte darin aufgelöst.

»Verdammt...«, flüsterte er. Etwas war zerbrochen.

»Ich habe aufgehört zu schreiben, weil ich die Kraft dafür nicht mehr hatte, so ist das.«

»Aber Sie scheinen sehr gut in Form zu sein. Und damals waren Sie erst dreißig.«

»Ich spreche von der psychischen Kraft. Ich war nicht mehr in der geistigen Verfassung, hatte nicht mehr die mentale Flexibilität, die das Schreiben verlangt.«

»Warum?«

»Das ist *mein* Problem«, antwortete er, legte meinen Text in seinen Aktenkoffer zurück und ließ das Schloss zuschnappen.

Und ich verstand, dass der Meisterkurs in Literatur beendet war und nun ein anderes Thema zur Sprache kommen würde.

4.

»Gut, hilfst du mir jetzt, ja oder nein?«

Fawles sah mir streng in die Augen und ließ meinen Blick nicht los.

»Was soll ich tun?«

»Zuerst möchte ich, dass du Erkundigungen über eine Frau einholst.«

»Über wen?«

»Eine Schweizer Journalistin, die sich auf der Insel aufhält. Eine gewisse Mathilde Monney.«

»Ich weiß genau, wer das ist!«, rief ich. »Ich hatte keine Ahnung, dass sie Journalistin ist. Am Wochenende kam sie in die Buchhandlung und hat alle Bücher von Ihnen gekauft!«

Fawles reagierte nicht.

»Was genau wollen Sie über sie wissen?«

»Alles, was du zusammentragen kannst: Warum sie hier ist, was sie den ganzen Tag über macht, wen sie trifft, welche Fragen sie den Leuten stellt.«

»Glauben Sie, dass sie einen Artikel über Sie schreiben will?«

Wieder ignorierte Fawles meine Frage.

»Dann will ich, dass du zu dem Haus gehst, in dem sie sich eingemietet hat, und ihr Zimmer aufsuchst ...«

»Und was soll ich da mit ihr tun?«

»Nichts natürlich, du Idiot! Du gehst in ihr Zimmer, wenn sie nicht da ist.«

»Das ist aber nicht legal …«

»Wenn du nur das tun willst, was erlaubt ist, wirst du nie ein guter Romanschriftsteller. Und du wirst nie ein Künstler sein. Die Kunstgeschichte ist die Geschichte der Übertretungen von Regeln und Gesetzen.«

»Sie spielen mit den Worten, Nathan.«

»Das ist das Charakteristikum eines Schriftstellers.«

»Ich dachte, Sie sind kein Schriftsteller mehr.«

»Einmal Schriftsteller, immer Schriftsteller.«

»Ein schwacher Spruch für einen Pulitzerpreisträger, oder?«

»Halt die Klappe!«

»Gut, was soll ich in diesem Zimmer suchen?«

»Das weiß ich nicht genau. Fotos, Artikel, Infomaterial …«

Er schenkte sich noch eine Tasse Kaffee ein, trank einen Schluck und verzog das Gesicht.

»Außerdem sollst du das Internet durchforsten, um alles zusammenzutragen, was du über Mathilde finden kannst, dann …«

Ich hatte mein Mobiltelefon bereits herausgezogen, um mit den Recherchen zu beginnen, aber Fawles stoppte mich.

»Hör mir zuerst zu! Und verlier keine Zeit: Hier hast du kein WLAN.«

Ich ließ mein Handy sinken wie ein ertappter Schüler.

»Ich möchte auch, dass du zwei weitere Namen recherchierst: Apolline Chapuis und …«

»Die ermordete Frau?«

Fawles runzelte die Stirn.

»Was erzählst du da?«

Bei seinem Gesichtsausdruck wurde mir klar, in welcher Einsamkeit der Schriftsteller lebte, dass die Tatsache und die Umstände des Dramas, das Beaumont seit mehreren Tagen erschütterte, vermutlich nicht bis zu ihm vorgedrungen waren. Ich informierte ihn über alles, was ich wusste: den Mord an Apolline, ihre gefrorene Leiche, ihre kriminelle Vergangenheit an der Seite von Karim Amrani, die Blockade der Insel.

Je mehr Informationen ich auflistete, desto betroffener wurde Fawles' Gesichtsausdruck. Die anfängliche Unruhe, die ich bemerkt hatte, als ich bei ihm angekommen war, war einer tiefen Bestürzung und erkennbaren Angst gewichen.

Als ich verstummte, schien Fawles ernsthaft erschüttert zu sein. Er brauchte einen Moment, um sich zu fassen, fand jedoch schließlich seine Contenance wieder. Und nach kurzem Zögern lieferte er mir seinerseits Informationen und vertraute mir die Geschichte an, die Mathilde Monney ihm am Tag zuvor erzählt hatte: Von der unglaublichen Reise des Fotoapparats, den Apolline und Karim verloren hatten. Im ersten Moment verstand ich nur wenig. Das waren zu viele Fakten, als dass ich einen Bezug zwischen ihnen hätte herstellen können. Ich hatte viele Fragen an Fawles, aber er ließ mir dafür keine Zeit. Kaum hatte er seinen Bericht beendet, nahm er mich beim Arm und begleitete mich zum Ausgang.

»Durchsuch das Zimmer von Mathilde, *sofort!*«

»Sofort kann ich nicht. Ich muss meinen Dienst in der Buchhandlung antreten.«

»Sieh zu, wie du klarkommst!«, rief er. »Bring mir Informationen!«

Er schloss die Tür heftig hinter mir. Ich begriff, dass die Situation ernst und es in meinem Interesse war, zu tun, worum Fawles mich gebeten hatte.

7 In der prallen Sonne

Hic Sunt Dracones.

(Hier sind Drachen.*)

1.

Südwestliche Spitze der Insel

Mathilde Monney schlug die Tür des Pick-ups zu, ließ den Motor an und wendete auf dem Kiesweg. Die Pension, in der die Journalistin ihr Gästezimmer gemietet hatte, glich einem englischen Cottage. Ein Fachwerkhäuschen mit Strohdach, dessen Fassade von Kletterrosen überwuchert war. Dahinter erstreckte sich ein verwilderter Garten, der bis zur Doppelbogen-Brücke reichte, über die man die Halbinsel Sainte-Sophie erreichte.

Ich war nur zweimal an der Südküste gewesen. Das erste Mal, um das Benediktinerinnenkloster zu besich-

---

* Lateinische Textphrase, die auf mittelalterlicher Kartografie unbekannte oder gefährliche Gebiete anzeigte.

tigen, das zweite Mal zusammen mit dem Polizisten Ange Agostini an jenem Tag, an dem man Apollines Leiche am Tristana Beach gefunden hatte. Als ich auf die Insel gekommen war, hatte Audibert mir erklärt, dieser Teil von Beaumont sei, historisch gesehen, die von der anglofonen Bevölkerung bevorzugte Gegend. Und Mathilde hatte sich auch bei einer Irin eingemietet. Das Haus gehörte seit einer Ewigkeit Colleen Dunbar, einer betagten Architektin, die das Zimmer im ersten Stock als Bed & Breakfast vermietete, um ihr Einkommen aufzubessern.

Ich hatte darauf verzichtet, mit dem Rad hierherzufahren – auf dem Rückweg von Fawles' Haus hatte ich eine Reifenpanne gehabt –, und stattdessen vor *Ed's Corner* einen elektrischen Motorroller gemietet, den ich jetzt im Gebüsch versteckte. Ich hatte auch mit Audibert verhandeln müssen, um den Vormittag freizubekommen. Der Buchhändler schien immer bedrückter, als lastete das gesamte Elend der Welt auf seinen Schultern.

Ich stieg an einer nicht zu steilen Stelle zu den Felsen hinab und wartete, bis die Luft rein war. Von meinem Beobachtungsposten aus konnte ich das Haus im Blick behalten und gleichzeitig die beeindruckende Schönheit dieses wilden Fleckchens genießen. Zwanzig Minuten zuvor hatte ich gesehen, wie die alte Dunbar ihr Haus verließ. Ihre Tochter hatte sie mit dem Auto abgeholt, um zum Einkaufen zu fahren. Mathilde schickte sich an, ihrem Beispiel zu folgen. Ihr Pick-up entfernte

152

sich von dem Haus und bog anschließend nach Westen ab. Ich wartete, bis er außer Sichtweite war, verließ dann mein Versteck, kletterte die Felsen hinauf und lief zum Cottage.

Ein schneller Rundblick beruhigte mich, es gab keine unmittelbaren Nachbarn. Das Kloster lag gut einhundert Meter entfernt. Bei genauerem Hinsehen entdeckte ich drei oder vier Nonnen, die im Gemüsegarten arbeiteten, doch wenn ich mich auf die Rückseite des Hauses begab, konnten sie mich nicht mehr sehen.

Ehrlich gesagt, war mir bei der Vorstellung, etwas Verbotenes zu tun, äußerst unwohl. Mein Leben lang war ich bereitwillig ein Gefangener des Musterschüler-Syndroms gewesen. Als Einzelkind stammte ich aus einer nicht eben betuchten Mittelklassefamilie. Meine Eltern hatten viel investiert – an Zeit, Energie und dem wenigen Geld, das sie verdienten –, damit ich eine gute Ausbildung erhielt und »ein guter Mensch« werden sollte. Von klein auf hatte ich mich bemüht, sie nicht zu enttäuschen, und keinen Unsinn gemacht. Und diese Pfadfindermentalität war zu meiner zweiten Natur geworden. Meine Jugend war ein langer, ruhiger Fluss. Mit vierzehn Jahren hatte ich vielleicht hin und wieder eine Zigarette auf dem Pausenhof geraucht, mit meinem Mofa ein paarmal eine rote Ampel überfahren, ein paar Pornos von *Canal+* aufgenommen und einem Typen, der mich beim Fußball übel attackiert hatte, eins auf die Nase gegeben – aber das war auch schon alles gewesen.

Meine Studienzeit verlief ebenso ruhig. Ich hatte

zwei Vollräusche erlebt, mir auf der Handelsschule den Füllfederhalter eines Kommilitonen »ausgeliehen« und in der Buchhandlung *L'Œil Écoute* am Boulevard Montparnasse eine *Pléiade*-Ausgabe von Georges Simenon mitgehen lassen. Mittlerweile war die Buchhandlung geschlossen, und jedes Mal, wenn ich an der dort eröffneten Boutique vorbeikam, stellte ich mir die bange Frage, ob mich eine Mitschuld daran traf.

Aber ich hatte nie einen Joint geraucht oder Drogen genommen – ehrlich gesagt, hatte ich nicht einmal gewusst, wo ich mir das Zeug besorgen konnte. Ich war kein Nachtschwärmer, ich brauchte meine acht Stunden Schlaf, und seit zwei Jahren arbeitete ich jeden Tag – das Wochenende eingeschlossen. Entweder schrieb ich an meinem Roman oder übernahm kleine Jobs, um meine Miete bezahlen zu können. In einem literarischen Werk hätte ich die perfekte Verkörperung des naiven und sentimentalen jungen Mannes sein können, der durch polizeiliche Ermittlungen und unvorhergesehene Ereignisse abgehärtet würde.

Also lief ich mit betont lässiger Miene zum Eingang des Cottage. Alle hatten mir versichert, auf Beaumont würde niemand sein Haus abschließen. Ich drehte den Türknauf, der jedoch blockiert war. Wieder ein Märchen, das die Einheimischen den Touristen oder armen Gutgläubigen wie mir auftischten. Vielleicht hatte aber auch die Entdeckung von Apollines Leichnam nur wenige Kilometer von hier entfernt die Journalistin vorsichtiger gemacht.

Also musste ich mir gewaltsam Zutritt verschaffen. Ich inspizierte die verglaste Küchentür, doch die Scheibe schien mir zu dick, um sie einzuschlagen, ohne mich zu verletzen. Ich begab mich wieder vor das Haus. Die Nonnen schienen den Gemüsegarten verlassen zu haben. Ich versuchte mir Mut zu machen. Ich brauchte nur eine Scheibe mit dünnerem Glas zu finden und sie mit dem Ellenbogen einzudrücken. Auf der nachlässig gemauerten Terrasse hatte die Irin einen armseligen, von Sonne, Regen und Salz verwitterten Tisch aus Teakholz und drei Stühle aufgestellt. Und hinter dieser Sitzgruppe entdeckte ich eine angenehme Überraschung: Ein Türflügel stand offen. Zu schön, um wahr zu sein?

2.

Ich betrat das Wohnzimmer. Es war sehr warm, und der süßliche Geruch von Apfelkuchen mit Zimt erfüllte die Luft. Das Dekor war ansprechend: eine Bonbonniere im britischen Stil, zahlreiche Kerzen, schottische Plaids, Vorhänge mit Blumenmotiv, romantische Wandbehänge und Teller an den Wänden.

Als ich gerade in den ersten Stock hinaufgehen wollte, vernahm ich ein Geräusch. Ich schnellte herum und entdeckte eine deutsche Dogge, die im Begriff war, sich auf mich zu stürzen. Weniger als einen Meter von mir entfernt, hielt sie inne. Ein Muskelpaket mit glänzendem dunklem Fell, das mir bis zum Bauch reichte.

Mit gespitzten Ohren sah die Dogge mich drohend an und stieß ein furchtbares Knurren aus. Um den Hals trug sie eine Art Medaille, auf die *Little Max* eingraviert war. Sicher ein passender Name, als der Hund drei, vier Monate alt gewesen war. Ich wollte den Rückzug antreten, doch das hinderte die Dogge nicht daran, mich anzugreifen. Ich sprang im letzten Moment zur Seite und rannte die Treppe hinauf, gefolgt von dem Wachhund, der bereit war, seine Zähne in meine Waden zu schlagen. Ich mobilisierte alle meine Kräfte, stürzte in das erstbeste Zimmer und schlug hinter mir, dem Hund vor der Nase, die Tür zu.

Während er unter wütendem Gebell den Rahmen attackierte, versuchte ich, wieder zu Atem und klarem Verstand zu kommen. Glücklicherweise – wenn man von Glück sprechen kann, denn immerhin hätte ich fast einen Fuß verloren – befand ich mich offensichtlich in dem Zimmer, das Mathilde gemietet hatte.

Es war eine Art Miniappartement mit Balken aus hellem Holz, in dem Laura Ashleys Geist allgegenwärtig war. Auf den alten, pastellfarben gestrichenen Möbeln standen getrocknete Blumen, die Bettdecke und Gardinen waren mit ländlichen Motiven verziert. Aber Mathilde hatte ihr Bed & Breakfast in ein eigenartiges Arbeitszimmer umgewandelt. Ein perfekter War Room, der von einer Idee beherrscht wurde: Nathan Fawles.

Auf dem kleinen, mit rosafarbenem Samt bezogenen Lehnsessel stapelten sich Bücher und Akten. Der Tisch war zum Schreibtisch umfunktioniert, auf der hübschen Frisierkommode mit dem Spiegel stand ein Drucker. Während Little Max weiter hinter der Tür tobte, begann ich mir die Papiere anzusehen.

Es war eindeutig, dass Mathilde Monney intensive Nachforschungen über Fawles anstellte. Auf dem Schreibtisch gab es zwar keinen Computer, aber Dutzende von ausgedruckten Artikeln, die mit einem Marker bearbeitet worden waren. Ich kannte sie alle. Sie wurden angezeigt, sobald man im Netz den Namen Fawles eingab: Immer wieder die alten Interviews aus den Neunzigerjahren, also aus der Zeit, bevor Fawles zu schreiben aufgehört hatte, und die beiden Referenzartikel – der eine von 2010, in der *New York Times* unter dem Titel »The Invisible Man« erschienen, der andere vor drei Jahren in der amerikanischen *Vanity Fair* unter dem Titel »Fawles or False (and vice versa)«.

Mathilde hatte auch die drei Bücher des Schriftstellers mit Anmerkungen versehen und Fotos von ihm ausgedruckt. Vor allem verschiedene Screen Shots während seines Auftritts in Bernard Pivots Literatursendung *Bouillon de culture*. Aus einem mir unbekannten Grund hatte die Journalistin seine Schuhe vergrößert – jene Schuhe, die Fawles während der Sendung getragen hatte. In speziellen Foren glaubte Mathilde das exakte Modell gefunden zu haben: Weston Boots »Chambre 705« aus braunem Kalbsleder mit Gummieinsätzen.

Ich überlegte. Was sollte das alles? Die Journalistin war sicher nicht dabei, den hundertsten Artikel über den Einsiedler der Île Beaumont zu schreiben. Die

Nachforschungen, die sie über Fawles anstellte, erinnerten eher an polizeiliche Ermittlungen. Aber welche Gründe hatte sie dafür?

Als ich die Ordner öffnete, die sich auf dem kleinen Lehnsessel stapelten, machte ich eine weitere Entdeckung: Mit einem Teleobjektiv aufgenommene Fotos von einem etwa vierzigjährigen Nordafrikaner, der ein T-Shirt und eine Jeansjacke trug. Ich erkannte sofort die Umgebung – es war das Département Essonne unweit von Paris, genauer gesagt, die Stadt Évry. Ein Irrtum war nicht möglich, denn es gab genügend Aufnahmen. Man sah die Kathedrale mit der umstrittenen Architektur, das Einkaufszentrum Évry 2, den Park Coquibus, die Esplanade vor dem Bahnhof Évry-Courcouronnes. Während meines letzten Jahrs an der Handelsschule hatte ich eine Freundin, die dort wohnte. Joanna Pawlowski, die 2014 den dritten Platz bei der Wahl zur Miss Île-de-France belegt hatte. Das hübscheste Gesicht, das man sich vorstellen kann. Große, grüne Augen, typisch polnisch-goldblondes Haar und anmutige, sanfte Gesten. Ich begleitete sie oft nach dem Unterricht. Während der schier endlosen Fahrt mit dem Regionalzug von der Gare du Nord nach Évry versuchte ich sie von meiner Religion des Lesens zu überzeugen. Ich hatte ihr meine Lieblingsbücher geschenkt – *Le Roman inachevé* von Louis Aragon, *Der Husar auf dem Dach* von Jean Giono, *Die Schöne des Herrn* von Albert Cohen –, doch es half alles nichts. Joanna sah aus wie eine romantische Heldin, aber sie hatte so gar nichts Romantisches. Ich war ein Träumer, sie war Realistin. Sie stand mit beiden Beinen fest auf dem Boden der Tatsachen, mein Territorium hingegen war das der Gefühle. Sie hatte mich verlassen, als sie ihr Studium abbrach, um im Schmuckgeschäft eines Einkaufszentrums zu arbeiten. Sechs Monate später bestellte sie mich in ein Café, um mir mitzuteilen, sie würde Jean-Pascal Péchard, genannt JPP, heiraten, einen leitenden Angestellten des großen Supermarktes in besagtem Einkaufszentrum. Die Gedichte, die ich ihr weiterhin geschickt hatte, stellten nicht das erforderliche Gegengewicht zu dem Einfamilienhaus dar, das JPP in Savigny-sur-Orge gekauft und für das er sich auf fünfundzwanzig Jahre verschuldet hatte. Um mich in meiner gekränkten Eitelkeit zu trösten, hatte ich mir gesagt, sie würde es eines Tages bedauern, wenn sie mich in *La Grande Librairie* bei der Lesung meines ersten Romans hören würde. Doch erst mal hatte mich dieser Vorfall nachhaltig demoralisiert. Immer wenn ich an Joanna dachte oder ein Foto von ihr auf meinem Handy ansah, brauchte ich eine gute Weile, um mir einzugestehen, dass zwar ihre Züge fein waren, nicht aber ihr Geist. Warum sollten beide auch aneinandergekoppelt sein? Das war eine falsche Schlussfolgerung, die ich mir aus dem Kopf schlagen musste, wenn ich weitere Enttäuschungen vermeiden wollte.

Das Bellen der Dogge hinter der Tür riss mich aus meinen Gedanken und erinnerte mich an meine Notlage.

Ich beugte mich wieder über die Fotos. Sie trugen das

Datum 12. August 2018. Wer hatte sie aufgenommen? Ein Polizist, ein Privatdetektiv oder Mathilde selbst? Und vor allem, wer war dieser Mann? Auf einem Abzug, der sein Gesicht deutlicher zeigte, erkannte ich ihn plötzlich: Es war Karim Amrani. Aber zwanzig Jahre älter und mit ebenso vielen Kilos mehr.

Nach seinem Aufenthalt im Gefängnis hatte sich der ehemalige Zuhälter und Drogenhändler vom Boulevard de la Chapelle offensichtlich im Département Essonne niedergelassen. Andere Fotos zeigten ihn im Gespräch mit einem Mechaniker und wie er eine Werkstatt betrat oder verließ, die offensichtlich ihm gehörte. Hatte auch er sich eine bürgerliche Existenz aufgebaut so wie Apolline? Und war auch sein Leben in Gefahr? Ich hatte weder die Zeit noch die nötigen Informationen, um diese Fragen beantworten zu können. Ich überlegte kurz, ob ich die Unterlagen mitnehmen sollte. Doch um keine Spuren meines Besuchs zu hinterlassen, beschloss ich, die wichtigsten mit meinem Handy zu fotografieren.

In meinem Kopf überschlugen sich die Fragen. Warum interessierte sich Mathilde für Amrani? Sicher wegen der Sache mit dem Fotoapparat, aber welche Verbindung bestand zu Fawles? In der Hoffnung, das herauszufinden, unterzog ich, bevor ich ging, das Zimmer und das Bad einer eingehenderen Untersuchung. Nichts unter der Matratze, in den Schubladen oder Schränken. Ich hob den Deckel der Toilettenspülung an, um das Innere in Augenschein zu nehmen, und tastete das Parkett mit dem Fuß ab, aber ich fand keine lose Diele, die als Versteck hätte dienen können.

Hinter der Toilette jedoch klappte eine Fußleiste hoch, sobald ich sie berührte. Ohne an mein Glück zu glauben, schob ich die Hand in die Vertiefung und ertastete einen dicken Packen Briefe, die mit einem Gummiband zusammengehalten wurden. Als ich sie gerade herausziehen wollte, vernahm ich ein Motorgeräusch. Little Max hörte auf, vor der Tür zu bellen, und lief die Treppe hinunter. Ich warf einen Blick durch die Gardinen. Colleen Dunbar und ihre Tochter waren schon zurück. Eilig stopfte ich die Briefe in die Innentasche meines Blousons. Ich wartete, bis die beiden Frauen aus meinem Blickfeld verschwunden waren, und öffnete dann das Schiebefenster, das auf das Dach des Anbaus hinausführte. Von dort sprang ich auf den Rasen und lief mit zitternden Beinen über die Straße zu meinem Motorroller.

Als ich ihn anließ, hörte ich hinter mir ein lautes Kläffen. Die deutsche Dogge hatte die Verfolgung aufgenommen. Auf den ersten Metern quälte sich der Roller mit vierzig Stundenkilometern mühsam dahin, doch dann wurde er auf der abschüssigen Straße schneller, und schon bald konnte ich dem Hund den Stinkefinger zeigen, als ich sah, dass er aufgab und wieder nach Hause lief.

Fuck you, Little Max ...

3.

Die Sonne, die hoch am Himmel stand, brannte so heiß, als wäre es wieder Sommer. Der Wind hatte nachgelassen. Mathilde, in Shorts und mit einem T-Shirt bekleidet, auf dem Blondie prangte, sprang leichtfüßig von einem Felsblock zum anderen.

Die Pinienbucht war einer der eindrucksvollsten Orte der Insel – ein kleines, schmales und tiefes Tal, ausgewaschen aus einem strahlend weißen Felsen.

Der Zugang war mit einigen Strapazen verbunden. Mathilde hatte ihren Wagen auf dem Seitenstreifen an der Plage des Ondes abgestellt und war dann dem Pfad gefolgt, der sich in den Granit gegraben hatte. Es dauerte eine gute Stunde, bis sie die Bucht erreichte. Zunächst leicht ansteigend, war der Weg, der an der schroffen, zerklüfteten Küste entlangführte und einen sagenhaften, wilden Panoramablick bot, schließlich immer steiler geworden.

Dann folgte der halsbrecherische Abstieg zum Wasser, da die Steilküste auf den letzten Metern direkt ins Meer abfiel. Doch die Mühe lohnte sich. Wenn man den Strand erreichte, hatte man den Eindruck, sich in einem Paradies am Ende der Welt zu befinden: türkisfarbenes Wasser, gelber, von Pinien beschatteter Sand und der berauschende Duft der Eukalyptusbäume. Ganz in der Nähe gab es auch Grotten, doch es war verboten, sie den Touristen zu zeigen.

Der von Granitfelsen geschützte, halbmondförmige Strand war nicht sehr groß. Im Juli und August trübte der große Andrang den Genuss, doch an diesem Oktobermorgen war der Ort menschenleer.

Etwa fünfzig Meter vor der Bucht lag eine winzige Felseninsel, die sich in den Himmel erhob und den Namen Punta dell'Ago trug. Im Sommer amüsierten sich die Jugendlichen, indem sie diese Felsenformation zu Fuß erklommen und dann ins Meer sprangen. Das war eines der Initiationsrituale der Insel.

Durch ihre Sonnenbrille suchte Mathilde angestrengt den Horizont ab. Fawles' Boot ankerte neben der Felseninsel. Das Chromgestänge und der lackierte Mahagonirumpf der Riva glänzten in der Nachmittagssonne. Fast hätte man sich in Italien zur Zeit des Dolce Vita wähnen können oder aber in den Sechzigern in einer Bucht vor Saint-Tropez.

Sie machte sich mit Gesten bemerkbar, doch er schien sie nicht abholen zu wollen.

Wenn der Berg nicht zum Propheten kommen will, muss der Prophet zum Berg gehen …

Schließlich trug sie ja ihren Badeanzug. Sie legte Shorts und T-Shirt ab und verstaute sie in ihrer Tasche, die sie an den Fuß eines Felsens legte, und nahm nur ihr von einer wasserdichten Hülle geschütztes Handy mit.

Das Wasser war kalt, aber klar. Sie ging zwei, drei Meter ins Meer und stürzte sich dann in die Fluten. Mathilde hatte die Riva im Blickfeld. Fawles, bekleidet mit einem marineblauen Poloshirt und einer hellen Hose, stand am Ruder und beobachtete mit verschränkten Armen, wie sie sich näherte. Der Ausdruck seines halb hinter der Sonnenbrille verborgenen Gesichtes war nicht zu deuten. Als Mathilde nur noch wenige Züge von dem Boot entfernt war, streckte er ihr die Hand entgegen, schien dann aber einige Sekunden zu zögern, ehe er ihr an Bord half.

»Für einen Moment habe ich geglaubt, Sie wollten mich ertränken.«

»Das hätte ich vielleicht auch tun sollen«, erwiderte er und reichte ihr ein Handtuch. Sie nahm auf der mit türkisfarbenem Leder bezogenen Bank Platz – das berühmte Aquamarinblau von Pantone, das dem Boot seinen Namen verlieh.

»Was für ein Empfang!«, rief sie, während sie ihr Haar trocknete.

Fawles kam zu ihr.

»Diese Verabredung war ja wirklich sehr clever. Ich musste trotz der Blockade mit meinem Boot hinausfahren.«

Mathilde zuckte mit den Schultern.

»Sie sind aber dennoch gekommen, also sind Sie neugierig auf meine Geschichte. Die Wahrheit hat eben ihren Preis!«

Fawles sah sie übellaunig an.

»Das alles scheint Sie zu belustigen?«, fragte er.

»Also, wollen Sie nun die Fortsetzung der Geschichte hören?«

»Glauben Sie ja nicht, dass ich Sie darum bitten werde! Sie haben mehr Lust zu erzählen, als ich Lust habe, Ihnen zuzuhören.«

»Gut, wie Sie möchten.«

Sie tat so, als wollte sie wieder ins Wasser springen, doch er hielt sie am Arm zurück.

»Hören Sie auf mit diesen Kindereien. Sagen Sie mir, was auf den Bildern des Fotoapparats zu sehen war.«

Mathilde griff nach dem kleinen, wasserdichten Etui, das neben ihr auf dem Sitz lag. Sie schaltete ihr Handy ein, öffnete die Foto-App, regelte die Helligkeit und zeigte Fawles die Bilder, die sie ausgewählt hatte.

»Das sind die letzten Aufnahmen, die gemacht wurden, und zwar im Juli 2000.«

Fawles' Blick glitt über das Display. Es war genau das, was er erwartet hatte. Die Bilder vom Hawaii-Urlaub der beiden Kleinkriminellen, die den Fotoapparat verloren hatten: Apolline und Karim am Strand, Apolline und Karim lieben sich, Apolline und Karim betrinken sich, Apolline und Karim beim Tauchen.

Die anderen Fotos, die Mathilde ihm zeigte, waren älter, etwa drei Monate früher aufgenommen. Der Anblick traf Fawles wie ein Hieb in die Magengrube. Man sah eine dreiköpfige Familie, die Geburtstag feierte. Ein Mann, eine Frau und ihr etwa zehnjähriger Junge. Es war Frühling, sie saßen draußen in der Abenddämmerung. Im Hintergrund erkannte man Bäume, die Dächer von Paris und sogar den Eiffelturm.

»Sehen Sie sich den kleinen Jungen genau an«, sagte

Mathilde, deren Stimme angespannt klang, während sie eine Großaufnahme wählte.

Fawles schützte das Display mit der Hand gegen die Sonne und betrachtete das Kind. Ein schelmisches Lächeln, funkelnde Augen hinter der rot geränderten Brille, struppiges blondes Haar, auf beide Wangen war die französische Fahne gemalt. Er trug ein blaues T-Shirt der französischen Fußballmannschaft und hatte die Finger zum Victoryzeichen gehoben – ein sanfter, netter Spaßvogel.

»Kennen Sie seinen Vornamen?«, fragte Mathilde.

Fawles schüttelte den Kopf.

»Er hieß Théo«, erklärte sie. »Théo Verneuil. Er feierte an diesem Abend seinen elften Geburtstag. Es war der 11. Juni 2000, jener Abend, an dem die französische Fußballmannschaft ihr erstes Spiel in der Europameisterschaft bestritt.«

»Warum zeigen Sie mir das?«

»Wissen Sie, was ihm zugestoßen ist? Etwa drei Stunden nachdem das Foto gemacht wurde, wurde Théo durch eine Kugel in den Rücken getötet.«

4.

Fawles verzog keine Miene. Er betrachtete das Display, um sich die Eltern des Jungen genauer anzusehen. Der Vater, um die vierzig, wacher Blick, gebräunt, markantes Kinn, strahlte eine gewisse Sicherheit aus, den

Wunsch, zu handeln und voranzukommen. Die Mutter, eine hübsche Frau mit einem kunstvollen Knoten im Haar, blieb im Hintergrund.

»Wissen Sie, um wen es sich handelt?«, fragte Mathilde.

»Das ist die Familie Verneuil, man hat damals viel über den Fall gesprochen, sodass ich mich genau erinnere.«

»Und an was erinnern Sie sich?«

Fawles kniff die Augen leicht zusammen und strich mit der flachen Hand über seinen Dreitagebart.

»Alexandre Verneuil war ein bekanntes Gesicht in der Medizinerszene, die der Linken nahestand. Er gehörte zur zweiten Generation der French Doctors, hatte einige Bücher geschrieben und trat manchmal in den Medien auf, um über Bioethik und die Einmischung humanitärer Organisationen zu referieren. Soweit ich mich erinnere, wurde er genau zu der Zeit, in der er in der Öffentlichkeit bekannter wurde, in seinem Haus zusammen mit seiner Frau und seinem Sohn ermordet.«

»Seine Frau hieß Sofia«, erklärte Mathilde.

»Das weiß ich nicht mehr«, entgegnete er und trat von der Bank zurück. »Aber ich erinnere mich noch gut, dass vor allem die Umstände, unter denen diese Morde begangen wurden, die Öffentlichkeit schockiert haben. Der oder vielleicht auch die Täter sind in die Wohnung eingedrungen und haben die ganze Familie abgeschlachtet, ohne dass die Ermittler je das Motiv für

167

diese Morde oder gar die Namen der Schuldigen herausgefunden hätten.«

»Was das Motiv betrifft, so hat man immer an einen Diebstahl gedacht«, erwiderte Mathilde, während sie zum Bug des Schiffs ging. »Wertvolle Uhren und Schmuckstücke waren verschwunden … und auch ein Fotoapparat.«

Fawles begann zu verstehen.

»Sie vermuten also, aufgrund dieser Fotos die Mörder der Familie Verneuil gefunden zu haben? Sie glauben, Apolline Chapuis und Karim Amrani hätten sie getötet, um einen einfachen Diebstahl zu vertuschen? Dass sie wegen einiger Habseligkeiten ein Kind getötet hätten?«

»Das scheint doch plausibel, oder? Am selben Abend gab es auch in der Wohnung darüber einen Einbruch. Es ist möglich, dass der zweite eine schlechte Wendung genommen hat.«

Fawles erwiderte aufgeregt: »Wir beide werden heute Abend nicht die Ermittlungen wieder aufnehmen.«

»Und warum nicht? Zu dieser Zeit haben Apolline und Karim eine ganze Reihe von Einbrüchen begangen. Er war stark drogenabhängig. Sie brauchten ständig Geld.«

»Auf den Fotos, die in Hawaii aufgenommen wurden, sieht er nicht wie ein Süchtiger aus.«

»Wie hätten sie an den Apparat kommen sollen, wenn sie ihn nicht gestohlen hätten?«

»Hören Sie, diese Geschichte ist mir völlig egal, und ich weiß nicht, was sie mich angeht.«

»Apolline wurde einen Steinwurf von hier entfernt an einen Baum genagelt. Sehen Sie nicht, dass der Fall Verneuil im Begriff ist, auf die Insel überzuschwappen?«

»Und was erwarten Sie von mir?«

»Dass Sie das Ende der Geschichte schreiben.«

Fawles ließ seinem Überdruss freien Lauf.

»Erklären Sie mir bitte, warum es Ihnen Spaß macht, diese alte Geschichte wieder aufzurollen. Nur weil irgendein Bauer aus Alabama Ihnen per Mail vergilbte Fotos geschickt hat, glauben Sie plötzlich, eine Mission zu haben?«

»In der Tat. Ich liebe die Menschen.«

Er äffte sie nach: »›Ich liebe die Menschen‹. Das ist doch Unsinn! Hören Sie selbst, was Sie da reden?«

Mathilde ging zum Gegenangriff über: »Was ich damit sagen will, ist, dass mich das Schicksal meiner Mitmenschen nicht kaltlässt.«

Fawles begann auf dem Boot auf und ab zu gehen.

»Dann schreiben Sie doch Artikel, um ›Ihre Mitmenschen‹ für den Klimawandel, das Überfischen der Meere, das Aussterben der Wildtiere und die Zerstörung der Biodiversität zu sensibilisieren. Warnen Sie sie vor manipulierten Nachrichten. Stellen Sie einen Zusammenhang her, schaffen Sie Abstand, und liefern Sie Perspektiven. Schreiben Sie über Themen wie überfüllte Schulen und öffentliche Krankenhäuser, über den Imperialismus der großen multinationalen Firmen, die Situation in den Gefängnissen und ...«

»Hören Sie auf, Fawles, ich hab's verstanden. Danke für die Journalismuslektion.«

»Tun Sie etwas Sinnvolles!«

»Es ist sinnvoll, den Toten Gerechtigkeit widerfahren zu lassen.«

Er blieb plötzlich stehen und hob drohend den Zeigefinger.

»Die Toten sind tot. Und da, wo sie sind, scheren sie sich einen Teufel um Ihre kleinen Artikel, glauben Sie mir. Was mich betrifft, so werde ich niemals auch nur eine Zeile über diese Geschichte schreiben. Und übrigens auch über keine andere.«

Aufgebracht entfernte sich Fawles und nahm hinter dem Steuerstand Platz. Durch die große Scheibe verlor er sich in der Betrachtung des Horizonts, ganz so, als würde auch er sich sehnlichst wünschen, Tausende von Kilometern entfernt zu sein.

Doch Mathilde gab nicht nach und hielt ihm ihr Handy vors Gesicht, auf dessen Display ein Foto von Théo Verneuil zu sehen war.

»Es interessiert Sie also nicht, diejenigen zu finden, die diese drei Morde – unter anderem an einem Kind – begangen haben?«

»Genau, denn ich bin kein Polizist! Wollen Sie die Ermittlungen nach fast zwanzig Jahren wieder aufnehmen? Mit welchem Recht? Soweit ich weiß, sind Sie keine Richterin.« Er schlug sich mit der flachen Hand an die Stirn. »Ach stimmt, fast hätte ich's vergessen, Sie sind Journalistin. Das ist noch schlimmer!«

Mathilde reagierte nicht auf diesen Angriff.

»Ich will, dass Sie mir dabei helfen, diese Geschichte zu entwirren.«

»Ich verabscheue Ihre erbärmlichen Methoden und alles, wofür Sie stehen. Sie haben meine prekäre Situation ausgenutzt und meinen Hund entführt, um Kontakt mit mir aufzunehmen. Dafür werden Sie bezahlen, ich verabscheue Menschen wie Sie.«

»Ich glaube, das habe ich schon verstanden. Und hören Sie mit dem Theater um Ihren Hund auf! Ich spreche hier von einem Kind. Wenn es Ihres wäre, würden Sie auch wissen wollen, wer es getötet hat.«

»Eine idiotische Schlussfolgerung. Ich habe keine Kinder.«

»Natürlich nicht, Sie lieben ja niemanden! Ach doch, Sie lieben Ihre Protagonisten, die kleinen Papierwesen, die Ihrer Fantasie entsprungen sind. Das ist auch viel bequemer.« Sie hob die Hand. »Ach, stimmt ja, nicht mal das! Denn der große Herr Schriftsteller hat ja beschlossen, nicht mehr zu schreiben. Nicht mal einen Einkaufszettel, richtig?«

»Verschwinden Sie, Sie kleines Biest. Machen Sie, dass Sie wegkommen!«

Mathilde rührte sich nicht vom Fleck.

»Wir haben nicht dieselbe Arbeit, Fawles. Meine ist es, die Wahrheit ans Tageslicht zu bringen. Sie kennen mich nicht. Ich werde bis zum bitteren Ende gehen.«

»Machen Sie, was Sie wollen, das ist mir scheißegal, aber wagen Sie sich nie wieder in meine Nähe!«

Jetzt hob sie drohend den Zeigefinger.

»O doch, ich werde zurückkommen, das schwöre ich Ihnen. Ich werde zurückkommen, und nächstes Mal werden Sie gezwungen sein, mir bei der Aufarbeitung dieser Geschichte zu helfen. Gezwungen, sich mit … wie haben Sie es noch ausgedrückt? Ach ja, mit einer unaussprechlichen Wahrheit auseinanderzusetzen.«

Diesmal explodierte Fawles und war mit einem Satz bei Mathilde. Das Boot schwankte, und sie stieß einen Schrei aus. Fawles sammelte seine Kräfte, hob sie hoch und warf sie mitsamt ihrem Handy ins Meer.

Wütend ließ er den Motor der Riva an und nahm Kurs auf *La Croix du Sud*.

8 Jeder ist ein Schatten

> *Eine Person [...] ist ein Schatten,*
> *in den wir niemals vordringen können,*
> *ein Schatten, von dem wir uns abwechselnd*
> *mit der gleichen Berechtigung vorstellen*
> *können, dass in ihm Hass glüht oder Liebe.*

> Marcel Proust, *Auf der Suche nach der verlorenen Zeit*

1

Nach meinem ereignisreichen Ausflug zum Cottage von Colleen Dunbar – der mit meinem »Sieg« über Little Max geendet hatte – war ich in die Stadt zurückgekehrt und hatte mich an einem Tisch im *Fleurs du Malt* niedergelassen. Ich hatte die belebte Terrasse gemieden und mich ins Innere verkrochen, von wo aus ich das Meer überblicken konnte. Bei einer heißen Schokolade las ich wieder und wieder die Briefe, die ich in Mathildes Zimmer entwendet hatte. Sie stammten alle von ein und demselben Verfasser, und mein Herz machte einen Satz, als ich die feine, schräge Schrift von Nathan Fawles erkannte. Es war kein Zweifel möglich, denn ich hatte im Internet verschiedene Kopien von den Manuskripten seiner Romane gesehen, die er der Städtischen Bibliothek von New York vermacht hatte.

Es waren etwa zwanzig Liebesbriefe ohne Umschlag, die entweder in Paris oder New York geschrieben worden waren. Nur einige waren datiert, und zwar im Zeitraum von April bis Dezember 1998. Sie waren alle mit »Nathan« unterzeichnet und an eine mysteriöse Frau gerichtet, deren Name nicht genannt wurde. Die meisten begannen mit »Meine Liebste«, doch in einem erwähnte Fawles den Buchstaben »S.« als Initial ihres Vornamens.

Mehrmals unterbrach ich meine Lektüre. Hatte ich wirklich das Recht, ungestraft vom Inhalt dieser Briefe Kenntnis zu nehmen und somit unerlaubt in Fawles' Privatleben einzudringen? Alles in mir rief Nein. Doch dieses moralische Dilemma hielt weder meiner Neugier stand noch dem Gefühl, einzigartige und faszinierende Dokumente zu lesen.

Die Korrespondenz war zugleich literarisch und emotional und zeichnete das Porträt eines unglaublich verliebten Mannes sowie einer einfühlsamen, temperamentvollen und sehr lebenslustigen Frau. Einer Frau, von der Fawles offensichtlich zu dieser Zeit getrennt lebte, ohne dass ich meiner Lektüre hätte entnehmen können, was die beiden Liebenden daran hinderte, sich öfter zu sehen.

Als Gesamtheit bildeten die Briefe eine Art hybrides

Kunstwerk, eine Mischung aus klassischem Briefroman, Poesie und Erzählung, bebildert mit wundervollen kleinen, in Ockertönen gehaltenen Aquarellen. Es war keine Konversation im eigentlichen Sinn. Nicht die Art von Briefen, in denen man sich die Erlebnisse des Tages erzählt oder was man gegessen hatte. Es handelte sich gleichsam um eine Hymne an das Leben und die Notwendigkeit zu lieben – allem Schmerz der Abwesenheit, dem Wahnsinn der Welt und dem Krieg zum Trotz. Das Thema Krieg war allgegenwärtig: Kampf, Uneinigkeit, Unterdrückung, aber es war nicht eindeutig, ob Fawles sich auf einen aktuellen bewaffneten Konflikt bezog oder ob es sich um eine Metapher handelte.

Was den Stil betraf, so glänzten die Texte vor Geistesblitzen, von gewagten stilistischen Pirouetten und biblischen Anspielungen. Sie enthüllten eine neue Facette von Fawles' Talent. Die Musikalität erinnerte mich an Aragon, an bestimmte Gedichte von Elsa Triolet oder an Apollinaires *Si je mourais là-bas*. Die Intensität mancher Passagen ließ mich an die *Portugiesischen Briefe* von Marianna Alcoforado denken. Angesichts der formalen Perfektion fragte ich mich, ob es sich nicht letztlich um eine rein literarische Übung handelte. Hatte es S. wirklich gegeben, oder war sie nur ein Symbol? Die Inkarnation einer Geliebten. Etwas Universelles, das sich an alle Liebenden wandte.

Bei der zweiten Lektüre verflog dieser Eindruck. Nein, die Texte verströmten Aufrichtigkeit, Vertrautheit, Liebesglut, Hoffnung, Zukunftspläne. Auch wenn diese zärtlichen Gefühle von einer ungewissen Bedrohung gedämpft wurden, die zwischen den Zeilen mitschwang.

Nach der dritten Lektüre stellte ich eine andere Hypothese auf: S. war krank. Dieser Krieg war der, den eine Frau gegen ihre Krankheit ausfocht. Doch auch die Natur und die meteorologischen Bedingungen spielten eine bedeutende Rolle. Die Landschaften waren kontrastreich, präzise und poetisch beschrieben. Fawles war verbunden mit der Sonne und dem Licht des Südens oder dem metallischen New Yorker Himmel. S. war von einer traurigen Aura umgeben. Berge, bleierner Himmel, eisige Temperaturen, ein »früher Nachteinbruch über dem Territorium der Wölfe«.

Ich sah auf die Uhr meines Handys. Audibert hatte mir zwar den Vormittag freigegeben, doch ich musste um vierzehn Uhr meine Arbeit aufnehmen. Ein letztes Mal überflog ich die Briefe in chronologischer Reihenfolge, und plötzlich drängte sich mir eine Frage auf: Gab es weitere Nachrichten oder möglicherweise ein Ereignis, das dieser körperlichen und intellektuellen Anziehung ein Ende gesetzt hatte? Doch vor allem hätte ich gern gewusst, welche Frau bei Fawles so leidenschaftliche Gefühle hatte auslösen können. Ich hatte fast alles über ihn gelesen, doch sogar zu der Zeit, als er sich noch in den Medien äußerte, hatte er kaum etwas von seinem Privatleben preisgegeben. Dann kam mir eine andere Idee: Was, wenn Fawles homosexuell war? Und wenn S. – *der Engel mit dem goldenen Haar*, der in

den Briefen beschrieben wurde – ein Mann wäre? Aber
nein, diese Hypothese scheiterte an den grammatikali-
schen Bezügen, die eindeutig auf ein weibliches Wesen
hinwiesen.

Auf dem Tisch vibrierte mein Handy und zeigte eine
Reihe von neuen Tweets an, die Lafaury gepostet hatte.
Er veröffentlichte Neuigkeiten, die er von seinen Informanten bekommen hatte. Nachdem die Ermittler von
der Beziehung zwischen Apolline und Karim erfahren
hatten, weiteten sie ihre Nachforschungen auf das
Departement Essonne aus, um den ehemaligen Dealer
zu verhören. Kripobeamte aus Évry kreuzten in seinem
Haus im Quartier des Épinettes auf. Doch sie trafen
Karim nicht an, und die Nachbarn versicherten, ihn
seit fast zwei Monaten nicht mehr gesehen zu haben.
Ebenso wenig wie die Angestellten seiner Werkstatt,
doch da niemand von ihnen die Bullen besonders gut
leiden konnte, hatte man sein Verschwinden auch nicht
gemeldet. Lafaurys letzter Tweet enthüllte, dass man
bei der Wohnungsdurchsuchung zahlreiche Blutspuren
gefunden hatte, die allerdings noch nicht ausgewertet
waren.

Ich speicherte diese beängstigende Information irgendwo in meinem Gehirn ab und wandte mich wieder Fawles' Briefen zu. Vorsichtig schob ich sie in die
Innentasche meines Blousons und erhob mich, um zur
Buchhandlung zu gehen. Mein Einbruch bei Mathilde
Monney war lohnend gewesen. Jetzt hatte ich ein bio-
grafisches Element in meinem Besitz, von dessen Exis-

tenz nur wenige Menschen wussten. Die Enthüllung dieser außerordentlichen Dokumente, verfasst von einem geheimnisumwobenen Schriftsteller, würde ohne den geringsten Zweifel in der Verlagswelt einschlagen wie eine Bombe. Ende der Neunzigerjahre, kurz bevor sich Fawles endgültig aus dem Literaturbetrieb zurückzog, hatte er eine Leidenschaft, eine Liebe gelebt, die alles auf ihrem Weg verzehrte. Doch ein unbekanntes und furchtbares Ereignis hatte diese Beziehung beendet und dem Schriftsteller das Herz gebrochen. Seither hatte Fawles sein Leben zurückgestellt, aufgehört zu schreiben und sein Herz zweifellos für immer verschlossen.

Alles ließ vermuten, dass diese Frau, *der Engel mit dem goldenen Haar*, der Schlüssel zu Fawles' Geheimnis war. Die verborgene Seite seiner Finsternis.

Sein *Rosebud*.

Hatte Fawles mich gebeten, Nachforschungen über Mathilde anzustellen, um diese Briefe zurückzubekommen und sein Geheimnis zu bewahren? Wie hatte sich die Journalistin diese Korrespondenz beschafft? Und vor allem, warum versteckte sie sie unter einer Fußleiste, als handelte es sich um Drogen oder Geld?

2.

»Nathan! Nathan! Wachen Sie auf!«

Es war neun Uhr abends. *La Croix du Sud* lag in vollkommener Dunkelheit. Nachdem ich zehn Minuten lang geklingelt hatte, ohne eine Antwort zu bekommen, entschloss ich mich, über die Mauer zu klettern. Ich hatte mich durch die Dunkelheit getastet, ohne zu wagen, die Taschenlampe meines Handys einzuschalten. Ich bekam es ein wenig mit der Angst zu tun und befürchtete, der Golden Retriever könnte mich jeden Moment anspringen – für heute hatte ich definitiv genug von Hunden –, aber der alte Bronco empfing mich eher als Retter und führte mich zu seinem Herren, der auf dem Boden der Terrasse lag. Der Schriftsteller hatte sich auf den Steinfliesen zusammengerollt, neben sich eine leere Whiskyflasche.

Offensichtlich war Fawles völlig betrunken.

»Nathan! Nathan!«, rief ich und schüttelte ihn.

Ich schaltete die Außenbeleuchtung ein und kehrte dann zu ihm zurück. Sein Atem ging schwer und stoßweise. Langsam gelang es mir – unterstützt durch Bronco, der Fawles über das Gesicht leckte –, ihn aufzuwecken.

Schließlich rappelte Fawles sich auf.

»Sind Sie okay?«

»Geht schon«, versicherte er und wischte sich das Gesicht mit dem Unterarm ab. »Was hast du hier zu suchen?«

»Ich habe Informationen für Sie.«

Er massierte sich die Schläfen.

»Verdammte Migräne!«

Ich hob die leere Flasche auf.

»Kein Wunder, nach all dem, was Sie da in sich reingeschüttet haben.«

Es war ein Bara No Niwa aus jener mythischen japanischen Brennerei, die in allen Romanen von Fawles vorkam. Die Marke hatte die Produktion in den Achtzigerjahren eingestellt. Seither hatten die restlichen Flaschen astronomische Summen erzielt. Was für eine Vergeudung, sich mit einem solchen Nektar zu betrinken!

»Erzähl mir, was du bei der Journalistin gefunden hast.«

»Sie sollten zuerst einmal duschen.«

Er öffnete den Mund, um mir zu sagen, ich solle mich zum Teufel scheren, doch dann siegte der gesunde Menschenverstand.

»Vielleicht hast du nicht unrecht.«

Ich nutzte die Zeit, die er im Bad verbrachte, um mich im Wohnzimmer umzusehen. Ich konnte es noch immer nicht fassen, mich in Fawles' Privatsphäre zu bewegen. So, als hätte alles, was mit ihm zu tun hatte, eine besondere Bedeutung. Für mich war *La Croix du Sud* eine Mischung aus der Höhle von Ali Baba und der aus Platons Gleichnis, eingehüllt von einer undurchdringlichen und geheimnisvollen Aura.

Bei meinem ersten Besuch war mir aufgefallen, dass

es weder Fotos noch Erinnerungsstücke gab und auch nichts anderes, was eine Verbindung zur Vergangenheit herstellte. Das Innere des Hauses wirkte nicht kalt, ganz im Gegenteil, aber ein wenig unpersönlich. Das einzig Originelle war die Reproduktion eines Sportwagens. Ein silbergrauer Porsche 911 mit blauen und roten Streifen. In einer amerikanischen Zeitschrift hatte ich gelesen, dass Fawles in den Neunzigerjahren ein identisches Modell besessen hatte. Es war ein Unikat, das nach den Wünschen des österreichischen Dirigenten Herbert von Karajan angefertigt worden war.

Vom Wohnzimmer aus ging ich in die Küche und öffnete Kühlschrank und Vorratsschränke. Ich kochte Tee und bereitete ein Omelett, Toast und grünen Salat zu. Von Zeit zu Zeit warf ich einen Blick auf mein Handy, um mich über den Fortgang der Ermittlungen zu informieren, doch das Display zeigte kein Netz an.

Auf der Arbeitsplatte neben dem Kochfeld entdeckte ich ein antiquiertes Transistorradio, ähnlich dem, das mein Großvater besessen hatte. Als ich es einschaltete, ertönte klassische Musik. Ich drehte das Senderwahlrad aus Plastik und versuchte, einen Nachrichtensender einzustellen. Leider erwischte ich nur noch das Ende der 21-Uhr-Nachrichten. Als Fawles die Küche betrat, bemühte ich mich gerade, *France Info* zu finden.

Er hatte sich umgezogen – weißes Hemd, Jeans, kleine Hornbrille – und wirkte zehn Jahre jünger und so ausgeruht, als hätte er gerade acht Stunden geschlafen.

»In Ihrem Alter sollten Sie dem Whisky nicht zu sehr zusprechen.«

»Klappe!«

Mit einer Kopfbewegung dankte er mir dennoch für das Abendessen. Er holte zwei Teller und Besteck und platzierte sie einander gegenüber auf der Küchentheke.

»Neue Hinweise im Mordfall auf der Île Beaumont ...«, verkündete der Sprecher.

Wir beugten uns zu dem Apparat vor. Letztlich gab es zwei Neuigkeiten. Und die erste war wirklich verblüffend. Dank eines anonymen Informanten hatte die Kripo von Évry irgendwo im Wald von Sénart Karim Amranis Leiche gefunden. Der Verwesungszustand deutete darauf hin, dass der Tod bereits vor einer Weile eingetreten sein musste. Damit wurde der Mord an Apolline Chapuis zu einer wesentlich komplexeren Geschichte. Doch in der Logik der Medien verlor er an Besonderheit, da er nun in einem größeren und weniger exotischen Zusammenhang stand – Bandenwesen, Pariser Vororte ... Durch diese Ortsveränderung wurde aus dem Fall auf der Île Beaumont der Fall Amrani – zumindest vorübergehend.

Die zweite Neuigkeit war eine Konsequenz aus der ersten: Der Meerespräfekt hatte beschlossen, die Blockade der Insel aufzuheben. Eine Entscheidung, die laut *France Info* ab dem nächsten Morgen um sieben Uhr in Kraft treten würde. Fawles schienen diese Neuigkeiten nicht sonderlich zu beeindrucken. Die Krise war vorüber. Er verspeiste seine Portion Omelett und erzählte mir nebenbei von dem Gespräch, das er am Nachmittag mit Mathilde geführt hatte. Was er sagte, faszinierte mich. Ich war zu jung, um mich auch nur im Geringsten an den Fall Verneuil erinnern zu können, aber ich hatte den Eindruck, schon einmal in einer jener Sendungen, die alte Kriminalfälle aufgreifen, davon gehört zu haben. Egoistischerweise sah ich darin vor allem einen unglaublichen Romanstoff, ohne zu verstehen, was Fawles so sehr erschütterte.

»Hat diese Erinnerung Sie in diesen Zustand versetzt?«

»Von welchem Zustand sprichst du?«

»Der, in dem Sie sich befanden, nachdem Sie am Nachmittag eine Flasche Whisky geleert hatten.«

»Statt von Dingen zu reden, die du nicht verstehst, sag mir lieber, was du bei Mathilde Monney gefunden hast.«

3.

Vorsichtig berichtete ich zunächst, welche Nachforschungen Mathilde über Karim Amrani und über ihn selbst angestellt hatte. Als ich die Sache mit den Schuhen erwähnte, schien er wirklich aus allen Wolken zu fallen.

»Diese Frau ist tatsächlich völlig verrückt ... Ist das alles, was du herausgefunden hast?«

»Nein, aber ich befürchte, das Folgende wird Ihnen nicht gefallen.«

Ich hatte seine Neugier geweckt, doch das bereitete mir nicht das geringste Vergnügen, denn ich wusste, dass ich ihm sehr wehtun würde.

»Mathilde Monney hatte Briefe bei sich.«

»Was für Briefe?«

»Briefe von Ihnen.«

»Ich habe ihr nie im Leben auch nur eine Zeile geschrieben!«

»Nein, Nathan, diese Briefe haben Sie vor zwanzig Jahren an eine andere Frau gerichtet.«

Ich holte das Bündel aus der Tasche meines Blousons und legte es neben seinen Teller.

Zunächst betrachtete er sie und schien nicht fassen zu können, dass sie wirklich da waren. Es dauerte eine Weile, bis er es wagte, sie auseinanderzufalten. Und noch länger, bis er die ersten Zeilen zu lesen begann. Sein Gesicht nahm einen trübsinnigen Ausdruck an. Es war mehr als Verblüffung. Es war, als wäre Fawles ein Phantom erschienen. Nach und nach gelang es ihm, seine Verstörtheit zu verbergen und sich halbwegs wieder in den Griff zu bekommen.

»Hast du sie gelesen?«

»Tut mir leid – ja. Und ich bedaure es nicht. Sie sind so wundervoll, dass Sie einer Veröffentlichung zustimmen sollten.«

»Ich glaube, es ist besser, wenn du jetzt gehst, Raphaël. Danke für alles, was du getan hast.«

Seine Stimme schien aus dem Jenseits zu kommen. Er erhob sich, um mich zu begleiten, ging aber nicht einmal bis zur Tür, sondern verabschiedete mich mit einem Handzeichen. Von der Schwelle aus beobachtete ich, wie er mit schwerem Schritt an die Bar trat und sich erneut einen Whisky einschenkte, bevor er im Sessel Platz nahm. Dann trübte sich sein Blick, und sein Geist schweifte in die Ferne, in das verschlungene Dickicht der Vergangenheit und der schmerzvollen Erinnerungen.

»Warten Sie, Nathan, für heute haben Sie genug getrunken!«, rief ich und kehrte um.

Ich baute mich vor ihm auf und nahm ihm das Glas weg.

»Lass mich in Ruhe!«

»Versuchen Sie lieber zu verstehen, was geschehen ist, statt sich in den Alkohol zu flüchten.«

Fawles, der nicht daran gewöhnt war, dass man ihm sagte, was er zu tun hatte, wollte mir das Glas entreißen. Da ich nicht nachgab, entglitt es unseren Fingern und zerschellte auf dem Boden.

Wir sahen uns betroffen an. Wir benahmen uns wirklich zu blöd …

Um nicht das Gesicht zu verlieren, griff Fawles nach der Whiskyflasche und nahm einen kräftigen Schluck.

Dann ging er zu der Fenstertür, ließ Bronco herein und nutzte die Gelegenheit, um draußen in einem Korbsessel Platz zu nehmen.

»Wie ist Mathilde Monney an diese Briefe gekommen? Das ist mir unbegreiflich«, überlegte er laut.

Der Ausdruck von Verblüffung in seinem Gesicht war dem einer tiefen Beunruhigung gewichen.

»Wer ist die Frau, an die Sie geschrieben haben, Nathan?«, fragte ich und folgte ihm nach draußen. »Wer ist S.?«

»Eine Frau, die ich geliebt habe.«

»Das dachte ich mir fast, aber was ist aus ihr geworden?«

»Sie ist tot.«

»Das tut mir wirklich leid.«

Ich setzte mich in den Sessel neben ihn.

»Sie wurde vor zwanzig Jahren kaltblütig ermordet.«

»Von wem?«

»Von einem Dreckskerl der schlimmsten Sorte.«

»Haben Sie darum aufgehört zu schreiben?«

»Ja, ich habe heute Morgen angefangen, es dir zu erklären. Der Schmerz hat mich zerbrochen. Ich habe aufgehört, weil ich nicht mehr in der Lage war, jene Geisteshaltung wiederzufinden, die die Voraussetzung zum Schreiben ist.«

Er betrachtete den Horizont, als würde er dort nach Antworten suchen. Wenn bei Nacht die Wasseroberfläche im Licht des Vollmonds schimmerte, sah der Ort noch märchenhafter aus. Man hatte wirklich den Eindruck, allein auf der Welt zu sein.

»Aber letztlich war es ein Fehler, mit dem Schreiben aufzuhören«, fuhr er fort, als wäre er ganz plötzlich zu dieser Erkenntnis gekommen. »Das Schreiben strukturiert das Leben und die Gedanken, es bringt oft Ordnung in das Chaos des Daseins.«

Schon seit einer Weile ging mir eine Sache durch den Kopf.

»Warum haben Sie dieses Haus nicht aufgegeben?«
Fawles seufzte.

»Ich habe *La Croix du Sud* für diese Frau gekauft. Sie hat sich zur gleichen Zeit in mich und in diese Insel verliebt. Hier zu bleiben bedeutete für mich wohl, bei ihr zu bleiben.«

Tausend Fragen brannten mir auf der Zunge, doch Fawles ließ mir keine Zeit, sie zu stellen.

»Ich bringe dich mit dem Wagen nach Hause«, erklärte er und sprang plötzlich auf.

»Das ist nicht nötig, ich habe meinen Roller hier. Ruhen Sie sich lieber aus.«

»Wie du willst. Hör zu, Raphaël, du musst weiter versuchen herauszufinden, welche Beweggründe Mathilde Monney hat. Ich kann dir nicht erklären, warum, aber ich spüre, dass sie lügt. Irgendetwas entgeht uns.«

Er reichte mir die Flasche Bara No Niwa – die wahrscheinlich so viel kostete wie meine Jahresmiete –, und ich nahm einen Abschiedsschluck.

»Warum erzählen Sie mir nicht alles?«

»Weil ich nicht die ganze Wahrheit kenne. Und weil die Unwissenheit eine Art Schutzschild ist.«

»Und das sagen ausgerechnet Sie? Dass Unwissenheit besser ist als Wissen?«

»Das habe ich nicht gesagt, und du weißt es genau, aber glaube mir, ich spreche aus Erfahrung: Manchmal ist es besser, etwas nicht zu wissen.«

9 An der Wahrheit zugrunde gehen

Wir haben die Kunst, damit wir nicht an der Wahrheit zugrunde gehn.

Friedrich Nietzsche, *Nachgelassene Fragmente*
1887–1888

1.
Donnerstag, 11. Oktober 2018

Es war sechs Uhr morgens. Der Tag war noch nicht wirklich angebrochen, doch um zu lüften, öffnete ich weit die Tür der Buchhandlung. Ich inspizierte den Inhalt der Blechdose, in der das Kaffeepulver aufbewahrt wurde. Sie war leer. Dazu muss ich sagen, dass ich während meiner arbeitsamen Nacht ein gutes Dutzend Tassen Kaffee getrunken hatte. Auch Audiberts alter Drucker war fast am Ende. Ich hatte die letzte Tintenpatrone benutzt, die ich im Lager gefunden hatte, um meine wichtigsten Entdeckungen in schriftlicher Form festzuhalten. Diese Dokumente und Fotos heftete ich an die große Kork-Pinnwand des Geschäfts.

Die ganze Nacht über hatte ich auf der Suche nach Informationen über den Mord an den Verneuils verschiedene Websites durchstöbert. Ich hatte auch den Archiven der großen Onlinezeitungen einen Besuch abgestattet, verschiedene E-Books heruntergeladen und mir ein Dutzend Podcasts in Auszügen angehört. Man wurde schnell vom Virus des Falles Verneuil erfasst. Die Geschichte war ebenso tragisch wie fesselnd. Zunächst hatte ich geglaubt, mir schnell eine eigene Meinung bilden zu können, doch nachdem ich mich eine ganze Nacht mit dem Fall beschäftigt hatte, war ich noch immer verwirrt. Vieles an der Geschichte irritierte mich. Unter anderem die Tatsache, dass man nie den oder die Mörder der Verneuils gefunden hatte. Dabei handelte es sich nicht etwa um einen dubiosen Cold Case, der sich in den Siebzigerjahren irgendwo in der Provinz zugetragen hatte, sondern um ein Blutbad, das an der Wende zum 21. Jahrhundert mitten in Paris geschehen war. Ein Massaker an der Familie eines Prominenten, bei dem die besten französischen Mordkommissare ermittelt hatten. Hier wurde man eher an Tarantino erinnert als an Claude Chabrol.

Ich hatte nachgerechnet: Zum Tatzeitpunkt war ich sechs Jahre alt gewesen und hatte also nicht die geringste Erinnerung, in den Nachrichten von dem Fall gehört zu haben. Aber ich war sicher, dass er später irgendwo erwähnt worden war, vielleicht während meiner Studienzeit oder, was wahrscheinlicher war, in einer Sendung von *Faites entrer l'accusé* oder *L'Heure du crime,* französische Fernsehserien, in denen berühmte Kriminalfälle präsentiert werden.

Alexandre Verneuil, 1954 in Arcueil geboren, Ausbildung zum Gefäßchirurgen, hatte sich bereits während seiner Schulzeit infolge des Mai 1968 politisch engagiert, um sich später der Jugendbewegung des Sozialisten Michel Rocard anzunähern und schließlich in die Sozialistische Partei einzutreten. Nach seinem Studienabschluss hatte er in den Krankenhäusern Salpêtrière und Cochin gearbeitet. Sein politisches Engagement hatte sich zu einem humanitären gewandelt. Sein Werdegang ähnelte dem verschiedener öffentlicher Persönlichkeiten jener Zeit, die sich in einem zivilgesellschaftlichen Kontext der humanitären Hilfsorganisationen und der Politik entwickelt hatten. Alexandre Verneuil war in den Achtziger- und Neunzigerjahren sowohl für *Médecins du Monde,* Ärzte für die Welt, als auch für das Rote Kreuz in verschiedenen Kriegsgebieten tätig gewesen, etwa in Äthiopien, Afghanistan, Somalia, Ruanda, Bosnien … Nachdem die französischen Sozialisten im Jahr 1997 die Wahlen gewonnen hatten, wurde er als medizinischer Berater in das Kabinett des Staatssekretariats für internationale Zusammenarbeit berufen. Doch diesen Posten bekleidete er nur wenige Monate, dann hatte er es vorgezogen, wieder in der Praxis, zu dieser Zeit im Kosovo, zu arbeiten. Als er Ende 1999 nach Frankreich zurückkehrte, wurde er zum Leiter der *École de Chirurgie de l'Assistance Publique Hôpitaux de Paris* berufen. Neben seinen medizinischen Aktivitäten

hatte er Artikel über Themen wie Bioethik, das Recht
auf Einmischung und sozialen Ausschluss veröffentlicht. Als angesehener Vertreter der humanitären Bewegung war Verneuil auch häufig in den Medien zu sehen,
die sein Charisma und seine Eloquenz zu schätzen
wussten.

2.

Das Drama hatte sich am Abend des 11. Juni 2000 zugetragen, jenem Tag, an dem das erste Spiel der französischen Fußballmannschaft bei den Europameisterschaf-
ten stattfand. An diesem Abend feierten Verneuil und
seine Frau Sofia – eine Zahnchirurgin, deren Praxis in
der Rue du Rocher zu den bekanntesten von ganz Paris
zählte – den elften Geburtstag ihres Sohnes Théo. Die
Familie lebte in einer schönen Wohnung im 16. Arrondissement mit Blick auf den Eiffelturm und den Jardin
du Ranelagh. Die Bilder von dem Jungen, die ich im
Internet gefunden hatte, hatten mich verstört, denn sie
erinnerten mich an mich selbst in diesem Alter: fröhliches Gesicht, schöne Zähne, blonder Schopf und runde
Brille mit rotem Gestell.

Auch achtzehn Jahre nach dem Mord war der Hergang noch umstritten. Was war überhaupt sicher? Etwa
gegen Viertel nach zwölf Uhr nachts waren die Beamten der Kriminalpolizei, alarmiert von den Nachbarn,
bei den Verneuils eingetroffen. Die Wohnungstür stand

offen. Sie mussten über die Leiche von Alexandre Verneuil, die am Boden lag, hinwegsteigen. Sein Gesicht war von einem Schuss aus nächster Nähe zerfetzt. Seine Frau Sofia war auf der Schwelle zur Küche durch einen Schuss ins Herz getötet worden. Und der kleine Théo, den eine Kugel in den Rücken getroffen hatte, lag im Flur. Ein echtes Massaker.

Wann hatte das Blutbad stattgefunden? Höchstwahrscheinlich gegen 23:45 Uhr. Punkt 23:30 Uhr hatte Alexandre seinen Vater angerufen, um sich mit ihm über das Fußballspiel auszutauschen – 3:0 für die französische Mannschaft mit Zidane gegen Dänemark –, und hatte das Gespräch gegen 23:38 Uhr beendet. Zwanzig Minuten später hatte der Nachbar die Polizei verständigt. Nach eigener Aussage war die Verspätung darauf zurückzuführen, dass er zunächst geglaubt hatte, er habe bei den vielen Siegesfeiern vielleicht die Schüsse mit Böllern verwechselt.

Der Fall war mit größter Sorgfalt behandelt worden. Alexandre war der Sohn von Patrice Verneuil, eines der »großen« Ermittler, der früher stellvertretender Leiter der Pariser Kripo und zu der Zeit Beamter des Innenministeriums gewesen war. Doch die Ermittlungen hatten nicht viel ergeben. In erster Linie wurde festgestellt, dass am selben Abend in der dritten und obersten Etage des Wohnhauses ein Einbruch bei einem Rentnerehepaar verübt worden war, das sich in Südfrankreich aufhielt. Man hatte auch festgestellt, dass Sofia Verneuils Schmuck verschwunden war, ebenso wie die Uhren-

sammlung ihres Mannes, der als Angehöriger der soge-
nannten »Rolex-Linken« wertvolle Chronometer besaß,
unter anderem ein Panda-Modell »Paul Newman«, dessen Wert auf fünfhunderttausend Francs geschätzt
wurde.

Der Hauseingang war mit einer Überwachungska-
mera gesichert, deren Aufnahmen jedoch keine Hinweise ergaben, da sie zur Seite gedreht und auf die
Wand der Eingangshalle gerichtet worden war. Wobei
man nicht sicher sagen konnte, ob diese Einstellung
Absicht oder Zufall war und wenige Stunden oder mehrere Tage zurücklag. Dank der ballistischen Untersuchungen konnte man die Tatwaffe identifizieren: eine
Pumpgun mit 12er-Gauge-Patronen – die handelsüb-
lichen. Auch die Auswertung der Hülsen hatte keine
Rückschlüsse auf eine bei einem anderen Verbrechen
registrierte Waffe ermöglicht. Dasselbe galt für die
DNA-Spuren, die entweder von der Familie stammten
oder zu keinem gespeicherten Profil passten.

Doch wenn man davon ausging, dass Apolline Chapuis und Karim Amrani in den Fall verwickelt waren,
gewann folgendes Szenario an Wahrscheinlichkeit: Die
beiden Verbrecher waren zunächst in der leer stehenden Wohnung des Rentnerehepaars im dritten Stock
eingebrochen und hatten dann der Etage darunter einen
Besuch abgestattet. Vielleicht glaubten sie, die Familie
sei nicht da. Doch dann überraschte Verneuil sie. In
Panik eröffneten Karim oder Apolline das Feuer – eine
Leiche, zwei Leichen, drei Leichen – und stahlen dann

Schmuck, die Uhrensammlung und den Fotoapparat.

Diese Hypothese war stichhaltig. In allen Artikeln, die ich über »Bonnie and Clyde von der Place Stalingrad« gelesen hatte, wurde erwähnt, dass Karim gewalttätig war. Er hatte nicht gezögert, auf den Pächter eines Pferderennen-Wettbüros zu schießen – zwar mit einer Schreckschusswaffe, aber der Mann hatte dennoch ein Auge verloren.

Ich streckte mich und gähnte. Bevor ich duschen würde, wollte ich noch einen Podcast hören: *Affaires sensibles*, eine Sendung des Radiosenders *France Inter*, die eine Folge dem Fall Verneuil gewidmet hatte. Ich versuchte, das Programm auf meinem Computer abzuspielen, doch es wurde nicht hochgeladen.

Verdammt, schon wieder ein Internetausfall!

Dieses Problem war hier keine Seltenheit. Ich musste häufig in den ersten Stock hinauflaufen und den Router aus- und wieder einschalten. Allerdings war es erst kurz vor sechs Uhr, und ich wollte Audibert nicht wecken. Dennoch beschloss ich, das Risiko einzugehen, und schlich die Treppe hinauf. Der Buchhändler schlief bei offener Tür. Im Wohnzimmer schaltete ich die Taschenlampe meines Handys ein und bewegte mich so leise wie möglich zum Büfett, auf dem der Router stand. Ich schaltete ihn aus und wieder ein und trat dann, darauf bedacht, dass die Dielen nicht knarrten, den Rückzug an.

Plötzlich erschauderte ich. Ich war schon oft hier gewesen, doch jetzt im Halbdunkel kam mir der Raum auf einmal anders vor. Ich richtete den Strahl meiner Taschenlampe auf das Bücherregal. Neben den Ausgaben der Pléiade und den Kunsteinbänden der Bonet-Prassinos-Edition waren mehrere Bilderrahmen zu erkennen. Intuition? Instinkt? Neugier? Ich trat näher, um mir die Familienfotos anzusehen. In der ersten Reihe standen die Aufnahmen von Audibert und seiner Frau Anita, die – wie er mir bei unserem ersten Treffen erzählt hatte – vor zwei Jahren an Krebs gestorben war. Man sah das Paar in verschiedenen Lebensabschnitten. Hochzeit Mitte der Sechzigerjahre, dann ein Baby in den Armen, das sich auf einem anderen Foto in einen schmollenden Teenager verwandelt hatte. Anfang der Achtzigerjahre: Das Paar posierte lächelnd vor einem Citroën BX, dann, vor etwa zehn Jahren, eine Reise nach Griechenland, eine andere nach New York, noch vor dem Einsturz der Twin Towers. Glückliche Tage, deren Wert man erst zu ermessen weiß, wenn sie vorüber sind. Doch die beiden letzten Fotos ließen mir das Blut in den Adern gefrieren. Zwei Familienbilder, auf denen ich andere Gesichter erkannte:

Die von Alexandre, Sofia und Théo Verneuil.

Und das von Mathilde Monney.

3.

Das Klingeln des Telefons riss Nathan Fawles aus dem Schlaf. Bronco zu seinen Füßen, war er in dem Sessel eingenickt. Der Schriftsteller rappelte sich auf und ging zum Telefon.

»Ja?«

Seine Stimme klang tonlos, als wären die Stimmbänder eingerostet. Er massierte seinen steifen Nacken.

Es war Sabina Benoit, die ehemalige Leiterin der Mediathek in dem Haus der Jugendhilfe.

»Nathan, ich weiß, es ist noch früh, aber Sie hatten mich ja gebeten, Sie anzurufen, sobald ich etwas herausgefunden habe.«

»Ganz richtig«, antwortete Fawles.

»Ich konnte mir die Liste der Patienten besorgen, die an Ihrem Vortrag teilgenommen haben. Sie waren zweimal dort, einmal am zwanzigsten März 1998 und dann am vierundzwanzigsten Juni desselben Jahres.«

»Und weiter?«

»Unter den Teilnehmerinnen gab es keine Mathilde Monney.«

Fawles seufzte und rieb sich die Schläfen. Warum sollte die Journalistin ihn derart belogen haben?

»Die einzige Mathilde, die dort war, war Mathilde Verneuil.«

Fawles lief ein eisiger Schauer über den Rücken.

»Das war die Tochter des bedauernswerten Doktor

Verneuil«, fuhr die Bibliothekarin fort. »Ich erinnere mich gut an sie: hübsch, zurückhaltend, sensibel, intelligent ... Wer hätte damals ahnen können, dass ihr ein solches Schicksal widerfahren würde ...«

4.

Mathilde war die Tochter von Alexandre Verneuil und die Enkelin von Grégoire Audibert! Von dieser Erkenntnis überwältigt, verharrte ich eine gute Minute reglos in der Dunkelheit. Fassungslos. Erschüttert. Wie gelähmt.

Dabei konnte ich es nicht bewenden lassen. Auf dem letzten Regalbrett fand ich Fotoalben. Vier dicke, in Stoff gebundene Bände, jeder für ein Jahrzehnt. Ich setzte mich im Schneidersitz auf den Boden und begann sie langsam im Schein meiner Handytaschenlampe durchzublättern. Ich betrachtete jede Aufnahme und überflog die Bildunterschriften. Außer einigen Daten erfuhr ich nicht viel. Grégoire und Anita Audibert hatten nur eine einzige Tochter, Sofia, geboren 1962, die im Jahr 1982 Alexandre Verneuil geheiratet hatte. Aus dieser Ehe waren Mathilde und Théo hervorgegangen, die als Kinder oft ihre Ferien auf der Île Beaumont verbracht hatten.

Wie hatte das Fawles und mir selbst entgehen können? Ich konnte mich nicht erinnern, dass in den Artikeln über den Fall von einer Tochter die Rede gewesen war. Da ich mein Telefon in der Hand hatte, gab ich den

Suchbegriff in Google ein. In einem Bericht des *L'Express* vom Juli 2000, der auch Nicht-Abonnenten zur Verfügung stand, hieß es, dass sich die »sechzehnjährige Tochter der Familie am Abend des Unglücks nicht in Paris befand, da sie in der Normandie bei einer Freundin für ihr Französischabitur lernte«.

Eine Vielzahl von Hypothesen überschlugen sich in meinem Kopf. Ich spürte, dass ich bei meinen Nachforschungen einen entscheidenden Schritt weitergekommen war, doch die gesamte Tragweite dieser Entdeckung erschloss sich mir noch nicht. Ich zögerte, den Rückzug anzutreten. Von meinem Standort aus konnte ich Audiberts regelmäßiges Schnarchen aus dem Nebenzimmer hören. Vielleicht hatte ich meine Glückssträhne schon bis zum Äußersten ausgereizt. Aber womöglich konnte ich auch noch weitere Geheimnisse enthüllen. Ich wagte einen Blick in das Schlafzimmer des Buchhändlers. Es war spartanisch eingerichtet und erinnerte fast an eine Mönchszelle. Ein Laptop, der auf einem kleinen Schreibtisch an der Wand stand, war die einzige Konzession an die Moderne. In der Aufregung ließ ich jegliche Vorsicht außer Acht. Ich musste mehr erfahren. Ich trat an den Schreibtisch und spürte, wie meine Hand, fast ungewollt, nach dem Laptop griff.

5.

Sobald ich wieder im Erdgeschoss war, begann ich den Inhalt des Computers in Augenschein zu nehmen. Audibert war technisch sicher nicht auf dem neuesten Stand, doch er war keineswegs so unfähig, wie er gern behauptete. Es handelte sich um ein Notebook der Marke VAIO, das etwa zehn Jahre alt war. Ich war mir so gut wie sicher, dass das Passwort mit dem des Computers der Buchhandlung identisch war. Ich versuchte mein Glück … und hatte mich nicht geirrt.

Die Festplatte war fast leer. Ich wusste nicht, was ich suchte, doch ich war überzeugt, dass es hier weitere Informationen zu finden gab. In den wenigen Ordnern, die auf dem Desktop lagen, fand ich eine veraltete Version der Buchhaltung, ein paar Rechnungen, eine topografische Karte von Beaumont und einige PDF-Dateien, die Informationen zu der kriminellen Vergangenheit von Apolline Chapuis und Karim Amrani enthielten. Nichts, was mir nicht schon bekannt war. Das bewies nur, dass Audibert dieselben Recherchen durchgeführt hatte wie ich selbst. Ich zögerte, die E-Mails und Nachrichten des Buchhändlers zu durchforsten. Audibert hatte keinen persönlichen Facebook-Account, doch er hatte einen für die Buchhandlung eingerichtet, der aber seit über einem Jahr nicht aktualisiert worden war. Allerdings enthielt die Fotogalerie auf dem PC drei Alben, deren Inhalt sich als explosiv herausstellen sollte.

Zunächst gab es viele Screenshots von Apolline Chapuis' Homepage. Ein anderer Ordner enthielt mit einem Teleobjektiv aufgenommene Fotos von Karim Amrani in Évry. Es handelte sich um dieselben Aufnahmen, die ich in Mathildes Zimmer gefunden hatte. Doch es gab noch mehr Überraschungen, denn im letzten Ordner entdeckte ich ganz andere Bilder. Zunächst glaubte ich, es handle sich um dieselben, die Mathilde vor einigen Tagen Fawles gezeigt hatte: die Reise nach Hawaii der beiden Verbrecher und den Geburtstagsabend von Théo Verneuil. Doch offenbar hatte Mathilde dem Schriftsteller nur einen Teil der Fotos von diesem Abend gezeigt. Andere Fotos bewiesen eindeutig, dass das Mädchen sehr wohl beim Geburtstag ihres Bruders zugegen gewesen war – an jenem Abend, an dem die ganze Familie getötet worden war.

Mir brannten die Augen, und das Blut pulsierte mir in den Schläfen. Wie hatte diese Information den Ermittlern entgehen können? Eine seltsame Angst überkam mich, und ich vermochte den Blick nicht vom Bildschirm zu lösen. Auf den Fotos machte die sechzehnjährige, hübsche Mathilde den Eindruck, ein sensibles Mädchen zu sein, gedankenverloren, ein wenig verkrampft lächelnd und mit einem melancholischen, ausweichenden Blick.

Die verrücktesten Hypothesen schossen mir durch den Kopf. Die tragischste Version war, dass Mathilde vielleicht ihre Familie umgebracht haben könnte. Doch die letzte Aufnahme des Fotoalbums enthüllte mir eine andere Überraschung. Sie stammte vom 3. Mai 2000 – wahrscheinlich vom langen Wochenende rund um den ersten Mai. Sie zeigte Mathilde und Théo mit ihren Großeltern vor der Buchhandlung *La Rose Écarlate*.

Ich wollte schon den Laptop zuklappen. Doch um sicherzugehen, sah ich mir vorher noch den Papierkorb an. Er enthielt zwei Videodateien, die ich zunächst auf den Desktop zog und dann auf meinem USB-Stick speicherte. Bevor ich sie abspielte, setzte ich meinen Kopfhörer auf.

Und was ich jetzt entdeckte, ließ mir das Blut in den Adern gefrieren.

6.

Fawles saß, den Kopf in den Händen vergraben, am Küchentisch und dachte darüber nach, welche Schlussfolgerungen sich aus Sabina Benoits Enthüllungen ergaben. Monney war wahrscheinlich Mathildes Pseudonym als Journalistin. Mathilde war keine Schweizerin und hieß in Wirklichkeit Verneuil. Und wenn sie tatsächlich die Tochter von Alexandre Verneuil war, dann bekamen die Ereignisse, die sich in den letzten Tagen auf der Insel abgespielt hatten, eine ganz neue Bedeutung.

Wegen seiner Aversion gegen die Medien konnte Fawles diese Entwicklung nicht absehen. Die Tatsache, dass Mathilde Journalistin war, hatte ihn von Anfang an irritiert und sein Urteilsvermögen beeinträchtigt, denn in Wahrheit hielt sich Mathilde nur aus einem einzigen Grund auf Beaumont auf: Sie wollte ihre Familie rächen. Die Möglichkeit, dass sie Karim und Apolline getötet hatte, weil sie sie als Mörder ihrer Familie entlarvt hatte, war sehr wahrscheinlich.

Dutzende von Bildern, Erinnerungsfetzen und Klängen schossen Fawles durch den Kopf. Und unvermittelt nahm ein Bild Gestalt an. Eine Fotografie von dem Geburtstagsabend, die ihm Mathilde auf dem Schiff gezeigt hatte. Verneuil, seine Frau und der kleine Théo auf der Terrasse, im Hintergrund der Eiffelturm. Wenn dieses Bild existierte, dann gab es auch zwangsläufig jemanden, der es aufgenommen hatte. Und dieser Jemand war höchstwahrscheinlich Mathilde. Denn vermutlich hatte sie sich am Abend des Massakers auch in der elterlichen Wohnung befunden.

Mit einem Mal wurde Fawles alles klar, und er fühlte, dass er in großer Gefahr war.

Schnell erhob er sich, um ins Wohnzimmer zu gehen. Im hinteren Teil, neben dem Metallregal mit den Holzscheiten, befand sich der Schrank aus geschnitztem Olivenholz, in dem er seine Gewehre aufbewahrte. Er öffnete ihn und stellte fest, dass eine Waffe fehlte. Jemand hatte das mit einem Drachenkopf verzierte Gewehr entwendet. Die verfluchte Waffe, die die Ursache aller Kränkungen, all seines Unglücks war. Dann erinnerte er sich an jene alte Schreibregel: Wenn ein Schriftsteller am Anfang seines Romans eine Waffe erwähnt, dann muss am Ende zwangsläufig ein Schuss fallen und einer der Protagonisten sterben.

Da er an diese Regeln glaubte, war Fawles felsenfest davon überzeugt, dass er sterben würde.

Noch heute.

7.

Ich startete das erste Video. Es war fünf Minuten lang und vermutlich mit einem Handy in einem Haus oder einer Hütte aufgenommen worden.

»Erbarmen! Ich weiß nichts … nicht mehr als das, was ich schon gesagt habe!«

Die Hände über dem Kopf gefesselt, lag Karim auf einer Art niedrigem, schräg gestelltem Tisch.

Sein Gesicht war geschwollen, der Mund blutig, und man erriet, dass ein Hagel von Schlägen auf ihn niedergegangen war. Der Mann, der das Verhör führte, war sehr groß, und ich hatte ihn nie in meinem Leben gesehen. Weißes Haar, eindrucksvolle Statur. Er trug ein kariertes Hemd, eine Barbour-Jacke und eine Schirmmütze mit Schottenmuster.

Ich näherte mich dem Bildschirm, um ihn eingehender betrachten zu können. Wie alt mochte er sein? Dem faltigen Gesicht und der Haltung nach zu urteilen, mindestens fünfundsiebzig Jahre. Mit dem riesigen Bauch hatte er Mühe, sich zu bewegen, doch mit seinen enormen Kräften walzte er alles auf seinem Weg nieder.

»Mehr weiß ich nicht«, brüllte Karim.

Der Alte tat so, als würde er ihn nicht hören. Er verschwand kurz aus dem Bild und kehrte mit einem Frottiertuch zurück, das er auf das Gesicht des ehemaligen Dealers legte. Dann machte er sich daran, mit der Sorgfalt eines erfahrenen Folterknechts Wasser auf das Tuch zu gießen.

Die Technik des Waterboardings.

Der Anblick wurde unerträglich. Der Alte machte weiter, bis Karim fast erstickte. Sein Körper spannte sich an, bäumte sich auf und wurde von Krämpfen geschüttelt. Als der Mann das Handtuch wegnahm, glaubte ich, Karim würde nicht wieder zu sich kommen. Aus seinem Mund schoss eine Mischung von schaumigen Blasen und Galle.

Er blieb eine Weile reglos liegen, ehe er sich erbrach und keuchte:

»Ich habe ... Ihnen alles gesagt, verdammt ...«

Der Alte hob den Tisch noch mehr an und flüsterte Karim ins Ohr:

»Na gut, dann fang noch mal von vorn an.«

Karim war am Ende. Sein Gesicht war von Grauen gezeichnet.

»Mehr weiß ich nicht ...«

»Okay, dann fange ich wieder von vorn an!«

Der Alte griff erneut nach dem Frottiertuch.

»Nein!«, schrie Karim.

Er versuchte sich, so gut er konnte, zu konzentrieren.

»In jener Nacht, am 11. Juni 2000, sind Apolline und

ich zur Hausnummer neununddreißig am Boulevard de Beauséjour im sechzehnten Arrondissement gefahren. Wir wollten bei den reichen Rentnern im dritten Stock einbrechen. Wir hatten einen vertrauenswürdigen Hinweis bekommen, dass sie nicht da wären.«

»Von wem?«

»Ich weiß nicht mehr, von irgendjemandem aus meiner damaligen Bande. Die Alten sollten angeblich viel Kohle haben, doch der größte Teil des Schmucks und des Bargelds befand sich wohl in dem in der Wand eingelassenen Safe. Den konnten wir nicht mitnehmen.«

Er sprach schnell und in monotonem Tonfall, als hätte er diese Geschichte schon x-mal erzählt. Wegen der gebrochenen Nase klang seine Stimme verzerrt, und über seine geschlossenen Lider rann Blut.

»Wir haben ein paar Kleinigkeiten mitgenommen, Dinge, die man leicht weiterverkaufen kann. Und dann, als wir gerade gehen wollten, haben wir Schüsse gehört, die von unten kamen.«

»Wie viele?«

»Drei. In Panik haben wir uns in einem der Schlafzimmer versteckt. Wir blieben eine ganze Weile dort, denn wir wussten nicht mehr, ob wir mehr Angst vor den Bullen haben sollten, die bald auftauchen würden, oder vor demjenigen, der da unten im zweiten Stock ein Blutbad anrichtete.«

»Habt ihr nicht gesehen, wer es war?«

»Nein, ich sage doch, wir waren halb tot vor Schiss. Wir haben eine Weile abgewartet und uns nicht runtergetraut. Wir wollten über die Dächer abhauen, aber der Ausgang war abgesperrt. Also blieb uns nichts anderes übrig, als die Treppe zu nehmen.«

»Und dann?«

»Apolline war noch immer völlig panisch. Aber mir ging es weit besser, ich hatte mir im Schlafzimmer der Alten eine Linie Koks reingezogen. Ich war total high, ja, fast schon euphorisch. Als wir an der offenen Tür vorbeikamen, habe ich in die Wohnung reingeschaut. Ein richtiges Gemetzel. Alles war voller Blut, und am Boden lagen drei Leichen. Apolline hat aufgeschrien und ist in die Tiefgarage gerannt, wo sie auf mich gewartet hat.«

»Keine Sorge, wir werden deine Freundin auch befragen.«

»Sie ist nicht meine Freundin. Wir haben seit achtzehn Jahren nicht mehr miteinander gesprochen.«

»Und was hast du in der Wohnung der Verneuils gemacht?«

»Ich sage doch, sie waren alle tot. Ich bin ins Wohnzimmer gegangen und dann in die Schlafzimmer. Und ich habe alles mitgehen lassen, was mir in die Finger kam: Luxusuhren, viel Bargeld, Schmuck und einen Fotoapparat ... Dann bin ich zu Apolline gelaufen. Ein paar Wochen später sind wir nach Hawaii geflogen, wo wir diesen verdammten Fotoapparat verloren haben.«

»Ja, das ist blöd«, stimmte der Alte zu.

Er seufzte und versetzte Karim unvermittelt mit dem Ellenbogen einen brutalen Stoß in die Rippen.

»Das Schlimmste ist, dass du an diesem Tag nicht

nur den Fotoapparat verloren hast, sondern auch dein Leben.«

Dann stürzte er sich auf ihn und prügelte mit seinen riesigen Fäusten wie besessen auf ihn ein.

Ich war entsetzt und hatte den Eindruck, das Blut müsste mir jeden Moment ins Gesicht spritzen. Ich wandte den Blick vom Bildschirm ab. Ich zitterte, als hätte ich Fieber. Wer war dieser Mann, der in der Lage war, mit bloßen Händen zu töten? Welcher Wahnsinn trieb ihn an?

Die Luft war eiskalt. Ich erhob mich, um die Tür zur Buchhandlung zu schließen. Zum allerersten Mal befürchtete ich, dass mein Leben in Gefahr war. Ich überlegte kurz, mit dem Laptop die Flucht zu ergreifen, doch dann trieb mich die Neugier dazu, wieder am Schreibtisch Platz zu nehmen und das zweite Video abzuspielen.

Ich hoffte, es wäre weniger grausam, doch das war nicht der Fall. Es zeigte ebenfalls eine extreme Folterszene mit tödlichem Ausgang. Diesmal war Apolline das Opfer, die Rolle des Henkers hatte ein Mann übernommen, den man nur von hinten sah. Er trug einen dunklen Regenmantel und schien jünger zu sein und nicht so kräftig wie der Mörder von Karim. Das Video war von weniger guter Qualität, was sicher daran lag, dass es in einem geschlossenen, dürftig erhellten Raum aufgenommen worden war.

Apolline saß gefesselt auf einem Stuhl, ihr Gesicht blutete, die Zähne waren ausgeschlagen, ein Auge blau angelaufen. Ihr mit einem Schürhaken bewaffneter Angreifer hatte sie sicherlich schon eine ganze Weile gefoltert. Der Film war kurz, und die Erklärung der Weinhändlerin schien mit der von Karim übereinzustimmen.

»Ich sage doch, ich war halb tot vor Angst! Ich habe die Wohnung der Verneuils nicht betreten. Ich bin sofort in die Tiefgarage gelaufen, wo ich auf Karim gewartet habe.«

Sie schniefte und schüttelte den Kopf, um eine blutige Haarsträhne zurückzuwerfen, die ihr in den Augen klebte.

»Ich war überzeugt, dass die Bullen jeden Moment auftauchen würden. Eigentlich hätten sie schon da sein müssen. In der Tiefgarage war es dunkel. Ich kauerte mich zwischen einen Betonpfeiler und einen Lieferwagen. Doch plötzlich ging das Licht an, und ein Auto kam aus dem Untergeschoss heraufgefahren.«

Apolline schluchzte, während der Mann mit dem Schürhaken sie aufforderte weiterzusprechen.

»Es war ein grauer Porsche mit roten und blauen Streifen. Das Auto stand vielleicht eine halbe Minute vor mir, weil das automatische Tor eine Panne hatte und auf halber Höhe blockiert war.«

»Wer saß in dem Porsche?«

»Zwei Männer.«

»Zwei? Bist du sicher?«

»Ganz sicher. Das Gesicht des Beifahrers habe ich nicht gesehen. Der Mann am Steuer stieg aus, um das Tor hochzuschieben.«

»Kanntest du ihn?«

»Nicht persönlich, aber ich hatte ihn schon in einem Fernsehinterview gesehen. Und ich hatte eines seiner Bücher gelesen.«

»Eines seiner Bücher?«

»Ja, es war der Schriftsteller Nathan Fawles.«

Die unaussprechliche Wahrheit

10 Die Schriftsteller gegen den Rest der Welt

Die einzige Rettung für Besiegte ist,
auf keine Rettung zu hoffen.

Vergil, *Aeneis*, 2. Gesang

1.

Es war der Schriftsteller Nathan Fawles.

Das waren die letzten Worte von Apolline gewesen. Das Video lief noch einige Sekunden weiter, zeigte, wie sie ins Koma fiel und dann unter einem letzten Hieb mit dem Schürhaken starb.

Über diese eigentliche Enthüllung hinaus – die mich in furchtbare Ratlosigkeit stürzte – beschäftigte mich eine dringlichere Frage: Was hatten diese Filme auf Audiberts Computer zu suchen?

Aufgeregt schaute ich mir das Video von Apollines Hinrichtung trotz der Grausamkeit erneut an. Dieses Mal setzte ich meinen Kopfhörer ab, um mich auf die Umgebung zu konzentrieren. *Diese Bruchsteinwände …*

Ähnliche hatte ich doch bereits gesehen, als ich Bücherkartons mit dem Lastenaufzug in den Keller von *La Rose Écarlate* gebracht hatte. Oder bildete ich mir das nur ein …

Am Bund mit den Schlüsseln der Buchhandlung befand sich auch der zum Keller. Ich war zwei- oder dreimal unten gewesen, hatte jedoch nichts Verdächtiges bemerkt.

Trotz meiner Angst beschloss ich, mich dort noch einmal umzusehen. Es kam allerdings nicht infrage, den Lastenaufzug zu benützen, der einen Höllenlärm verursachte. Ich trat in den kleinen Innenhof hinaus, wo hinter der Falltür, die zum Keller führte, eine Holztreppe zum Vorschein kam, die so steil war wie eine Leiter. Bereits bei den ersten Stufen umfing mich der unangenehme Geruch von Feuchtigkeit.

Unten angelangt, schaltete ich die Neonröhre ein, die ein flackerndes Licht verbreitete, das jedoch nur auf Regale voller Spinnweben und Kartons mit Büchern fiel, die wohl bald schimmlig werden würden. Die Leuchtröhre knisterte ein paar Sekunden, bevor sie mit einem kurzen Knall erlosch.

Mist …

Ich zog mein Smartphone heraus, um dessen Taschenlampe zu nutzen, blieb mit den Fußspitzen jedoch an einer alten, verrosteten Klimaanlage hängen, die am Boden stand. Ich stürzte zu Boden.

Super, Rafa …

Ich nahm mein Handy wieder an mich, stand auf und

drang weiter ins Halbdunkel vor. Der Keller war viel größer, als ich ihn mir vorgestellt hatte. Am Ende des Raumes nahm ich das Geräusch eines Gebläses wahr, ähnlich dem eines Heizgeräts oder Entlüfters. Das Brummen drang durch ein Gewirr von Leitungen, die hinter drei übereinandergestapelten Gitterrostplatten verschwanden.

Ich fragte mich, wohin diese Leitungen wohl führten. Nachdem ich eine gute Weile gegen das Gitterwerk gekämpft hatte, gelang es mir, die Platten wegzuschieben, und ich entdeckte eine weitere Tür, eine Art bewegliche Metallplatte. Sie war mit einem Schloss gesichert, aber auch dafür befand sich der Schlüssel an dem imposanten Schlüsselbund des Buchhändlers.

Zögernd trat ich in einen merkwürdigen kleinen Raum, in dem eine Heimwerkerbank und eine Kühltruhe standen. Auf der Werkbank bemerkte ich den Schürhaken, den ich im Video gesehen hatte, einen rostigen Hammer mit scharfen Kanten, einen dunklen Holzhammer, Steinmetz-Meißel …

Meine Brust fühlte sich an wie in einem Schraubstock. Ich zitterte am ganzen Leib. Als ich die Kühltruhe öffnete, konnte ich einen Schrei nicht unterdrücken. Das Innere war voller Blut.

Ich bin hier bei einem Verrückten gelandet.

Ich trat den Rückzug an und stieg blitzschnell wieder nach oben in den Hof.

Audibert hatte Apolline Chapuis zu Tode gefoltert, und es bestand kein Zweifel, dass er auch mich umbringen würde, wenn ich nicht schnellstens von hier verschwand. Zurück in der Buchhandlung, hörte ich Schritte auf dem Parkettboden im Obergeschoss. Der Buchhändler war soeben aufgestanden. Dann vernahm ich das Knarzen der Treppenstufen. *Verflucht ...* Hals über Kopf stopfte ich Audiberts Laptop in meinen Rucksack, bevor ich die Tür zuschlug und mich auf meinen Motorroller schwang.

2.

Über den Himmel zogen lange Wolkenbänder, die das Licht der Morgendämmerung filterten. Die Küstenstraße lag verlassen da. Vom Meer stieg der Geruch von Jod auf und mischte sich mit dem Duft von Eukalyptus. Ich fuhr in vollem Tempo – was bedeutete, dass mein Flitzer mit Rückenwind knapp fünfundvierzig Stundenkilometer schaffte. Alle zwei Minuten warf ich nervös einen Blick hinter mich. Noch nie in meinem Leben hatte ich solche Angst gehabt. Ich hatte den Eindruck, Audibert könne jederzeit auftauchen und plötzlich vor mir auf der Strada Principale stehen, bewaffnet mit seinem Schürhaken, um mit mir abzurechnen.

Was tun? Mein erster Reflex war, bei Nathan Fawles Unterschlupf zu suchen. Ich konnte jedoch nicht so tun, als hätte ich das Video nicht gesehen, die Anschuldigungen nicht gehört, die Apolline Chapuis gegen ihn erhoben hatte.

Ich war leicht zu manipulieren. Ich hatte immer gewusst, dass Fawles mir nicht alles sagte, was er über die Sache wusste – und er selbst hatte nie versucht, mich vom Gegenteil zu überzeugen. Wenn ich nun bei ihm aufkreuzte, begab ich mich vielleicht in die Höhle des Löwen. Ich dachte wieder an seine Pumpgun, die er in Reichweite aufbewahrte. Es war durchaus möglich, dass diese Waffe dazu gedient hatte, die Verneuils zu ermorden. Eine Weile hatte ich das Gefühl, mir würden sämtliche Felle davonschwimmen, dann hatte ich mich wieder im Griff. Obgleich meine Mutter mir oft eingeschärft hatte, ich solle niemandem trauen, hatte ich immer das genaue Gegenteil getan. Meine Naivität hatte mich schon manches Mal in schwierige Situationen gebracht, jedoch war ich fest davon überzeugt, mich selbst zu verlieren, wenn ich diese Arglosigkeit aufgeben würde. Daher beschloss ich, meiner Intuition treu zu bleiben: Der Mann, der *Loreleï Strange* und *Les Foudroyés – Die vom Blitz Getroffenen* geschrieben hatte, konnte kein Verbrecher sein.

Als ich in *La Croix du Sud* auftauchte, hatte ich den Eindruck, Fawles sei schon lange auf den Beinen. Er trug einen dunklen Rollkragenpullover und eine Jacke aus gegerbtem Wildleder. Er war sehr ruhig und begriff sofort, dass mir etwas Schwerwiegendes widerfahren war.

»Sie müssen sich das anschauen!«, sagte ich, ohne ihm die Zeit zu lassen, mich aufzumuntern.

Ich holte Audiberts Laptop aus meinem Rucksack

und spielte die beiden Videos ab. Fawles sah sie sich anscheinend ungerührt an und zeigte auch keinerlei Reaktion, als Apolline seinen Namen nannte.

»Weißt du, wer die beiden Männer sind, die Chapuis und Amrani foltern?«, fragte er.

»Bei dem ersten habe ich keine Ahnung. Der zweite ist Grégoire Audibert. Ich habe in seinem Keller die Kühltruhe gefunden, in der er die Leiche von Apolline versteckt hatte.«

Fawles bemühte sich um Gelassenheit, aber ich spürte seine Erschütterung.

»Wussten Sie, dass Mathilde die Enkelin von Audibert und die Tochter von Alexandre Verneuil ist?«

»Ich habe es vor einer Stunde erfahren.«

»Nathan, warum beschuldigt Apolline Sie?«

»Sie beschuldigt mich nicht. Sie sagt lediglich, dass sie mich in einem Auto in Begleitung eines anderen Mannes gesehen hat.«

»Wer war das? Sagen Sie einfach, dass Sie unschuldig sind, und ich glaube Ihnen sofort.«

»Ich habe die Verneuils nicht umgebracht, das schwöre ich dir.«

»Aber Sie waren an besagtem Abend in ihrer Wohnung?«

»Ja, ich war dort, doch ich habe sie nicht umgebracht.«

»Erklären Sie mir das!«

»Eines Tages werde ich dir alles erzählen, aber nicht jetzt.«

Plötzlich nervös geworden, spielte er mit einer kleinen Fernbedienung herum – in der Größe eines Garagentoröffners –, die er aus der Tasche gezogen hatte.

»Warum nicht jetzt?«

»Weil du in sehr großer Gefahr bist, Raphaël! Wir befinden uns hier nicht in einem Roman, mein Junge. Und das sage ich nicht einfach so dahin. Apolline und Karim sind tot, und ihre Mörder laufen frei herum. Aus einem mir noch unbekannten Grund rückt die Affäre Verneuil wieder ins Rampenlicht. Und bei einer solchen Tragödie kann nichts Gutes herauskommen.«

»Was soll ich tun?«

»Du musst die Insel verlassen. Sofort!«, entschied er mit einem Blick auf seine Uhr. »Die Fähre nimmt um acht Uhr den Betrieb wieder auf. Ich bringe dich hin.«

»Ist das Ihr Ernst?«

Fawles deutete mit einem Finger auf den Laptop.

»Du hast doch die Videos gesehen. Diese Leute sind zu allem fähig.«

»Aber ...«

»Beeil dich!«, befahl er und fasste mich am Arm.

Von Bronco eskortiert, folgte ich dem Schriftsteller zu seinem Auto. Der Mini Moke – der wohl mehrere Wochen nicht gefahren worden war – sprang nicht gleich an. Als ich gerade glaubte, Fawles habe den Motor abgewürgt, probierte er es ein letztes Mal, und das Wunder geschah. Bronco hüpfte auf die Rückbank, und der fenster- und türenlose Wagen mit dem Faltdach – den

ich absolut unbequem fand – holperte über den Feld-
weg durch den Wald, bevor er auf die Straße einbog.

Die Strecke bis zur Fähre war mühselig. Die zaghaf-
ten frühmorgendlichen Silberstreifen am Horizont hatten angesichts des grauen Himmels kapituliert, der inzwischen von tiefschwarzen Wolken verhangen war, als
hätte man ihn mit schlechter Zeichenkohle gefärbt.
Auch der Wind hatte aufgefrischt und drückte heftige
Böen gegen unsere Windschutzscheibe. Es war nicht
der feuchte und milde Ostwind, auch nicht der Mistral,
der die Wolken vor sich hertreibt, um dem blauen Himmel Platz zu machen. Es war ein eisiger, schneidender
Wind, der vom Pol her wehte und Blitz und Donner mit
sich führte: der Mistral noir – der schwarze Mistral.

Als wir am Hafen ankamen, hatte ich den Eindruck,
mich in einer Geisterstadt zu befinden. Nebelschwaden
hingen über dem Straßenpflaster, glänzende und damp-
fende Bänder schlangen sich um die Parkbänke und
verhüllten den Rumpf der Boote. Eine richtige Wasch-
küche. Fawles parkte den Mini Moke vor der Hafen-
meisterei und ging los, um mir eine Fahrkarte zu kaufen. Dann begleitete er mich bis zur Fähre.

»Warum kommen Sie nicht mit, Nathan?«, fragte
ich, bevor ich auf die Gangway des Schiffs trat. »Sie sind
auch in Gefahr, nicht wahr?«

Er war mit seinem Hund am Kai geblieben und ver-
neinte meinen Vorschlag mit einem Kopfschütteln.

»Pass auf dich auf, Raphaël.«

»Kommen Sie doch mit!«, flehte ich.

»Das ist unmöglich. Wer das Feuer entfacht hat, muss es auch löschen. Ich muss noch eine Sache zu Ende bringen.«

»Was?«

»Die Verwüstungen der monströsen Maschine, die ich vor zwanzig Jahren in Gang gesetzt habe.«

Er winkte mir zu, und ich verstand, dass ich nicht mehr darüber erfahren würde. Als ich ihm nachsah, wie er sich mit seinem Hund entfernte, bekam ich plötzlich eine Gänsehaut und wurde von einer großen Traurigkeit ergriffen, denn mein Instinkt sagte mir, dass dies das letzte Mal war, dass ich Nathan Fawles sah. Plötzlich jedoch kehrte er um. Er sah mir in die Augen und reichte mir zu meiner großen Überraschung das korrigierte Manuskript meines Romans, das er zusammengerollt hatte, um es in der Tasche seiner Segeljacke verwahren zu können.

»Weißt du, Raphaël, *Die Unnahbarkeit der Baumkronen* ist ein guter Roman. Auch ohne meine Korrekturen verdient er es, veröffentlicht zu werden.«

»Die Verleger, die ihn gelesen haben, denken anders darüber.«

Er schüttelte den Kopf und schnaubte verächtlich.

»Die Verleger sind Leute, die sich wünschen, dass du dankbar bist, wenn sie dir in zwei Sätzen sagen, was sie von deinem Roman halten, während du dich zwei Jahre abgerackert hast, damit die Geschichte Hand und Fuß bekommt. Leute, die bis fünfzehn Uhr in den Restaurants von Midtown oder Saint-Germain-des-Prés beim

Essen sitzen, während du dir vor deinem Bildschirm die Augen verdirbst, die dich jedoch täglich anrufen, wenn du zu lange brauchst, um ihren Vertrag zu unterschreiben. Leute, die gern Max Perkins oder Gordon Lish wären und doch immer nur sie selbst bleiben werden: nämlich Literaturverwalter, die deine Texte durch das Prisma einer Excel-Tabelle gefiltert lesen. Leute, für die du niemals schnell genug arbeitest, die dich bevormunden und immer besser als du wissen, was die Menschen lesen wollen oder was ein guter Titel oder ein gutes Cover ist. Leute, die, sobald du Erfolg hast, überall erzählen, dass sie dich ›aufgebaut‹ haben. Leute, die Simenon gesagt haben, Maigret sei von ›einer widerlichen Abgedroschenheit‹ oder die *Carrie, Harry Potter* und *Loreleï Strange* abgelehnt haben ...«

Ich unterbrach Fawles in seiner beißenden Kritik.

»*Loreleï Strange* wurde abgelehnt?«

»Damit bin ich nie hausieren gegangen, aber ja, es stimmt. *Loreleï* wurde von vierzehn Agenten und Verlegern abgelehnt. Darunter auch von dem Verlag, der den Roman später dann, dank des Engagements von Jasper Van Wyck, doch herausgebracht hat. Daher sollte man diesen Leuten keine allzu große Bedeutung beimessen.«

»Nathan, wenn die ganze Sache hier abgeschlossen ist, werden Sie mir dann helfen, *Die Unnahbarkeit der Baumkronen* zu veröffentlichen?«

Zum ersten – und letzten – Mal sah ich Fawles geradeheraus lächeln, und was er mir sagte, bestätigte den ersten Eindruck, den ich von ihm gehabt hatte.

»Du brauchst meine Hilfe nicht, Raphaël. Du *bist bereits* ein Schriftsteller.«

Anerkennend hob er den Daumen in meine Richtung, bevor er kehrtmachte und zu seinem Auto ging.

3.

Der Nebel wurde immer dichter. Die Fähre war zu drei Vierteln besetzt, aber ich fand noch einen Platz. Durch das Fenster beobachtete ich die letzten Passagiere, die aus dem Nebel auftauchten, um eilig an Bord zu gehen.

Ich stand noch unter dem Eindruck dessen, was Fawles mir gesagt hatte, aber ich hatte auch einen bitteren Geschmack im Mund: den Geschmack der Niederlage. Dieses Gefühl, mitten im Kampf vom Schlachtfeld zu desertieren. Ich war voller Elan im strahlenden Sonnenlicht nach Beaumont gekommen und verließ die Insel nun im Regen, kleinlaut und verängstigt in ebenjenem Moment, da der letzte Akt geschrieben wurde.

Ich dachte an meinen zweiten Roman, mit dem ich bereits recht weit gekommen war. *Ein Wort, um dich zu retten.* Ich lebte in diesem Roman, war einer seiner Protagonisten. Der Erzähler der Geschichte konnte doch nicht in dem Augenblick, in dem sich die Handlung zuspitzte, den Schauplatz wie ein Feigling verlassen. Eine solche Chance würde sich niemals wieder bieten. Ich dachte jedoch auch an die Warnung von Fawles: »Du bist in sehr großer Gefahr, Raphaël! Wir befinden uns hier nicht in einem Roman, mein Junge.« Nur dass Fawles wohl selbst nicht an seine Worte glaubte. Und hatte er mir nicht genau das geraten: meiner Existenz etwas Romanhaftes zu verleihen – und meinem Schreibstil mehr Leben einzuhauchen? Ich war süchtig nach diesen Momenten, in denen die Fiktion das Leben infiziert. Das war einer der Gründe, warum ich so gern las. Nicht, um dem realen Leben zugunsten eines imaginären Universums zu entfliehen, sondern um – durch meine Lektüre verändert – in die Welt zurückzukehren. Bereichert durch meine Reisen in die Welt der Fiktion und durch meine Begegnungen dort, mit dem Wunsch, sie in die reale Welt hinüberzubringen. *Wozu sind Bücher gut, wenn sie nicht zum Leben hinführen, wenn es ihnen nicht gelingt, dieses mit größerer Gier aufzusaugen?*, fragte sich Henry Miller. Sicher zu nicht viel anderem.

Und außerdem war da ja noch Nathan Fawles. Mein Held, mein Mentor. Der mich vor fünf Minuten zu einem der Seinen ernannt hatte. Ich durfte ihn bei der Konfrontation mit dieser tödlichen Gefahr nicht allein lassen. Ich war doch kein Kind mehr, verdammt! Ich war ein Schriftsteller, der einem anderen zu Hilfe kam.

Zwei Schriftsteller gegen den Rest der Welt …

In dem Moment, als ich mich von der Bank erhob, um wieder an Deck zu gehen, bemerkte ich Audiberts Lieferwagen vor dem Rathaus. Ein alter R4, in Entengrün, neu lackiert, den er, seinen Worten zufolge, einige Jahre zuvor von einem Floristen gekauft hatte.

Der Buchhändler parkte sein Auto in zweiter Reihe vor dem Postamt und stieg aus, um einen Umschlag in den Briefkasten zu werfen. Mit schnellen Schritten kehrte er zurück, doch bevor er sich ans Steuer setzte, blickte er lange in Richtung Fähre. Ich verbarg mich hinter einem Metallpfosten und hoffte, dass er mich nicht gesehen hatte. Als ich mein Versteck verließ, war der Lieferwagen bereits um die Ecke gebogen. Dennoch hatte ich den Eindruck, durch den Nebel seine Warnblinkanlage zu erkennen, als hätte er angehalten.

Was tun? Ich war hin- und hergerissen zwischen meiner Angst und dem Bedürfnis, zu verstehen, was da vor sich ging. Ich machte mir auch um Nathan Sorgen. Durfte ich ihn, jetzt, wo ich wusste, wozu Audibert fähig war, im Stich lassen? Das Nebelhorn der Fähre verkündete die unmittelbar bevorstehende Abfahrt. *Entscheide dich!* Während ein Matrose die Leinen losmachte, sprang ich auf die Holzpromenade. Ich konnte nicht flüchten. Wegzufahren wäre einer Erniedrigung gleichgekommen und auch dem Verzicht auf alles, woran ich glaubte.

Ich ging an der Klippe vor dem Hafenamt entlang, dann überquerte ich die Straße Richtung Postamt. Der Nebel war allgegenwärtig. Ich folgte dem Bürgersteig bis zur Rue Mortevielle, in die der Wagen des Buchhändlers eingebogen war.

Die Straße lag verlassen im Nebel vor mir. Je näher ich dem Lieferwagen kam, dessen Warnblinkanlage durch den Dunst drang, umso mehr fühlte ich mich von einer unsichtbaren Bedrohung umgeben. Als ich auf Höhe des Wagens ankam, stellte ich fest, dass niemand hinter dem Steuer saß.

»Suchst du etwa mich, Schreiberling?«

Ich fuhr herum und entdeckte Audibert, in seinen schwarzen Regenmantel gehüllt. Ich öffnete den Mund, um zu schreien, aber noch bevor ich den geringsten Ton herausbringen konnte, schlug er mit aller Kraft mit seinem Schürhaken auf mich ein.

Dann wurde alles um mich herum schwarz.

4.

Es regnete in Strömen.

Nathan Fawles war so überstürzt aufgebrochen, dass er Fenster und Türen offen gelassen hatte. Zurück in *La Croix du Sud,* machte er sich nicht die Mühe, das Tor zu schließen. Die Bedrohung, der er die Stirn bieten musste, ließ sich nicht durch das Errichten von Mauern oder Barrikaden aufhalten.

Er trat auf die Terrasse hinaus, um einen Fensterladen zu befestigen, der gegen die Wand schlug. Bei starkem Regen und Sturm nahm Beaumont einen völlig anderen Charakter an. Man wähnte sich eher auf einer windgepeitschten schottischen Insel als im Mittelmeer.

Fawles blieb mehrere Minuten lang reglos stehen und setzte sich dem prasselnden Regen aus. Unerträgliche Bilder stürmten auf ihn ein – vom Massaker an der Familie Verneuil, von der Folterung Karims und der Tötung Apollines. In seinem Kopf hallten auch die Worte aus den Briefen wider, die er am Vortag erneut gelesen hatte. Botschaften, vor zwanzig Jahren an jene Frau geschrieben, die er so sehr geliebt hatte. Niedergeschlagen ließ er seinen Tränen freien Lauf, und plötzlich lebte alles wieder in ihm auf: der Zorn über die nicht gelebte Liebe, das Leben, auf das er verzichtet hatte, jene rote Linie, gezeichnet vom Blut all der Leichen – Kollateralopfer einer Geschichte, in der sie nur unbedeutende Statisten waren.

Er ging ins Haus zurück, um sich umzuziehen. Während er in trockene Kleidung schlüpfte, empfand er eine ungeheure Müdigkeit, als hätte ihn alle Lebenskraft verlassen. Er wünschte sich, dass alles möglichst rasch ein Ende hätte. Die letzten zwanzig Jahre hatte er wie ein Samurai gelebt. Er hatte versucht, sich dem Leben mit Mut und Ehrgefühl zu stellen. Mit Disziplin war er diesem einsamen Weg gefolgt, der ihn mental auf den Tod eingestimmt hatte, um an dem Tag, an dem er sich ihm zeigen würde, keine Angst zu haben.

Er war bereit. Er hätte es vorgezogen, dass dieses letzte Kapitel nicht mit Lärm und Raserei geschrieben würde, aber das war ein unerfüllbarer Wunsch. Er stand an vorderster Front in einem Krieg, in dem es keinen Sieger geben konnte. Nur Tote.

Seit zwanzig Jahren wusste er, dass diese Geschichte ein böses Ende nehmen würde. Dass er früher oder später gezwungen wäre, zu töten oder getötet zu werden, denn dies lag in der Natur des entsetzlichen Geheimnisses, dessen Mitwisser er war.

Aber selbst in seinen schlimmsten Albträumen hätte Fawles sich nicht vorstellen können, dass der Tod die grünen Augen, das goldfarbene Haar und das schöne Gesicht von Mathilde Monney haben würde.

11 Und dann wurde es Nacht

> »Was ist ein guter Roman?«
> »Sie kreieren Personen, die Sympathie
> und Liebe bei Ihren Lesern wecken.
> Anschließend töten Sie diese Personen
> und verletzen dadurch Ihren Leser.
> Der wird sich dann immer an Ihren Roman
> erinnern.«

John Irving

1.

Als ich wieder zu mir kam, lag ich gefesselt hinten im
Laderaum von Audiberts Renault R4, und ein unsicht-
barer Dämon machte sich mit einem scharfen Gegenstand in meinem Schädel zu schaffen. Ich litt Höllen-
qualen. Meine Nase war gebrochen, ich konnte das linke
Auge nicht mehr öffnen, und eine Braue blutete stark.
In Panik versuchte ich die Fesseln zu lösen, aber der
Buchhändler hatte mir die Handgelenke und Knöchel
mit Spannseilen fest verschnürt.

»Machen Sie mich los, Audibert!«

»Schnauze, Grünschnabel!«

Die Scheibenwischer des R4 hatten Mühe, mit den Wassermassen, die auf die Windschutzscheibe prasselten, fertigzuwerden. Ich konnte nicht viel sehen, bemerkte jedoch, dass wir nach Osten fuhren, Richtung Pointe du Safranier.

»Warum tun Sie das?«

»Du sollst den Mund halten, hab ich gesagt!«

Ich war von Regen und Schweiß durchnässt. Mir zitterten die Knie, mein Herz raste. Ich war halb tot vor Angst, aber vor allem wollte ich es verstehen.

»Sie haben als Erster die Bilder aus dem alten Fotoapparat gesehen, nicht wahr? Es war nicht Mathilde!«

Audibert feixte:

»Man hat sie mir über den Facebook-Account der Buchhandlung zukommen lassen, kannst du dir das vorstellen? Der Ami aus Alabama hat mich durch das erste Foto ausfindig gemacht: Mathilde und ich vor der Buchhandlung, an dem Tag, als ich ihr den Apparat zum sechzehnten Geburtstag geschenkt habe!«

Ich schloss kurz die Augen und versuchte den Zusammenhang zu verstehen. Audibert war also der große Baumeister einer späten Rache, um die Mörder seiner Tochter, seines Schwiegersohns und seines Enkels bezahlen zu lassen. Ich begriff jedoch nicht, warum der Buchhändler seine Enkelin mit in seine Vendetta hineingezogen hatte. Als ich dies ihm gegenüber äußerte, begann er mich laut zu beschimpfen:

»Glaubst du denn etwa, ich hätte nicht versucht, sie zu schützen, du Idiot! Ich habe ihr die Fotos nie gezeigt. Ich habe sie nur an Patrice Verneuil, ihren Großvater väterlicherseits, geschickt.«

Ich konnte nicht mehr klar denken, erinnerte mich aber, bei meinen nächtlichen Recherchen auf den Namen von Alexandres Vater gestoßen zu sein. Patrice Verneuil, der prominente Ex-Polizist und ehemalige stellvertretende Leiter der Kripo, der zum Zeitpunkt des Mordes einen Beraterposten im Innenministerium innehatte. Unter Jospin abserviert, hatte seine Karriere ihren krönenden Abschluss gefunden, als Sarkozy, der Mann für Law and Order, Innenminister wurde.

»Patrice und mich verbindet derselbe Schmerz«, fuhr der Buchhändler fort, der wieder etwas ruhiger geworden war. »Als Alexandre, Sofia und Theo ermordet wurden, blieb unser Leben stehen. Oder besser gesagt, unser Leben ging weiter, aber ohne uns. Durch den Kummer gebrochen, nahm sich Patrice' Frau 2002 das Leben. Meine Frau Anita hat uns bis zum Ende etwas vorgespielt, aber auf ihrem Krankenbett wiederholte sie kurz vor ihrem Tod immer wieder ihr Bedauern, dass die Mörder unserer Kinder noch am Leben wären.«

Die Hände um sein Lenkrad geklammert, schien er zu sich selbst zu sprechen. In seiner Stimme schwang verhaltene Wut mit, die jeden Augenblick explodieren konnte.

»Als ich diese Fotos bekam und sie Patrice zeigte, dachten wir sofort, es sei ein Geschenk Gottes – oder des Teufels –, um endlich unser Bedürfnis nach Rache befriedigen zu können. Patrice hat die Bilder der beiden Kleinkriminellen bei den früheren Kollegen von der Kripo herumgezeigt, und es dauerte nicht lange, bis sie identifiziert waren.«

Ich versuchte erneut, meine Hände zu befreien, aber die Spanngurte schnitten mir in die Gelenke.

»Natürlich haben wir versucht, Mathilde aus unserem Plan herauszuhalten«, fuhr der Buchhändler fort. »Und wir haben uns die Arbeit geteilt. Patrice hat sich um Amrani gekümmert, und ich habe Apolline Chapuis auf die Insel gelockt, indem ich mich als Gutsverwalter der Gallinaris ausgab.« Audibert schien beinahe Vergnügen daran zu finden, mir sein Verbrechen haarklein zu schildern.

»Ich habe die Schlampe von der Fähre abgeholt. Es war ein Tag mit Regenschauern wie heute. Im Auto habe ich ihr eine ordentliche Ladung mit dem Taser verpasst und sie dann hinunter in den Keller gebracht.«

2.

Inzwischen konnte ich ermessen, wie sehr ich Audibert unterschätzt hatte. Hinter der harmlosen Fassade des alten Buchhändlers verbarg sich ein kaltblütiger Mörder. Patrice Verneuil und er hatten geplant, die Verhöre zu filmen, um sie anschließend austauschen zu können.

»Im Keller«, fuhr Audibert fort, »habe ich sie mit

Genuss zur Ader gelassen. Aber diese Strafe war mir viel zu mild für das ganze Leid, das sie verursacht hatte.«

Warum war ich in dieser Gasse so unbedarft ins offene Messer gelaufen? Warum hatte ich nicht auf Nathan gehört, verdammt!

»Unter der Folter nannte sie schließlich den Namen Fawles.«

»Sie glauben also, dass Fawles die Verneuils umgebracht hat?«, fragte ich.

»Keineswegs. Ich glaube, dass diese dumme Gans den Namen eher auf gut Glück geäußert hat, weil sie sich auf der Insel befand und der Schriftsteller eine Verbindung zu der Insel hat. Ich glaube, dass diese beiden Ganoven die Schuldigen sind und im Gefängnis hätten krepieren sollen. Letztlich haben sie bekommen, was sie verdienten. Und wenn ich sie ein zweites Mal töten könnte, würde ich es mit Vergnügen wieder tun.«

»Aber nun ist der Fall doch abgeschlossen, nachdem Apolline und Karim tot sind.«

»Für mich war er abgeschlossen, aber dieser Dickschädel von Patrice ist anderer Meinung. Er wollte unbedingt Fawles selbst verhören, ist jedoch gestorben, bevor er es tun konnte.«

»Patrice Verneuil ist tot?«

Audibert stieß ein irres Lachen aus.

»Seit vierzehn Tagen. Aufgezehrt vom Magenkrebs! Und bevor er seinen letzten Atemzug getan hat, ist diesem Idioten nichts Besseres eingefallen, als Mathilde einen USB-Stick mit den Fotos aus dem alten Apparat, den Videos und dem Ergebnis unserer Ermittlungen zu schicken!«

Die Puzzleteile rückten an ihren Platz und enthüllten ein haarsträubendes Szenario.

»Als Mathilde die Fotos vom Geburtstagsabend sah, war sie völlig verstört. Achtzehn Jahre lang hatte sie die Tatsache verdrängt, dass sie beim Mord an ihren Eltern und ihrem Bruder zugegen war. Sie konnte sich an nichts erinnern.«

»Das kann ich kaum glauben.«

»Ich schere mich keinen Deut darum, was du glauben kannst! Es ist die Wahrheit. Als Mathilde vor zehn Tagen bei mir aufkreuzte, war sie außer sich und fest entschlossen, ihre Familie zu rächen. Patrice hatte ihr gesagt, Apollines Leiche sei in meiner Kühltruhe versteckt.«

»War sie es, die die Leiche am ältesten Eukalyptusbaum von Beaumont gekreuzigt hat?«

Ich sah im Rückspiegel, dass Audibert nickte.

»Wozu?«

»Damit wollte sie eine Blockade der Insel erreichen! Um zu verhindern, dass Nathan Fawles fliehen würde, damit sie ihn zu einem Geständnis zwingen kann.«

»Sie haben mir doch gerade gesagt, dass Sie Fawles nicht für schuldig halten!«

»Nein, aber sie glaubt es. Und ich will meine Enkelin schützen.«

»Wie denn schützen?«

Der Buchhändler antwortete nicht. Durch die Scheibe

sah ich, dass der R4 soeben am Strand der Anse d'Argent vorbeigefahren war. Ich spürte mein Herz wie wild in der Brust schlagen. Wohin brachte er mich?

»Ich habe gesehen, dass Sie gerade einen Brief in den Postkasten geworfen haben, Audibert. Was war das für ein Schreiben?«

»Haha! Du passt gut auf, Grünschnabel! Das war ein Geständnis an das Kommissariat von Toulon. Ein Brief, in dem ich mich des Mordes an Apolline und an Fawles schuldig bekenne.«

Deshalb fuhren wir also Richtung *La Croix du Sud!* Wir waren jetzt weniger als einen Kilometer von der Pointe du Safranier entfernt. Audibert hatte beschlossen, Fawles aus dem Weg zu räumen.

»Verstehst du, ich muss ihn umbringen, bevor Mathilde es tut.«

»Und ich?«

»Du bist einfach zur falschen Zeit am falschen Ort gewesen. So etwas nennt man einen Kollateralschaden. Zu dumm, nicht wahr?«

Ich musste irgendetwas versuchen, um seinen Wahnsinn zu stoppen. Mit meinen beiden gefesselten Füßen versetzte ich der Rückenlehne des Fahrersitzes einen heftigen Stoß. Für Audibert kam dieser Angriff unerwartet. Er stieß einen Schrei aus und drehte sich genau in dem Moment zu mir um, als ein zweiter Stoß mit den Fäusten ihn voll am Kopf traf.

»Dreckiges kleines Arschloch, ich werde dich ...«

Das Auto kam ins Schleudern. Der Regen hämmerte

235

auf das Metalldach, und unter den Wassermassen hatte ich den Eindruck, mich in einem dahintreibenden Boot zu befinden.

»Ich bring dich um!«, brüllte der Buchhändler und griff nach dem Schürhaken, der auf dem Beifahrersitz lag.

Ich dachte, er hätte das Auto wieder unter Kontrolle, aber einen Augenblick später durchbrach der R4 die Leitplanke und stürzte ins Leere.

3.

Ich habe nie gedacht, dass ich tatsächlich sterben würde. Während der wenigen Sekunden, die der Sturz dauerte, hoffte ich bis zuletzt, es würde etwas geschehen, um das Drama aufzuhalten. Weil das Leben ein Roman ist. Und weil kein Autor seinen Erzähler achtzig Seiten vor dem Ende seiner Geschichte sterben lässt.

Dieser Augenblick hat weder den Geschmack des Todes noch den der Angst. Ich sehe den Film meines Lebens nicht im Zeitraffer, die Szene läuft aber auch nicht in Zeitlupe ab wie bei dem Autounfall von Michel Piccoli in dem Film *Die Dinge des Lebens*.

Dennoch durchzuckt mich ein seltsamer Gedanke. Eine Erinnerung oder eher etwas, was mir mein Vater vor Kurzem anvertraut hatte. Er hatte mir erklärt, wie »leuchtend« – so nannte er es – sein Leben gewesen sei, als ich noch ein Kind war. *Als du klein warst, haben wir eine Menge Dinge gemeinsam gemacht,* erinnerte er mich. Und das stimmt. Ich entsinne mich an Waldspaziergänge, Museumsbesuche, Theateraufführungen, Modellbau, Bastelarbeiten. Aber nicht nur das. Er brachte mich jeden Morgen zur Schule, und auf dem Weg dorthin lernte ich jedes Mal irgendetwas von ihm. Das konnte eine Episode aus der Geschichte sein, eine Künstleranekdote, eine Grammatikregel, eine kleine Lektion fürs Leben.

Ich höre ihn noch, wie er mir zum Beispiel erzählte: *Als Yves Klein den Himmel der Côte d'Azur betrachtete, kam er auf die Idee, ein möglichst reines Blau zu schaffen: das international bekannte Yves-Klein-Blau.* Oder: *Das mathematische Geteiltzeichen ÷ heißt Obelus. Im Frühjahr 1792 hatte Ludwig XVI. wenige Monate vor seiner Enthauptung vorgeschlagen, die geraden Klingen der Guillotinen durch schräge zu ersetzen, um ihre Wirksamkeit zu erhöhen.* Oder: *Der längste Satz in Prousts Werk* Auf der Suche nach der verlorenen Zeit *besteht im Original aus 856 Wörtern, der berühmteste aus acht Wörtern, der kürzeste aus zwei Wörtern, der schönste aus zwölf Wörtern:* »On n'aime que ce qu'on ne possède pas tout entier. Man liebt nur, was man nicht völlig besitzt.« Oder: *Victor Hugo hat das Wort* »pieuvre« – »Tintenfisch« –, *in die französische Sprache eingeführt, als er es erstmals in seinem Roman* Die Arbeiter des Meeres *verwendete.* Oder: *Die Summe zweier einstelliger ganzer aufeinanderfolgender Zahlen entspricht der Differenz ihrer Quadratzahlen. Beispiel:* $6 + 7 = 13 = 7^2 - 6^2 \ldots$

Das waren vergnügte, aber auch ein wenig feierliche Momente, und ich glaube, alles, was ich an diesen Morgen erfahren habe, ist für immer in mein Gedächtnis eingebrannt. Eines Tages – ich muss elf Jahre alt gewesen sein – erklärte mein Vater traurig, er habe nun so gut wie alles an mich weitergegeben, was er wisse, und den Rest würde ich aus Büchern lernen. In diesem Moment glaubte ich ihm nicht, aber unser Verhältnis wurde danach rasch distanzierter.

Mein Vater war wie besessen von der Angst, mich zu verlieren. Er fürchtete, ich könnte von einem Auto überfahren oder unheilbar krank werden, oder ein Geistesgestörter könnte mich entführen, wenn ich im Park spielte ... Aber letztlich waren es die Bücher, die uns trennten. Die Bücher, deren Verdienste er gerühmt hatte.

Ich habe es nicht sofort verstanden, aber Bücher sind nicht immer ein Weg zur Befreiung. Bücher sind auch der Grund für Trennungen. Bücher reißen nicht nur Mauern ein, sie errichten auch welche. Öfter, als man glaubt, verletzen, zerbrechen und töten Bücher. Bücher sind trügerische Sonnen. Wie das hübsche Gesicht von Joanna Pawlowski, der Drittplatzierten im Wettbewerb um die Miss Île-de-France 2014.

Kurz bevor das Auto aufschlägt, kommt mir eine letzte Erinnerung in den Sinn. Manches Mal am Morgen, wenn mein Vater auf dem Schulweg das Gefühl hatte, wir könnten uns verspäten, begannen wir die letzten zweihundert Meter zu rennen. *Weißt du, Rafa*, sagte er vor ein paar Monaten zu mir, während er sich eine Zigarette anzündete, die er immer bis zum Filter rauchte, *wenn ich an dich denke, habe ich stets dasselbe Bild vor mir. Es ist Frühjahr, du musst fünf oder sechs Jahre alt gewesen sein, die Sonne scheint, und gleichzeitig regnet es. Wir rennen durch den Regen, damit du nicht zu spät in die Schule kommst. Wir rennen beide nebeneinanderher, Hand in Hand, durch die funkelnden Tropfen.*

Und dann ist da dieses Funkeln in deinen Augen.

Dein fröhliches Lachen.

Die perfekte Balance des Lebens.

12 Ein wechselndes Gesicht

Es ist schwer, die Wahrheit zu sagen,
denn es gibt zwar nur eine,
aber sie ist lebendig und hat daher ein
lebendig wechselndes Gesicht.

Franz Kafka, *Briefe an Milena*

1.

Als Mathilde bei Fawles auftauchte, war sie mit einer Pumpgun bewaffnet. Ihre Haare waren nass, und ihr ungeschminktes Gesicht zeugte von einer schlaflosen Nacht. Statt ihres geblümten Kleids trug sie eine ausgefranste Jeans und einen gefütterten Parka mit Kapuze.

»Das Spiel ist aus, Nathan!«, rief sie, als sie in das Wohnzimmer stürmte.

Fawles saß am Tisch vor Grégoire Audiberts Laptop.

»Mag sein«, erwiderte er ruhig, »aber du bist hier nicht die Einzige, die Regeln festlegt.«

»Dabei war ich es, die Apolline Chapuis' Leiche an den Baum genagelt hat.«

»Und warum?«

»Diese Inszenierung, dieses Sakrileg, war nötig, damit eine Blockade über die Insel verhängt wird und Sie nicht die Flucht ergreifen konnten.«

»Das war nicht nötig. Warum hätte ich fliehen sollen?«

»Damit ich Sie nicht töte. Und damit Ihre kleinen Geheimnisse nicht ans Tageslicht kommen.«

»Was die kleinen Geheimnisse angeht, so stehst du mir in nichts nach.«

Um seine Ausführungen zu untermauern, drehte Fawles den Laptop in Mathildes Richtung, sodass sie die Fotos sah, die am Geburtstagsabend ihres Bruders aufgenommen worden waren.

»Alle Welt war der festen Überzeugung, dass die Tochter der Verneuils in der Normandie für ihr Abitur lernte. Aber das stimmte überhaupt nicht. Auch du warst am Schauplatz des Dramas zugegen. Es muss belastend sein, mit einem solchen Geheimnis zu leben, nicht wahr?«

Niedergeschlagen nahm Mathilde am Ende des Tisches Platz und legte das Gewehr in Reichweite neben sich.

»Es ist belastend, aber nicht aus den Gründen, die Sie vermuten.«

»Dann erklär es mir ...«

»Als wir Anfang Juni für das Abitur lernten, bin ich mit meiner Freundin Iris in das Landhaus ihrer Eltern nach Honfleur gefahren. Die Erwachsenen kamen nur am Wochenende, unter der Woche waren wir allein. Wir hatten ordentlich gearbeitet, also schlug ich am 11. Juni morgens vor, eine kleine Pause einzulegen.«

»Du wolltest zum Geburtstag deines Bruders nach Hause fahren, stimmt's?«

»Ja, das war wichtig für mich. Ich fand, dass Théo sich seit ein paar Monaten verändert hatte. Er, der vorher so lustig und lebensbejahend gewesen war, schien jetzt oft traurig, ängstlich und in sich gekehrt. Mit meiner Anwesenheit wollte ich ihm zeigen, wie sehr ich ihn liebte, und ihm zu verstehen geben, dass ich immer für ihn da wäre, wenn er Probleme hätte.«

Mathildes Stimme klang ruhig. Ihre Erklärung war strukturiert und ließ vermuten, dass dieses Geständnis Teil ihres Plans war: Sie suchte die ganze Wahrheit im Gedächtnis eines jeden, ihr eigenes eingeschlossen.

»Während ich nach Paris fuhr, nutzte Iris die Gelegenheit und verbrachte den Tag mit ihren Cousins in der Normandie. Ich verständigte also meine Eltern und bat sie, Théo nichts zu sagen, weil ich ihn überraschen wollte. Ich fuhr mit Iris zusammen mit dem Bus bis Le Havre und von dort aus mit dem Zug bis zum Pariser Bahnhof Saint-Lazare. Die Sonne schien. Auf der Suche nach einem Geschenk für Théo lief ich über die Champs-Élysées. Ich wollte etwas finden, das ihm wirklich Freude machen würde. Schließlich kaufte ich ein Fußballtrikot der französischen Nationalmannschaft. Anschließend fuhr ich mit der Metrolinie 9 ins 16. Arrondissement und stieg an der Station La Muette aus. Als ich gegen achtzehn Uhr ankam, war die Wohnung leer. Maman war mit Théo auf dem Rückweg aus der Sologne, mein Vater, wie immer, im Büro. Ich rief meine Mutter an und schlug ihr vor, beim Feinkostladen und beim Bäcker vorbeizugehen und das Abendessen und die Torte abzuholen, die sie bestellt hatte.«

Fawles lauschte ungerührt Mathildes Bericht über den Hergang dieses unglückseligen Abends. Zwanzig Jahre lang hatte er geglaubt, der Einzige zu sein, der über den Fall Verneuil Bescheid wusste. Doch heute begriff er, dass diese Überzeugung falsch war.

»Es war eine schöne Geburtstagsfeier«, fuhr Mathilde fort. »Théo war glücklich, und das war das Wichtigste. Haben Sie Geschwister, Fawles?«

Der Schriftsteller schüttelte den Kopf.

»Ich weiß nicht, wie sich unsere Beziehung später entwickelt hätte, aber in diesem Alter liebten Théo und ich uns über alles. Ich spürte, wie sensibel er war, und empfand es als meine Aufgabe, ihn zu schützen. Nach dem Fußballspiel feierten wir den Sieg, und Théo schlief auf dem Sofa ein. Gegen dreiundzwanzig Uhr brachte ich ihn ins Bett, deckte ihn zu, wie ich es bisweilen tat, und ging dann in mein Zimmer. Auch ich war müde. Ich legte mich mit einem Buch ins Bett. Ich hörte meine Eltern in der Küche diskutieren, dann rief mein Vater meinen Großvater an, um mit ihm das Spiel zu besprechen. Ich schlief über Flauberts *Die Schule der Empfindsamkeit* ein.«

Mathilde machte eine lange Pause. Eine Weile hörte man nur die Regentropfen, die an die Fensterscheiben trommelten, und das Knistern der Holzscheite im Kamin. Es kostete sie Überwindung fortzufahren, doch jetzt war keine Zeit mehr für Scham oder Ausflüchte. Fast in einem Atemzug berichtete sie über die nachfolgenden Ereignisse, was einem Sprung in einen Tiefseegraben glich, aus dem niemand mehr unbeschadet herauskommt.

2.

»Ich war mit Flaubert eingeschlafen und wurde von *Uhrwerk Orange* geweckt. Ein Schuss erschütterte das Haus. Mein Radiowecker zeigte 23:47 Uhr. Ich hatte nicht lange geschlafen, aber es war das brutalste Erwachen, das ich je erlebt habe. Trotz der drohenden Gefahr verließ ich barfuß mein Zimmer. Auf dem Flur lag die Leiche meines Vaters in einer Blutlache. Der Anblick war unerträglich. Man hatte ihm aus nächster Nähe ins Gesicht geschossen. Blut und Gehirnmasse klebten an den Wänden. Noch ehe ich Zeit hatte zu schreien, ertönte ein zweiter Schuss, und meine Mutter brach vor der Küchentür zusammen. Ich war außer mir vor Entsetzen, ein Grauen, das mich an den Rand des Wahnsinns brachte.

In einer solchen Situation setzt der Verstand aus und gehorcht keiner Logik mehr. Mein erster Reflex war, mich in mein Zimmer zu flüchten. Dafür brauchte ich etwa drei Sekunden. Als ich die Tür schließen wollte, wurde mir bewusst, dass ich Théo vergessen hatte. Kaum war ich wieder auf dem Gang, zerriss ein dritter Schuss die Stille, und der Körper meines Bruders, der von einer Kugel in den Rücken getroffen worden war, sank mir beinahe in die Arme.

Mein Überlebensinstinkt trieb mich dazu, unter mein Bett zu kriechen. In meinem Zimmer brannte kein Licht, aber die Tür war offen geblieben. Auf der Schwelle lag die Leiche meines kleinen Bruders. Sein Fußballtrikot war von einem riesigen Blutfleck durchtränkt.

Ich schloss die Augen, presste die Lippen zusammen und hielt mir die Ohren zu. Nichts hören, nichts sehen, nichts sagen. Ich weiß nicht, wie lange ich so mit angehaltenem Atem dalag. Dreißig Sekunden? Zwei Minuten? Fünf Minuten? Als ich die Augen wieder öffnete, befand sich ein Mann in meinem Zimmer. Von meinem Versteck aus sah ich nur seine Schuhe: braune Lederstiefel mit einem Gummieinsatz. Er stand einen Moment reglos da, ohne nach mir zu suchen. Ich schloss daraus, dass er nichts von meiner Anwesenheit wusste. Nach einer Weile wandte er sich ab und verschwand. Ich blieb wie gelähmt liegen. Die Polizeisirene riss mich aus meiner Benommenheit. Ich hatte einen Schlüssel an meinem Bund, mit dem man die Tür zum Notausgang, der über die Dächer führte, öffnen konnte. Und diesen Weg nahm ich, um zu fliehen. Eigentlich hätte mich die Ankunft der Polizei beruhigen sollen, doch genau das Gegenteil war der Fall.

Ab da sind meine Erinnerungen verschwommen. Ich glaube, ich habe nur instinktiv reagiert. Ich lief durch die Nacht zum Bahnhof Saint-Lazare und nahm den ersten Zug Richtung Normandie. Als ich in Honfleur eintraf, war Iris noch nicht zu Hause. Ich gab vor, nachdem wir uns getrennt hatten, wegen einer plötzlichen Migräne auf meine Reise nach Paris verzichtet zu haben. Sie glaubte mir, da ich sterbenselend aussah, und bestand darauf, einen Arzt zu rufen. Der kam im Laufe des Vormittags – zur selben Zeit wie die Polizisten aus Le Havre, die in Begleitung meines Großvaters Patrice Verneuil eintrafen. Er teilte mir offiziell das Massaker an meiner Familie mit. In diesem Augenblick verlor ich das Bewusstsein.

Als ich zwei Tage später wieder zu mir kam, hatte ich nicht mehr die geringste Erinnerung an den Abend. Ich glaubte wirklich, Théo und meine Eltern seien in meiner Abwesenheit ermordet worden. Das ist vielleicht schwer nachzuvollziehen, aber dennoch war es so. Eine echte Amnesie, die achtzehn Jahre andauerte. Vermutlich der einzige Ausweg, den mein Gehirn gefunden hat, um mein Überleben zu sichern. Schon vor dem Blutbad lebte ich in ständiger Angst, aber der Schock löste einen zerebralen Shutdown aus. Sozusagen als Schutzmaßnahme dissoziierte sich meine Erinnerung vollständig von meinen Gefühlen. In den folgenden Jahren spürte ich durchaus, dass etwas nicht in Ordnung war. Ich befand mich in einem Zustand ständiger Trauer, die ich, zum Teil fälschlicherweise, dem

Verlust meiner Familie zuschrieb. Ich hatte zwar die Erinnerung daran unterdrückt, doch sie gärte in meinem Inneren und lastete wie ein unsichtbares Gewicht auf mir.

Erst der Tod meines Großvaters vor zwei Wochen hat den Schleier meines Vergessens zerrissen. Vor seinem Tod schickte er mir einen großen Umschlag mit einem Brief, in dem er seine Überzeugung zum Ausdruck brachte, dass Sie der wahre Schuldige an den Morden dieses Abends seien. Er schrieb mir von seinem Zorn gegen den Krebs, der ihn dahinraffte und daran hinderte, Sie eigenhändig zu töten. Das Kuvert enthielt auch einen USB-Stick, auf dem Videos von Chapuis' und Amranis Verhören und *alle* Fotos des Apparats gespeichert waren, der auf Hawaii verloren gegangen war. Als ich die Aufnahmen sah, die meine Anwesenheit an diesem Abend dokumentierten, zerbrach plötzlich die Gedächtnisblockade, und die Erinnerungen sprudelten hervor wie eine Fontäne. In brutalen Flashbacks tauchten die Bilder vor mir auf und zogen einen Strom an Schuldgefühlen, Wut und Scham nach sich. Sie überfluteten mich förmlich, und ich hatte den Eindruck, sie würden nie aufhören. Wie ein Deich aus Stahlbeton, der plötzlich in sich zusammenbricht, sodass die Flut ein ganzes Tal unter Wasser setzt.

Ich wollte schreien, verschwinden, durchlebte alles noch einmal, als wäre ich in die Vergangenheit zurückversetzt worden. Es war entsetzlich und nicht die geringste Befreiung. Eine mentale, destabilisierende Explosion, die mich erneut in das Grauen stürzte. Die Bilder, Geräusche und Gerüche waren absolut realistisch, nur zehnmal stärker – der ohrenbetäubende Lärm der Schüsse, das Blut, die Schreie, die Gehirnmasse an den Wänden, das Entsetzen, Théo vor mir zusammenbrechen zu sehen. Welchen Verbrechens hatte ich mich nur schuldig gemacht, um diese Hölle ein zweites Mal durchleben zu müssen?«

3.

Der Gemeindepolizist Ange Agostini wurde von einem Urinstrahl getroffen, doch er wechselte stoisch die Windel seiner Tochter Livia. Als er sie gerade wieder ins Bettchen legen wollte, klingelte sein Handy. Es war Jacques Bartoletti, der Apotheker der Insel, der ihn über einen Unfall informierte, dessen Zeuge er geworden war. Am frühen Morgen hatte Bartoletti nach der Aufhebung der Blockade mit seinem Boot hinausfahren wollen, um Bernsteinmakrelen, Steinbrassen und Makrelen zu angeln. Doch wegen des Regens und des Winds war er früher zurückgekommen. Hinter der Pointe du Safranier hatte er beobachtet, wie ein Wagen von der Fahrbahn abgekommen und gegen einen Felsen geprallt war. Entsetzt hatte Bartoletti sofort die Küstenwache informiert. Jetzt wollte er hören, was passiert war. Ange erklärte ihm, er sei nicht auf dem Laufenden. Als er aufgelegt und nachdem Livia noch ein wenig Milch auf sein T-Shirt gespuckt hatte, das bereits nach Urin roch, tätigte er einen Anruf, um sich zu vergewissern, dass die Landrettungskräfte ebenfalls informiert worden waren. Doch weder bei der Feuerwehr reagierte man auf seinen Anruf, noch ging Oberstleutnant Benhassi, der für die Insel verantwortlich war, an sein Handy. Beunruhigt beschloss Ange, selbst zum Unfallort zu fahren. Aber die Umstände waren nicht ideal. Es war die Woche, in der er die Kinder betreute. Schwierigkeiten zeichneten sich ab: Zum einen hatte sein Sohn Lucca eine Angina und lag im Bett, zum anderen war das Wetter so schlecht, dass die Straßen gefährlich nass und glatt waren.

Was für ein Mist … Ange weckte vorsichtig Lucca auf und zog ihn warm an. Seinen Sohn und seine Tochter auf dem Arm, verließ Ange das Haus durch die Tür, die zur Garage führte. Er ließ Lucca auf die Lieferfläche des Dreiradtransporters steigen und zurrte die Plane fest, dann befestigte er Livias Babyschale auf dem Beifahrersitz. Die Pointe du Safranier war nur drei Kilometer entfernt von seinem Haus im provenzalischen Stil, das er auf dem von seinen Eltern geerbten Grundstück hatte errichten lassen, das seine Ex-Frau Pauline jedoch für zu »klein«, »schlecht gelegen«, »zu dunkel und zu eng« hielt.

»Wir fahren vorsichtig, Kinder.«

Im Rückspiegel sah Ange, dass sein Sohn den Daumen in seine Richtung hob. Der Kleintransporter quälte sich mühsam den kurvigen Weg hinauf, der zur Strada

Principale führte. Wenn Ange an die Risiken dachte, denen er seine Kinder aussetzte, krampfte sich sein Magen zusammen. Als sie die große Straße erreichten, stieß er einen Seufzer der Erleichterung aus. Doch die Gefahr war noch nicht gebannt. Ein selten heftiges Gewitter ging über der Insel nieder. Stürmisches Wetter machte Ange immer Angst. Denn dann zeigte sich seine sonst so gastfreundliche Insel von ihrer rauen und bedrohlichen Seite – wie ein Echo der dunklen Bereiche, die jeder in sich trägt.

Der Dreiradtransporter geriet leicht ins Schleudern, der Regen schlug gegen die Scheiben. Das Baby brüllte, und auch Lucca auf der Ladefläche bekam es wahrscheinlich mit der Angst zu tun. Als sie gerade den Strand der Anse d'Argent hinter sich gelassen hatten, wurden sie nach einer Kurve von einem großen Pinienast gestoppt, den der Sturm heruntergerissen hatte. Ange hielt am Straßenrand und machte seinem Sohn ein Zeichen, auf seine Schwester aufzupassen, während er die Straße freiräumte.

Der Polizist lief durch den Regen, zerrte mit großer Mühe den Ast zur Seite und räumte die Zweige weg, die die Straße versperrten. Als er gerade wieder einsteigen wollte, entdeckte er etwa fünfzig Meter entfernt, kurz vor der Abzweigung zum Wanderweg Sentier des Botanistes, einen Einsatzwagen der Feuerwehr. Er fuhr dorthin und parkte daneben, befahl Lucca, sich nicht vom Fleck zu rühren, und ging zu den Feuerwehrleuten. Er war durchnässt, das Wasser rann in den Kragen seines

Poloshirts. Ein Stück weiter unten bemerkte er ein Auto-wrack, das er jedoch nicht genau erkennen konnte.

Die hochgewachsene Gestalt von Najib Benhassi – dem Oberstleutnant, der die Feuerwehr von Beaumont leitete – tauchte im Nebel auf.

»Hallo, Ange!«

Die beiden Männer schüttelten sich die Hände.

»Das ist der Wagen des Buchhändlers«, erklärte Ben-hassi und kam damit seiner Frage zuvor.

»Grégoire Audibert?«

Der Feuerwehrhauptmann nickte und erklärte: »Er war nicht allein. Sein junger Angestellter war bei ihm.«

»Raphaël?«

»Genau, Raphaël Bataille«, antwortete Benhassi, nachdem er seine Aufzeichnungen konsultiert hatte.

Er machte eine Pause und fügte dann mit einer Geste in Richtung seiner Männer hinzu: »Wir holen sie gerade herauf. Sie sind beide tot.«

Der arme Junge!

Ange musste die Neuigkeit erst mal verdauen, dass der Tod erneut zugeschlagen hatte. Er begegnete dem Blick des Feuerwehrhauptmanns und nahm ein gewisses Unbehagen wahr.

»An was denkst du, Najib?«

Nach kurzem Schweigen zog der Oberstleutnant ihn ins Vertrauen: »Da ist etwas Merkwürdiges. Der Junge war an Händen und Füßen gefesselt.«

»Gefesselt mit was?«

»Mit Gummispannern ...«

4.

Draußen tobte der Sturm. Mathilde hatte ihre Beschreibung der Ereignisse seit einer Weile beendet, schwieg und bedrohte Fawles erneut mit der Pumpgun. Der Schriftsteller hatte sich erhoben. Die Hände hinter dem Rücken verschränkt, stand er an der Glasfront und beobachtete die Pinien, die sich unter dem Regenschauer vor Schmerzen zu winden schienen. Nach einem langen Moment wandte er sich zu der jungen Frau um und fragte ruhig: »Wenn ich dich recht verstehe, bist auch du der Überzeugung, dass ich deine Eltern umgebracht habe?«

»Apolline hat Sie in der Parkgarage zweifelsfrei erkannt. Und ich habe aus meinem Versteck unter dem Bett eindeutig Ihre Schuhe gesehen. Also glaube ich, dass Sie der Mörder sind.«

Fawles dachte über das Argument nach, versuchte jedoch nicht, es zu entkräften. Er fragte: »Aber welches Motiv sollte ich gehabt haben?«

»Ihr Motiv? Sie waren der Liebhaber meiner Mutter.«

Der Schriftsteller konnte seine Überraschung nicht verbergen.

»Das ist absurd. Ich bin deiner Mutter nie begegnet!«

»Und dennoch haben Sie ihr Briefe geschrieben. Briefe, die Sie übrigens vor Kurzem wieder an sich gebracht haben.«

Mit dem Lauf ihrer Waffe deutete Mathilde auf einen

Stapel Papier, den Fawles mit einem Band zusammengebunden und auf den Tisch gelegt hatte.

Fawles erwiderte: »Wie sind diese Briefe überhaupt in deinen Besitz gelangt?«

Mathilde tauchte erneut in die Vergangenheit ein. Immer derselbe Abend, dieselben Ereignisse, die innerhalb weniger Stunden das Schicksal so vieler Menschen verändert hatten.

»Am Abend des 11. Juni 2000 zog ich mich vor dem Geburtstagsessen um. Ich hatte ein hübsches Sommerkleid ausgewählt, aber ich hatte keine passenden Schuhe. Also ging ich, wie auch sonst manchmal, ins Ankleidezimmer meiner Mutter. Sie besaß über hundert Paar Schuhe. Und da fand ich in einer Schachtel diese Korrespondenz. Als ich sie überflog, war ich von widersprüchlichen Gefühlen hin- und hergerissen. Zum einen der Schock, zu entdecken, dass meine Mutter einen Liebhaber hatte, und dann, fast ungewollt, die Eifersucht, dass ein Mann ihr so poetische und leidenschaftliche Texte schrieb.«

»Und du hast sie zwanzig Jahre behalten?«

»Ich nahm sie mit in mein Zimmer, um sie in Ruhe lesen zu können, versteckte sie jedoch zunächst in meiner Tasche. Ich wollte sie lesen, wenn ich allein zu Hause wäre, und dann wieder an ihren Platz zurücklegen. Aber dazu hatte ich keine Gelegenheit mehr. Nach dem Drama verlor ich die Erinnerung. Mein Großvater väterlicherseits, bei dem ich nach dem Blutbad wohnte, hat sie wahrscheinlich, wie so viele Gegenstände, die mich hätten an den Abend erinnern können, irgendwo versteckt. Aber Patrice Verneuil hatte sie nicht vergessen und nach Apollines Geständnis die Verbindung zu Ihnen hergestellt. Er schickte sie mir zusammen mit dem USB-Stick. Es gibt keinen Zweifel: Es ist Ihre Handschrift, und sie sind mit Ihrem Vornamen unterzeichnet.«

»Ja, sie stammen tatsächlich von mir, aber was macht dich glauben, dass sie an deine Mutter gerichtet waren?«

»Sie waren an eine gewisse S. adressiert. Meine Mutter hieß Sofia, und ich habe sie in ihrem Zimmer gefunden. Das sind doch ziemlich viele Indizien, die zusammenpassen, oder?«

Fawles antwortete darauf nicht. Stattdessen fragte er: »Warum genau bist du hier? Um mich zu töten?«

Sie kramte in ihrer Tasche und zog dann einen runden Gegenstand heraus, den sie auf den Tisch knallte. Fawles glaubte zunächst, es handle sich um eine Rolle schwarzes Klebeband, ehe er begriff, dass es ein Farbband für eine Schreibmaschine war.

Mathilde ging zu dem Regal, nahm die Olivetti heraus und stellte sie auf den Tisch.

»Ich will ein Geständnis, Fawles.«

»Ein Geständnis?«

»Bevor ich Sie töte, will ich einen schriftlichen Beweis.«

»Einen Beweis für was?«

»Ich will, dass alle Welt erfährt, was Sie getan haben. Alle sollen wissen, dass der große Nathan Fawles ein

Mörder ist. Sie werden der Nachwelt nicht auf einem Podest präsentiert werden, glauben Sie mir!«

Er starrte eine Weile auf die Schreibmaschine, hob dann den Blick zu ihr und erwiderte: »Selbst wenn ich ein Mörder wäre, könntest du nichts gegen meine Bücher ausrichten.«

»Ja, ich weiß, das ist im Moment gerade sehr in Mode – man versucht, den Künstler vom Menschen zu trennen. Jemand hat zwar etwas Furchtbares getan, aber er ist eben auch ein genialer Künstler. Tut mir leid, doch so funktioniert das nicht.«

»Das ist ein komplexes Thema. Aber sogar wenn du den Künstler umbringst, wirst du nie das Werk töten können.«

»Ich dachte, Ihre Bücher würden überschätzt?«

»Das ist nicht das Problem. Und im Grunde weißt du, dass ich recht habe.«

»Im Grunde habe ich größte Lust, Nathan Fawles zwei Kugeln zu verpassen.«

Unvermittelt versetzte sie ihm einen heftigen Stoß mit dem Gewehrkolben in den Rücken, um ihn zu zwingen, sich hinzusetzen.

Fawles sank auf den Stuhl und biss die Zähne zusammen.

»Glaubst du etwa, es wäre so einfach, jemanden zu töten? Meinst du, diese Indizien würden dir das Recht geben, mich umzubringen? Nur weil du Lust dazu hast?«

»Nein, stimmt, Sie haben ein Recht auf Verteidigung.

Darum gebe ich Ihnen die Möglichkeit, Ihr eigener Anwalt zu sein. Das wiederholen Sie doch so gern in Ihren Interviews: ›Von Jugend an waren mein abgekauter Kuli und mein karierter Notizblock meine einzigen Waffen.‹ Also bitte: Um sich zu verteidigen, verfügen Sie über eine Schreibmaschine, einen Stapel Papier und eine halbe Stunde Zeit.«

»Was willst du eigentlich genau?«

Verzweifelt drückte Mathilde den Lauf der Waffe an Fawles' Schläfe.

»Die Wahrheit!«, schrie sie.

Fawles provozierte sie.

»Du glaubst, die Wahrheit würde dir die Möglichkeit geben, reinen Tisch mit deiner Vergangenheit zu machen, dich von deiner Verzweiflung zu befreien und neu anzufangen? Tut mir leid, aber das ist eine Illusion.«

»Lassen Sie das bitte mich beurteilen.«

»Es gibt keine Wahrheit, Mathilde! Oder doch, die Wahrheit existiert, aber sie ist in stetiger Bewegung, lebendig und veränderlich.«

»Ich habe die Schnauze voll von Ihrem Gerede.«

»Ob es dir nun passt oder nicht, die Menschheit ist nicht schwarz oder weiß, sondern wir entwickeln uns in einer instabilen Grauzone, in der das Beste im Menschen jederzeit das Schlimmste begehen kann. Warum willst du dir das antun? Eine Wahrheit, die du nicht ertragen kannst. Ein Säurestrahl auf eine noch nicht vernarbte Wunde.«

»Ich muss nicht beschützt werden. Auf alle Fälle nicht von Ihnen!«, rief Mathilde.

Dann deutete sie auf die Schreibmaschine.

»Machen Sie sich an die Arbeit! Auf der Stelle. Erzählen Sie mir Ihre Version. Nur die nackten Fakten. Keine Poesie, keine Abschweifungen, kein Pathos. Ich hole das Ergebnis in einer halben Stunde ab.«

»Nein, ich …«

Doch nach einem zweiten Stoß mit dem Gewehrkolben kapitulierte er. Er verzog das Gesicht vor Schmerzen und legte dann bedächtig das Farbband in die Maschine ein.

Wenn er heute sterben musste, warum dann nicht vor einer Schreibmaschine? Dort war sein Platz. Dort hatte er sich immer am wenigsten schlecht gefühlt. Sein Leben zu retten, indem er Worte aneinanderreihte – das war eine Herausforderung, die er annehmen konnte.

Um sich einzuarbeiten, schrieb er das Erstbeste nieder, das ihm gerade in den Sinn kam. Ein Zitat von Georges Simenon, einem der großen Meister, das ihm für diese Situation geeignet schien:

```
Wie anders ist das Leben, wenn man
es lebt und wenn man es im Nachhin-
ein zerpflückt!
```

Nach zwanzig Jahren ließ ihn das Klappern der Tasten erschaudern. Es hatte ihm natürlich gefehlt, aber diese Abstinenz von der Tastatur war nicht sein Wunsch gewesen. Manchmal vermag der Wille nichts auszurichten, wenn er nicht von einem Gewehrlauf an der Schläfe stimuliert wird.

Ich begegnete Soizic Le Garrec im Frühjahr 1996 auf einem Flug von New York nach Paris. Sie saß neben mir auf dem Fensterplatz und war in einen meiner Romane vertieft.

Es ging los ... Er zögerte kurz und warf Mathilde einen Blick zu, der besagte: *Noch besteht die Möglichkeit, aufzuhören, die Granate nicht zu zünden, die uns um die Ohren fliegen und uns beide töten wird.*

Doch Mathildes Augen antworteten ihm nur eines: *Werfen Sie gefälligst Ihre Granate, Fawles, schießen Sie Ihren Säurestrahl ab ...*

13 Miss Sarajewo

> *Wie anders ist das Leben, wenn*
> *man es lebt und wenn man es im*
> *Nachhinein zerpflückt!*

Georges Simenon, *Das blaue Zimmer*

Ich traf Soizic Le Garrec im Frühjahr 1996 auf einem
Flug von New York nach Paris. Sie saß neben mir auf
dem Fensterplatz und war in einen meiner Romane vertieft. Es war mein letztes Buch *A Small American Town*,
das sie sich am Flughafen gekauft hatte. Ohne mich zu
erkennen zu geben, fragte ich sie, ob es ihr gefalle – sie
hatte immerhin schon gut einhundert Seiten gelesen.
Und mitten in den Wolken antwortete sie ruhig, sie
möge es überhaupt nicht und könne den Hype um diesen Schriftsteller ganz und gar nicht verstehen. Ich gab
zu bedenken, dass Nathan Fawles doch immerhin gerade den Pulitzerpreis gewonnen habe, doch sie versicherte mir, sie messe literarischen Auszeichnungen keinerlei Wert bei, und eine Bauchbinde, die das Cover ent-
stelle, sei nur *Bauernfängerei*. Um sie zu beeindrucken,

261

zitierte ich Henri Bergson – »Um es kurz zu sagen, wir sehen nicht die Dinge selber, wir beschränken uns meist darauf, die ihnen aufgeklebten Etiketten zu lesen« –, doch das zeigte nicht die geringste Wirkung.

Nach einer Weile hielt ich es nicht mehr aus und stellte mich ihr vor, doch auch das beeindruckte sie absolut nicht. Trotz dieses schwierigen Beginns unserer Bekanntschaft unterhielten wir uns während des gesamten sechsstündigen Flugs. Oder besser gesagt, ich hielt sie mit meinen ständigen Fragen von ihrer Lektüre ab.

Soizic war eine junge, dreißigjährige Ärztin. Ich war zweiunddreißig Jahre alt. Sie erzählte mir Bruchstücke ihrer Geschichte. Als sie 1992 ihr Studium abgeschlossen hatte, fuhr sie nach Bosnien zu ihrem damaligen Freund, der zu jener Zeit Kameramann beim französischen Fernsehsender *Antenne 2* war. Somit erlebte sie den Anfang dessen mit, was der längste Belagerungszustand des modernen Krieges werden sollte: das Martyrium von Sarajewo. Nach ein paar Wochen reiste ihr Geliebter zurück beziehungsweise an andere Kriegsschauplätze. Soizic aber war geblieben. Sie schloss sich den humanitären Organisationen vor Ort an. Vier Jahre lang teilte sie das Leid der über dreihunderttausend Einwohner und stellte ihr Wissen in den Dienst der Menschen in den belagerten Dörfern.

Ich bin gewiss nicht in der Lage, einen umfassenden Bericht geben zu können, aber wenn du etwas davon verstehen willst, von meiner Geschichte, die auch die deiner Familie betrifft, musst du dich in die damalige Realität versetzen. Es geht um den Zerfall Jugoslawiens in den Jahren nach dem Fall der Berliner Mauer und der Auflösung der Sowjetunion. Seit der Nachkriegszeit hatte Marschall Tito das ehemalige jugoslawische Königreich in eine kommunistische Föderation von sechs Balkanstaaten umgewandelt: Slowenien, Kroatien, Montenegro, Bosnien, Mazedonien und Serbien. Nach dem Zusammenbruch des kommunistischen Regimes erlebte der Balkan ein Erstarken des Nationalismus. In einem Kontext ständig zunehmender Spannungen ließ der starke Mann des Landes Slobodan Milošević die Idee von einem Großserbien wieder aufleben, das alle serbischen Minoritäten in einem Staat vereinigen sollte. Nach und nach forderten Slowenien, Kroatien, Bosnien und Mazedonien die Unabhängigkeit, was zu einer Reihe von heftigen, teils tödlichen Konflikten führte. Vor dem Hintergrund ethnischer Säuberungen und der Ohnmacht der UNO wurde der Bosnienkrieg zu einem Gemetzel, das über hunderttausend Tote forderte.

Als ich Soizic kennenlernte, trug sie die Stigmata des Leidensweges von Sarajewo in sich. Vier Jahre Terror, ständige Bombenangriffe, Hunger, Kälte – vier Jahre Kugelhagel, chirurgische Eingriffe oft ohne Anästhesie. Soizic gehörte zu jenen Menschen, die vom Schmerz der Welt durchdrungen sind. All das hatte sie geprägt. Das Elend der Welt ist eine Last, die einen erdrücken kann, wenn man es zu seiner persönlichen Sache macht.

Gegen sieben Uhr morgens landeten wir im deprimierenden Grau von Roissy. Wir verabschiedeten uns, und ich stellte mich in der Reihe am Taxistand an. Alles war zum Verzweifeln: die Perspektive, sie nicht wiederzusehen, die eisige Morgenkälte, die dunklen, schmutzigen Wolken, die den Himmel verhüllten und mir den Eindruck vermittelten, dies sei meine einzige Zukunft. Doch eine innere Kraft trieb mich dazu zu reagieren. Kennst du das griechische Konzept des *Kairos*? Das ist der entscheidende Augenblick, den man nicht verstreichen lassen darf. In jedem Leben, und sei es auch noch so beschissen, gibt einem der Himmel mindestens einmal die Möglichkeit, alles zu ändern. *Kairos* ist die Fähigkeit, diesen Rettungsanker zu ergreifen, den das Leben uns anbietet. Aber zumeist ist der Augenblick sehr kurz. Das Leben gewährt uns nicht zweimal dieselbe Chance. Nun, an diesem Morgen begriff ich, dass es um etwas Entscheidendes ging. Ich verließ die Wartereihe und kehrte in den Flughafen zurück. Ich suchte Soizic im ganzen Terminal und fand sie schließlich an der Bushaltestelle. Ich erklärte ihr, man habe mich auf eine Mittelmeerinsel eingeladen, um dort meine Romane in einer Buchhandlung zu signieren. Und ohne Umschweife schlug ich ihr vor, mich zu begleiten. Und da das *Kairos* manchmal zwei Menschen im selben Moment angeboten wird, willigte Soizic, ohne zu zögern, ein, und wir reisten noch am selben Tag weiter nach Beaumont.

Wir blieben vierzehn Tage auf der Insel und verliebten uns zugleich in sie und ineinander. Es war einer jener Momente außerhalb der Zeit, den uns dieses verflixte Leben manchmal gewährt, um uns glauben zu machen, dass das Glück existiert. Eine Aneinanderreihung leuchtender Augenblicke, wie eine Perlenkette. In einem Anfall von Wahnsinn vereinbarte ich für zehn Jahre ein Wohnrecht in *La Croix du Sud*. Ich sah uns glückliche Tage dort verbringen und glaubte den idealen Ort gefunden zu haben, um meine Kinder heranwachsen zu sehen. Und auch für meine zukünftigen Romane. Ich hatte mich geirrt.

*

In den beiden folgenden Jahren lebten wir, auch wenn wir nicht immer zusammen waren, eine Beziehung von perfekter Harmonie. Unsere gemeinsame Zeit verbrachten wir in der Bretagne – Soizics Heimat, in der auch noch ihre Familie lebte – und in unserem Rückzugsort *La Croix du Sud*. Euphorisiert durch diese neue Liebe, hatte ich meinen nächsten Roman mit dem Titel *Ein unbesiegbarer Sommer* begonnen. Den Rest der Zeit war Soizic im Einsatz. Sie war in das Gebiet zurückgekehrt, das ihr am Herzen lag, und arbeitete in den Balkanstaaten für das Rote Kreuz.

Doch in dieser Region war leider das Grauen des Krieges noch nicht vorüber. Ab 1998 kam es auch im Kosovo zu Gewalttätigkeiten.

Entschuldige bitte, wenn ich noch einmal die Rolle des Geschichtslehrers einnehme, aber nur so kannst du verstehen, was wirklich geschehen ist. Der Kosovo ist eine autonome Provinz Serbiens und wird vor allem von Albanern bewohnt. Ab Ende der Achtzigerjahre begann Milošević damit, die Autonomie der Provinz einzuschränken, dann versuchte Serbien, das Gebiet zu annektieren, indem sich dort Siedler niederließen.

Ein Teil der kosovarischen Bevölkerung wurde vertrieben. Der Widerstand organisierte sich, zunächst friedlich unter der Leitung des Anführers Ibrahim Rugova – auch »Gandhi des Balkans« genannt und bekannt für seine Ablehnung jeglicher Gewalt –, später, nach der Gründung der Befreiungsarmee des Kosovo, mit Waffen. Die Basis der UÇK befand sich in Albanien, wo sie sich den Zusammenbruch des Regimes zunutze machte, um die Waffenbestände zu plündern.

Während dieses Kosovokriegs wurde Soizic in den letzten Tagen des Jahres 1998 getötet. Dem Bericht zufolge, den das Außenministerium am Quai d'Orsay ihren Eltern übermittelte, war sie in einen Hinterhalt geraten, als sie einen englischen Kriegsfotografen begleitete, der etwa dreißig Kilometer von Pristina entfernt eine Reportage machen wollte. Ihre sterblichen Überreste wurden nach Frankreich überführt und am 31. Dezember auf dem kleinen bretonischen Friedhof von Sainte-Marine beigesetzt.

*

Der Tod dieser Frau, die ich liebte, hat mich zugrunde gerichtet. Sechs Monate verbrachte ich, benommen von

Alkohol und Medikamenten, zu Hause. Im Juni 1999 gab ich bekannt, ich würde aufhören zu schreiben, weil ich nicht mehr wollte, dass man irgendetwas von mir erwartete.

Das Leben ging weiter. Im Frühjahr 1999 entschlossen sich die Vereinten Nationen nach vielen Ausflüchten endlich zu einer Intervention im Kosovo mit Luftangriffen. Im darauffolgenden Frühsommer zogen sich die serbischen Streitkräfte aus dem Kosovo zurück, und die Vereinten Nationen übernahmen die Interimsverwaltung des Gebiets. Der Krieg hatte fünfzehntausend Opfer gefordert sowie Tausende von Vermissten, ein großer Teil davon war Zivilbevölkerung. Und all das geschah zwei Flugstunden von Paris entfernt.

*

Im Herbst traf ich die Entscheidung, in den Balkan zu reisen. Zunächst nach Sarajewo, dann in den Kosovo. Ich wollte die Orte sehen, die für Soizic so wichtig gewesen waren und an denen sie in den letzten Jahren gelebt hatte. In der Region schwelte die Glut noch. Ich traf Kosovaren, Bosnier und Serben. Eine verbitterte, orientierungslose Bevölkerung, die zehn Jahre im Chaos verbracht hatte und nun, so gut es ging, ein neues Leben beginnen wollte. Ich suchte nach Soizic' Spuren, fand ihre flüchtige Präsenz an einer Straßenbiegung, in einem Park, einer Krankenstation. Ein Geist, der über mich wachte und meinen Schmerz begleitete. Es war herzzerreißend, aber es tat mir gut.

Ohne mein Zutun bekam ich im Laufe der Gespräche mit Menschen, mit denen Soizic kurz vor ihrem Tod zu tun gehabt hatte, verschiedene Informationen. Eine Vertraulichkeit hier zog Fragen dort nach sich und so weiter. Allmählich nahmen die Verzweigungen die Form eines Spinnennetzes an, das meine ursprüngliche Trauerwallfahrt in Nachforschungen über Soizic' Todesumstände verwandelte. Ich war schon lange an keiner Mission mehr beteiligt gewesen, doch ich hatte mir den Instinkt meiner früheren humanitären Arbeit bewahrt. Zudem verfügte ich über einige Kontakte, vor allem aber hatte ich Zeit.

*

Ich hatte mich immer gefragt, warum Soizic den jungen Reporter des *Guardian* begleitete. Er hieß Timothy Mercurio. Nicht eine Sekunde hatte ich vermutet, es könnte eine flüchtige Liebesbeziehung gewesen sein, und später erfuhr ich, dass Mercurio sich offen zu seiner Homosexualität bekannte. Aber ich hatte auch nie geglaubt, dass sich die beiden zufällig dort aufhielten. Soizic sprach Serbokroatisch. Der Journalist hatte sie sicher gebeten, ihn zu begleiten, um Menschen zu interviewen. Mehrmals war mir das Gerücht zu Ohren gekommen, Mercurio hätte Nachforschungen über das »Haus des Teufels« angestellt. Es handelte sich um einen ehemaligen albanischen Bauernhof, den man als eine Art Haftanstalt nutzte und in dem Organhandel betrieben wurde.

Die Existenz kosovarischer Gefängnisse in Albanien war an sich keine Sensationsmeldung. Albanien war die Basis der Befreiungsarmee UÇK, die dort auch Gefangenenlager eingerichtet hatte. Doch das »Haus des Teufels« war noch etwas anderes. Gerüchten zufolge handelte es sich um einen Ort, an den man vorwiegend serbische, aber auch albanische, der Kollaboration mit Serbien beschuldigte Gefangene brachte, um sie nach medizinischen Kriterien auszusortieren. Nach dieser makabren Selektion wurden einige durch Kopfschuss getötet und ihnen die Organe entnommen. Es hieß, dieser unwürdige Handel würde von den Mitgliedern der Kuçedra – einer obskuren mafiaähnlichen Vereinigung – betrieben, die im ganzen Gebiet Angst und Terror verbreitete.

*

Ich wusste nicht recht, was ich von diesem Gerücht halten sollte. Anfangs schien es mir total verrückt, noch dazu hatte ich bemerkt, dass zu dieser Zeit Übertreibungen an der Tagesordnung waren, um diesen oder jenen Clan zu diskreditieren. Dennoch entschloss ich mich, die Nachforschungen, die Mercurio und Soizic betrieben hatten, fortzuführen, denn ich war der Überzeugung, außer mir sei niemand in der Lage dazu. Zu jener Zeit zählte Ex-Jugoslawien Zehntausende von Vermissten. Die Beweise verschwanden schnell, die Menschen hatten Angst zu reden. Aber ich wollte dieser Sache unbedingt auf den Grund gehen, und im Laufe meiner Recherchen schien es mir immer wahrscheinlicher, dass das »Haus des Teufels« existiert hatte.

Durch meine weiteren Recherchen gelang es mir, potenzielle Zeugen des Organhandels zu finden, doch wenn es um Details ging, waren sie nicht gesprächig. Viele der Menschen, die ich traf, waren Bauern oder kleine Handwerker, die in Angst und Schrecken vor den Männern der Kuçedra lebten.

Ich habe dir schon von Kuçedra erzählt, erinnerst du dich? In der albanischen Folklore ist es ein Unheil bringender gehörnter Drache, auch Bolla genannt. Ein dämonisches weibliches Monster mit neun Zungen, Silberaugen, dessen langer, unförmiger Körper mit Stacheln besetzt und durch massive Flügel beschwert ist. Dem Volksglauben zufolge verlangt Kuçedra ständig neue menschliche Opfer, ohne die sie Flammen speien und das Land mit Feuer und Blut überziehen wird.

Eines Tages trug meine Hartnäckigkeit Früchte: Ich fand einen Fahrer, der an den Gefangenentransporten nach Albanien beteiligt gewesen war. Nach zähen Verhandlungen erklärte er sich bereit, mich zum »Haus des Teufels« zu bringen. Es war ein mitten im Wald gelegener alter Bauernhof, inzwischen halb verfallen. Ich nahm das Gebäude ausführlich in Augenschein, ohne wirklich stichhaltige Hinweise zu finden. Es war schwer, zu glauben, dass hier chirurgische Eingriffe durchgeführt worden waren. Das nächste Dorf lag zwei Kilometer entfernt, und die Bewohner waren eher feindselig. Sobald ich auf das Thema zu sprechen kam, waren ihre

Zungen wie gelähmt, denn alle hatten Angst vor den Repressalien der Kuçedra. Um nicht mit mir reden zu müssen, gaben sie vor, kein Englisch zu sprechen.

Ich beschloss, mehrere Tage vor Ort zu bleiben. Schließlich hatte die Frau eines Gemeindearbeiters Mitleid mit mir und erzählte mir das, was sie von ihrem Mann gehört hatte. Das »Haus des Teufels« war nur ein Durchgangsort. Eine Art Auswahlstation, wo die Gefangenen verschiedenen medizinischen Untersuchungen und Blutanalysen unterzogen wurden. Die kompatiblen Organspender wurden anschließend in die Phoenix-Klinik gebracht, eine kleine geheime Anlage am Stadtrand von Istok.

*

Dank der Hinweise, die sie mir gegeben hatte, fand ich nach einigem Suchen diese Phoenix-Klinik schließlich. Im Winter 1999 war das Gebäude verlassen, halb verfallen und ausgeplündert. Es waren nur noch zwei oder drei verrostete Bettgestelle, einige ramponierte medizinische Geräte, mit Plastikbeuteln gefüllte Mülleimer und leere Medikamentenschachteln zurückgeblieben. Das Wichtigste jedoch war meine Begegnung mit einem Obdachlosen, der sich hier häuslich niedergelassen hatte. Er schien auf Entzug zu sein und hieß Carsten Katz. Als österreichischer Anästhesist hatte er früher in der Klinik gearbeitet. Später fand ich heraus, dass er auch unter den Spitznamen »Sandmann« und »diensthabender Apotheker« bekannt war.

Ich versuchte ihm Fragen über die Klinik zu stellen, doch der Mann war in einem erbärmlichen Zustand. Schweißgebadet und mit irrem Blick krümmte er sich vor Schmerzen. Als Morphinabhängiger war Katz zu allem bereit, um an einen Schuss zu kommen. Ich versprach ihm, in Kürze mit Stoff zurückzukehren. Also begab ich mich nach Pristina, wo ich den Rest des Tages auf der Suche nach den Drogen zubrachte. Meine Dollar öffneten mir die richtigen Türen, und ich kaufte alles Morphin, dessen ich habhaft werden konnte.

Als ich zur Klinik zurückkam, war es schon lange dunkel. Carsten Katz sah so erschreckend aus wie ein Zombie. Er hatte die Lüftungsrohre in einen Schornstein umgewandelt und mit Brettern ein Feuer gemacht. Als er die beiden Ampullen Morphin sah, stürzte er sich auf mich wie ein Besessener. Ich setzte ihm selbst die Spritze und wartete, bis er sich beruhigt hatte. Dann packte der Anästhesist aus und erzählte mir alles.

Zunächst bestätigte er mir, dass im »Haus des Teufels« die Auslese stattgefunden hatte, ehe die ausgewählten Gefangenen in die Phoenix-Klinik überführt wurden. Dort wurden sie mit einem Kopfschuss getötet, bevor die Organe – vor allem Nieren – für eine Transplantation entnommen wurden. Es war nicht weiter erstaunlich, dass es sich bei den Empfängern um reiche Ausländer handelte, die zwischen fünfzig- und hunderttausend Euro für eine Operation zahlen konnten. »Das Geschäft war bestens organisiert«, fuhr Carsten Katz fort. Der Anästhesist behauptete, die Männer der

Kuçedra erkannt zu haben, eine kleine Gruppe, die von einem Trio geleitet wurde, das aus einem kosovarischen Militärkommandanten, einem albanischen Mafioso und einem französischen Chirurgen bestand: Alexandre Verneuil. Die beiden Ersten kümmerten sich um die Festnahmen und Transporte der Gefangenen, und dein Vater, Mathilde, überwachte den »medizinischen« Part. Neben Katz hatte er noch ein zusätzliches Ärzteteam angeheuert: einen türkischen Chirurgen, einen anderen aus Rumänien und einen Chef-Krankenpfleger aus Griechenland. Männer, die zwar ihren Beruf beherrschten, aber keine sehr klare Position zum hippokratischen Eid hatten.

Katz zufolge wurden in der Phoenix-Klinik etwa fünfzig illegale Operationen durchgeführt. Manchmal wurden die Nieren nicht vor Ort transplantiert, sondern mit dem Flugzeug in ausländische Kliniken gebracht. Ich fragte den Österreicher aus, so gut es ging, indem ich ihn mit weiteren Morphinampullen lockte. Der Sandmann bestätigte eindeutig: Alexandre Verneuil war der eigentliche Kopf der ganzen Sache, er war derjenige, der sich den Handel ausgedacht hatte und die Organisation leitete. Das Schlimmste ist, dass der Kosovo nicht der erste Versuch deines Vaters war, sondern die Weiterführung eines bereits gut eingeführten Geschäftsmodells, das er im Laufe seiner humanitären Einsätze aufgebaut hatte. Dank seines Netzwerks und seiner Position konnte Verneuil auf die Datenbanken vieler Länder zugreifen und so Kontakt mit Schwerkranken aufnehmen, die bereit waren, viel Geld für ein neues Organ auszugeben. Natürlich wurde alles bar bezahlt oder über Offshorekonten abgewickelt.

Ich zog zwei weitere Morphinampullen aus meiner Manteltasche. Der Arzt fixierte sie mit gierigem Blick.

»Ich möchte, dass du mir jetzt von Timothy Mercurio erzählst.«

»Der Typ vom *Guardian?*«, erinnerte sich Katz. »Er war uns schon seit mehreren Wochen auf der Spur, dank eines Informanten, eines kosovarischen Krankenpflegers, der anfangs für uns gearbeitet hatte.«

Der Österreicher drehte sich eine Zigarette, an der er hektisch sog, als würde sein Leben davon abhängen.

»Die Männer der Kuçedra hatten Mercurio mehrmals eingeschüchtert, um ihn davon abzubringen, weitere Nachforschungen anzustellen, aber der Journalist wollte ja unbedingt den Helden spielen. Eines Abends haben die Wachleute ihn hier mit seiner Kamera erwischt. Das war wirklich unverantwortlich von ihm.«

»Aber er war nicht allein.«

»Nein, er war in Begleitung einer Blondine, vermutlich seine Assistentin oder Dolmetscherin.«

»Haben Sie sie getötet?«

»Verneuil hat die beiden eigenhändig aus dem Weg geräumt. Es gab keinen anderen Ausweg.«

»Und die Leichen?«

»Wir haben sie in die Nähe von Pristina gebracht, um vorzutäuschen, er und die Frau seien in einen Hinterhalt geraten. Das ist traurig, aber ich werde nicht um sie weinen. Mercurio wusste sehr genau, welches Risiko er einging, indem er sich hierher begab.«

*

Du wolltest die Wahrheit, Mathilde, hier ist sie: Dein Vater war nicht der brillante, großzügige Arzt, der zu sein er vorgab. Er war ein Verbrecher und ein Mörder. Ein widerwärtiges Monster, das Dutzende von Menschen auf dem Gewissen hatte. Und der eigenhändig die einzige Frau getötet hat, die ich je geliebt habe.

*

Zurück in Frankreich, war ich entschlossen, Alexandre Verneuil umzubringen. Doch zunächst nahm ich mir die Zeit, alle Zeugenaussagen, die ich auf dem Balkan gesammelt hatte, schriftlich festzuhalten. Ich entwickelte und ordnete die Fotos, die ich gemacht, und schnitt die Videos, die ich aufgenommen hatte. Und ich führte ausführliche Nachforschungen über die anderen Schauplätze durch, an denen dein Vater gewütet hatte, denn ich wollte eine möglichst vollständige Anklageschrift zusammenstellen. Ich wollte nicht nur, dass Verneuil starb, sondern auch, dass bekannt wurde, was für ein Monster er war. Im Großen und Ganzen dasselbe, was du mit mir vorhattest.

Sobald meine Anklageschrift fertig war, kam die Stunde, um zur Tat zu schreiten, und ich begann deinem Vater zu folgen und seine Wege auszuspionieren.

275

Ich war mir noch nicht sicher, wie ich es anstellen würde. Ich wollte, dass seine Qual lange dauerte. Doch im Laufe der Zeit wurde mir etwas Offensichtliches klar: Meine Rache war zu einfach. Indem ich Verneuil tötete, würde ich ihn zum Opfer machen und seinem langen Leiden zu schnell ein Ende setzen.

Am 11. Juni 2000 begab ich mich ins *Dôme* am Boulevard Montparnasse, in dem dein Vater Stammgast war. Ich hinterließ dem Oberkellner eine Kopie meiner Anklageschrift und bat ihn, sie Verneuil zu übergeben. Dann verschwand ich, ehe er mich bemerkte. Ich war entschlossen, meine Unterlagen und Beweise am nächsten Tag dem Gericht und den Medien zu übergeben. Doch zunächst wollte ich, dass Verneuil in Panik geriet und die Angst ihn um den Schlaf brachte. Ich wollte ihm einige Stunden Vorsprung geben, damit er sich vorstellen konnte, wie sich der Schraubstock langsam zusammenziehen und ihm das Genick brechen würde. Einige schmerzliche Stunden, in denen er vor Angst fast umkommen und sich das Erdbeben ausmalen sollte, das sein Leben, das seiner Frau, seiner Kinder und seiner Eltern verwüsten würde. Das ihn vernichten würde.

Dann kehrte ich nach Hause zurück und hatte das Gefühl, Soizic würde ein zweites Mal sterben.

*

»ZIDANE PRÄSIDENT! ZIDANE PRÉSIDENT!«

Kurz vor dreiundzwanzig Uhr rissen mich die Fans, die den Sieg der französischen Fußballmannschaft feierten, aus meinem unruhigen Schlaf. Ich war schweißgebadet. Den ganzen Nachmittag lang hatte ich getrunken, und mein Kopf war völlig benebelt. Doch eine Ungewissheit quälte mich. Wie reagierte so ein skrupelloser Mensch wie Verneuil? Es war sehr unwahrscheinlich, dass er nichts unternehmen würde. Ich hatte gehandelt, ohne die Folgen zu bedenken. Ohne an seine Frau und seine beiden Kinder zu denken.

Von einer finsteren Vorahnung getrieben, verließ ich überstürzt das Haus. Ich holte meinen Wagen aus der Parkgarage und fuhr über die Seine bis zum Jardin de Ranelagh. Als ich am Boulevard Beauséjour vor dem Haus deiner Eltern ankam, begriff ich sofort, dass etwas nicht stimmte. Das elektrische Tor der Tiefgarage stand offen. Ich fuhr über die Rampe und parkte meinen Porsche in der Garage.

Dann ging alles sehr schnell. Während ich auf den Aufzug wartete, hörte ich oben zwei Schüsse. Ich rannte die Treppe hinauf bis in den zweiten Stock. Die Tür stand halb offen. Als ich eintrat, traf ich auf deinen Vater, der mit einer Pumpgun bewaffnet war. Der Boden und die Wände waren von blutroten Spritzern bedeckt. Ich sah die Leiche deiner Mutter und weiter hinten im Flur die deines Bruders. Du warst die Nächste auf seiner Liste. Wie schon andere vor ihm war dein Vater nicht mehr Herr seiner Sinne, sondern einem mörderischen Irrsinn verfallen: seine Familie töten, ehe er Hand an sich selbst legte. Ich stürzte mich auf ihn, um ihn zu entwaffnen. Wir haben uns geprügelt, und ein Schuss ging los, der seinen Kopf zerriss.

So habe ich dir, ohne es zu wissen, das Leben gerettet.

14 Zwei Überlebende des Nichts

Die Höll' ist los,
All ihre Teufel hier!

William Shakespeare, *Der Sturm*

1.

Eine Reihe von zuckenden Blitzen, gefolgt von Donnergrollen, erhellte das Wohnzimmer. Mathilde saß am Tisch und hatte soeben Fawles' Geständnis zu Ende gelesen. Während der Lektüre hatte sie mehrmals den Eindruck gehabt, kaum noch atmen zu können, ganz so, als gäbe es in dem Raum keinen Sauerstoff mehr, und sie müsste ersticken.

Fawles hatte sich nicht mit seinen Ausführungen zufriedengegeben und auch die Beweise seiner Nachforschungen aus dem Schrank geholt. Drei dicke kartonierte Ordner, die er den maschinengeschriebenen Seiten hinzufügte.

Mathilde rekapitulierte die grauenvollen Untaten ihres Vaters. Sie hatte die Wahrheit verlangt, aber diese

Wahrheit war unerträglich und brachte sie aus dem Gleichgewicht. Ihr Herz schlug so heftig, dass sie befürchtete, ihre Arterien würden platzen. Fawles hatte ihr einen Säurestrahl angekündigt und nicht nur Wort gehalten, sondern ihn auch direkt auf ihre Augen gerichtet.

Sie machte sich Vorwürfe. Wie hatte sie so blind sein können? Weder als Kind noch nach dem Tod ihrer Eltern hatte sie sich ernsthaft Fragen gestellt, woher das Geld ihrer Familie stammte. Die Zweihundert-Quadrat-meter-Wohnung am Boulevard Beauséjour, das Chalet im Val-d'Isère, das Ferienhaus am Cap d'Antibes, die Uhrensammlung ihres Vaters, der riesige Kleiderschrank ihrer Mutter, der fast so groß wie eine Zweizimmerwohnung war. Dabei war sie Journalistin und hatte Nachforschungen über Politiker angestellt, die der Veruntreuung von Gesellschaftsvermögen verdächtigt waren, über Persönlichkeiten, die der Steuerflucht beschuldigt wurden, und über das unmoralische Verhalten von Firmenchefs – nie aber über sich selbst. Die alte Geschichte vom Splitter und vom Balken im Auge.

Durch das Fenster sah sie Fawles, der auf die Terrasse getreten war. Vom Holzdach des Patios vor dem Regen geschützt, stand er reglos da und starrte in die Ferne.

Der treue Bronco hielt neben ihm Wache. Mathilde griff wieder nach der Pumpgun, die sie während ihrer Lektüre auf den Tisch gelegt hatte. Die Waffe mit dem Nussbaumkolben und dem metallenen Gewehrkörper mit dem furchterregenden Drachen. Das Gewehr, das,

280

wie sie jetzt wusste, dazu gedient hatte, ihre Familie zu töten.

Und jetzt?, fragte sich Mathilde.

Um das Bild zu vervollständigen, konnte sie sich eine Kugel in den Kopf jagen. In diesem Augenblick schien ihr das eine Erleichterung. Sie hatte sich so oft vorgeworfen, nicht zusammen mit ihrem Bruder gestorben zu sein. Sie konnte auch Fawles töten, sein Geständnis und die Akte mit den Beweisen verbrennen und so die Ehre der Verneuils retten. Ein Familiengeheimnis dieser Art ist eine Schmach, von der man sich nicht erholt. Eine Explosion, die es einem verbietet, Kinder zu bekommen. Eine Schande, die, wenn sie bekannt wird, ein ganzes Geschlecht und für Hunderte von Jahren die Nachkommenschaft prägt. Die dritte Lösung war, zuerst Fawles und dann sich selbst zu töten, um alle Zeugen zu beseitigen. Den Fluch des »Falls Verneuil« definitiv auszurotten.

Die Bilder von Théo ließen sie nicht los. Glückliche Erinnerungen. Herzzerreißend. Das schalkhafte Lächeln ihres liebenswerten Bruders. Seine Brille mit dem roten Gestell und die schiefen Zähne. Théo hatte sie so geliebt. Und war ihr so sehr vertraut. Wenn er Angst hatte – vor der Nacht, den Märchenmonstern, den kleinen Anführern auf dem Schulhof –, beruhigte sie ihn und wiederholte ihm jedes Mal, er müsse keine Angst haben, denn sie sei da, wenn er sie brauche. Worte, die einen zu nichts verpflichten, denn das einzige Mal, als er *wirklich* in Gefahr war, hatte sie nichts für ihn tun können.

Schlimmer noch, sie hatte nur an sich selbst gedacht und sich in ihr Zimmer geflüchtet. Damit würde sie nie leben können.

Durch das Fenster beobachtete sie, wie Fawles trotz des Regens die Steintreppe hinabstieg zu dem Felsvorsprung, an dem die *Riva* festgemacht war. Für einen Moment glaubte sie, er wolle das Boot nehmen, doch dann erinnerte sie sich, den Schlüssel in einem Schälchen im Eingang gesehen zu haben.

In ihren Ohren dröhnte es, ihre Gedanken überschlugen sich. Eine Idee jagte die andere. Es stimmte nicht ganz, dass sie sich nie Fragen über ihre Familie gestellt hatte. Ab dem Alter von zehn Jahren – oder vielleicht auch schon früher – hatten sich helle Zeiten mit dunklen abgewechselt. Es gab Phasen, in denen sie von einer Unruhe gequält wurde, für die sie keine Ursache finden konnte. Dann folgten Essstörungen, die ihren Aufenthalt im Haus für Jugendhilfe nötig gemacht hatten.

Jetzt begriff sie, dass schon damals das Geheimnis des Doppellebens ihres Vaters in ihr gärte. Und dass es langsam auch ihren Bruder befiel. Plötzlich sah sie einen Teil seines Lebens in einem neuen Licht: Théos Traurigkeit, sein Asthma, die furchtbaren Albträume, der Verlust an Selbstvertrauen, die nachlassenden Schulleistungen. Sie beide trugen das Geheimnis von klein auf in sich, und es zerstörte sie allmählich wie ein langsam wirkendes Gift. Hinter der Fassade der perfekten Familie hatten Bruder und Schwester die dunklen Bereiche gespürt. Natürlich nur unbewusst. Sie hatten vermutlich für sie rätselhafte Worte aufgeschnappt, Unausgesprochenes, ein Schweigen, das in ihnen eine ungewisse Unruhe genährt hatte.

Was hatte ihre Mutter wirklich von den Verbrechen ihres Mannes gewusst? Vielleicht nicht viel, aber vielleicht hatte Sofia bewusst nicht zu viele Fragen über die Herkunft des Geldes gestellt, das in Strömen floss.

Mathilde spürte, dass sie den Halt verlor. Innerhalb weniger Minuten war sie all ihrer Orientierungspunkte beraubt worden, all ihrer Rettungsbojen, die ihre Identität seit so langer Zeit bestimmten. In dem Moment, als sie schon die Waffe gegen sich selbst richten wollte, suchte sie verzweifelt nach etwas, an dem sie sich festklammern könnte, und plötzlich fiel ihr ein Detail an Fawles' Bericht auf – die Reihenfolge der Erschießungen. Und mit einem Mal begann Mathilde an der Version des Schriftstellers zu zweifeln. Nach ihrer Amnesie waren die Erinnerungen schlagartig und mit erstaunlicher Klarheit zurückgekommen. Und sie war ganz sicher, dass ihr Vater als Erster gestorben war.

2.

Das Donnergrollen ließ das Haus erzittern, ganz so, als würde es sich jeden Moment vom Felsen lösen. Mit ihrem Gewehr bewaffnet, lief Mathilde über die Terrasse und die Treppe hinunter zu Fawles und seinem Hund, die auf dem Anleger standen. Sie erreichte den

Felsvorsprung vor dem Erdgeschoss des Hauses. Der Schriftsteller hatte sich unter das Vordach der imposanten Bruchsteinfassade mit einer Reihe von Bullaugen geflüchtet. Als sie die runden Milchglasfenster in der Fassade zum ersten Mal gesehen hatte, hatten sie ihre Neugier geweckt. Jetzt sagte sie sich, dass es sich vermutlich um das Bootshaus handelte, auch wenn bei stürmischem Wetter die Wellen den Anleger überspülten und bis hierher anstiegen.

»Etwas stimmt nicht an Ihrem Bericht.«

Müde massierte sich Fawles den Nacken.

»Sie behaupten, mein Vater habe vor seinem eigenen Tod zunächst meine Mutter, dann meinen Bruder getötet.«

»So war es auch.«

»Aber das stimmt ganz und gar nicht mit meinen Erinnerungen überein. Als ich von dem ersten Schuss geweckt wurde, habe ich mein Zimmer verlassen und die Leiche meines Vaters im Flur gesehen, dann wurden meine Mutter und mein Bruder erschossen.«

»Das sind die Erinnerungen, die du zu haben *glaubst*. Aber es sind wiederhergestellte, ungenaue Erinnerungen.«

»Ich weiß, was ich gesehen habe!«

Fawles schien sich mit dem Thema auszukennen.

»Erinnerungen, die Jahrzehnte nach einem Blackout zurückkehren, sind anscheinend sehr präzise, aber sie sind nicht verlässlich, obwohl sie nicht wirklich falsch sind.«

»Sind Sie Neurologe?«

»Nein, ich bin Schriftsteller, und ich habe viel über dieses Thema gelesen. Die traumatische Erinnerung ist manchmal verzerrt, das ist nachgewiesen. Die Theorie um die ›falschen Erinnerungen‹ hat in den USA jahrelang zu erbitterten Debatten geführt. Man bezeichnete das als den ›Krieg der Erinnerungen‹.«

Mathilde ging zum Frontalangriff über.

»Warum sind Sie der Einzige, der diese Nachforschungen im Kosovo betrieben hat?«

»Weil ich vor Ort war, und vor allem, weil ich niemanden um Erlaubnis gefragt habe.«

»Wenn es diesen Organhandel wirklich gegeben hat, existieren zwangsläufig irgendwelche Spuren. Die Behörden hätten einen solchen Skandal nicht einfach unter den Teppich kehren können.«

Fawles lächelte traurig.

»Du warst noch nie an einem Kriegsschauplatz oder auf dem Balkan, nicht wahr?«

»Das stimmt, aber ...«

»Es gab durchaus Ansätze von Ermittlungen«, unterbrach Fawles sie. »Aber zu jener Zeit ging es in erster Linie darum, wieder eine Art Rechtsstaat zu schaffen, und nicht darum, die Wunden des Konflikts erneut aufzureißen. Und in verwaltungstechnischer Hinsicht war es das totale Chaos. Die UNMIK, die den Kosovo verwaltete, und die albanischen Behörden gaben sich gegenseitig die Schuld. Dasselbe galt für das TPIY, den Internationalen Strafgerichtshof für Jugoslawien, und die

EULEX, die Rechtsstaatlichkeitskommission der Europäischen Union im Kosovo. Ihre Ermittlungsmöglichkeiten waren sehr beschränkt. Ich habe dir schon erklärt, wie schwierig es war, genügend übereinstimmende Zeugenaussagen zu bekommen, und wie schnell die Beweise bei solcher Art von Fällen verschwinden. Ganz zu schweigen von der Sprachbarriere.«

Anscheinend hatte Fawles eine Antwort auf alles, aber Fawles war ein Schriftsteller, also von Natur aus – und davon war Mathilde nicht abzubringen – ein professioneller Lügner.

»Warum stand das Tor zur Tiefgarage im Haus meiner Eltern am Abend des 11. Juni 2000 offen?«

Fawles zuckte mit den Schultern.

»Vermutlich haben es Karim und Apolline aufgebrochen, um sich Zutritt zur Wohnung des Rentnerehepaares zu verschaffen. Diese Frage hättest du deinen beiden Folter-Opas stellen sollen.«

»An diesem Abend sind Sie also, nachdem Sie die beiden Schüsse gehört haben, in unsere Wohnung gestürzt?«, fragte sie, um Fawles' Bericht weiter zu überprüfen.

»Ja, dein Vater hatte die Tür ein Stück offen gelassen.«

»Erscheint Ihnen das logisch?«

»Bei jemandem, der beschließt, seine Familie zu töten, gibt es keine Logik.«

»Eine Sache haben Sie dennoch vergessen: das Geld.«

»Welches Geld?«

»Sie behaupten doch, ein Teil des Geldes aus dem Organhandel sei auf verschiedene Offshorekonten geflossen.«

»Ja, das hat mir Carsten Katz gesagt.«

»Aber was ist aus diesen Konten geworden? Ich bin die einzige Erbin meines Vaters und habe nie etwas davon gehört.«

»Mir scheint, das ist dem Bankgeheimnis und der Undurchschaubarkeit solcher Strukturen zu verdanken.«

»Das mag auf damals zutreffen, aber inzwischen hat man in den Steuerparadiesen ein wenig aufgeräumt.«

»Ich vermute, das Geld schläft noch immer irgendwo.«

»Und die Briefe an Soizic?«

»Was ist damit?«

»Was hatten sie im Ankleidezimmer meiner Mutter verloren?«

»Wahrscheinlich hat dein Vater sie bei Soizics Leiche gefunden.«

»Okay, aber sie waren ein kompromittierender Beweis. Warum hätte er das Risiko eingehen sollen, sie aufzubewahren?«

Fawles ließ sich nicht beeindrucken.

»Weil sie gut geschrieben und eine Art Meisterwerk des Briefromans waren.«

»Aber warum hätte er sie ausgerechnet meiner Mutter geben sollen, die nichts von seinem Doppelleben wusste?«

Diesmal musste Fawles passen, und ihm wurde klar, dass seine Version Mathildes Fragen nicht standhielt.

3.

Mathilde war nach dem Schock wieder sie selbst geworden oder, besser gesagt, die Mathilde, die sie mochte. Diejenige, die Feuer und Flamme war, die Hartgesottene, der es seit ihrer Kindheit gelungen war, die meisten Hindernisse zu überwinden. Sie war noch immer da, lebendig und bereit zum Kampf. Sie musste nur noch den Feind aufspüren.

»Ich glaube, Sie sagen mir nicht die Wahrheit, Nathan. Ich bin sicher, die Leiche meines Vaters im Flur gesehen zu haben, bevor meine Mutter und Théo starben.«

Ihre Erinnerung war absolut klar. Deutlich, stark und präzise.

Es hatte fast aufgehört zu regnen. Fawles verließ seinen Unterschlupf und trat ein paar Schritte auf den Anleger. Die Kormorane und Möwen kreisten am Himmel und stießen furchterregende Schreie aus.

»Warum lügen Sie?«, fragte Mathilde und trat zu ihm.

Fawles sah ihr in die Augen. Er war nicht besiegt, sondern hatte resigniert.

»Du hast recht. Der erste Schuss, der an diesem Abend abgefeuert wurde, hat denjenigen getötet, den du auf dem Flur gesehen hast. Aber es war nicht dein Vater.«

»O doch!«

Er schüttelte den Kopf und kniff die Augen leicht zusammen.

»Dein Vater war viel zu vorsichtig, viel zu sorgfältig, um solche Probleme nicht vorauszusehen. Nach den Verbrechen rechnete er damit, dass sein Leben früher oder später aus den Fugen geraten könnte. Um sich gegen diese Katastrophe zu wappnen, hatte er sich die Möglichkeit offengehalten, von einem Tag auf den anderen zu fliehen.«

Mathilde war wie erstarrt.

»Wohin denn?«

»Alexandre Verneuil wollte sein Leben mit einer falschen Identität neu beginnen. Darum liefen auch die Offshorekonten nicht auf seinen Namen, sondern auf den seines Alter Ego.«

»Wovon sprechen Sie? Wer war die Leiche im Flur, Nathan?«

»Er hieß Dariusz Korbas. Es war ein Pole, der mit seinem Hund auf der Straße lebte. Dein Vater hatte ihn ein Jahr zuvor auf dem Boulevard Montparnasse bemerkt. Er hatte das gleiche Alter und die gleiche Statur wie er selbst. Dein Vater begriff sofort, welchen Vorteil er daraus ziehen könnte. Er war mit ihm ins Gespräch gekommen, hatte ihn am nächsten Tag wiedergetroffen und einen Platz in einem Tagesheim für ihn gefunden.«

Der Wind wechselte die Richtung.

»Verneuil lud Dariusz häufig ins Restaurant ein, gab ihm seine Kleidung und verschaffte ihm Zugang zu medizinischer Versorgung. Ohne etwas von den Plänen deines Vaters zu ahnen, hat deine Mutter ihn mehrmals kostenlos in ihrer Zahnarztpraxis behandelt.«

»Aber aus welchem Grund hat er all das getan?«

»Damit Dariusz seinen Platz einnehmen könnte, wenn Verneuil den Zeitpunkt für gekommen hielt, seinen eigenen Tod zu inszenieren.«

Mathilde spürte, dass sie schwankte, so als würde der Anleger unter ihren Füßen im Meer versinken.

Fawles fuhr fort: »Am 11. Juni 2000 bat dein Vater Dariusz Korbas, kurz vor Mitternacht bei ihm vorbeizukommen, mit seiner Reisetasche. Angeblich wollte er ihn auf die *Fleuron Saint Jean* bringen.«

»Die *Fleuron Saint Jean*?«

»Das ist ein Schlepper, der am Quai de Javel lag und zu einer Schlafstätte für Obdachlose mit Hunden umgebaut worden war. Der Plan deines Vaters war einfach: Er wollte Korbas töten, ehe er euch, deine Mutter, deinen Bruder und dich, umbringen würde. Als Dariusz kam, bat er deine Mutter, einen Kaffee zu kochen. In dieser Zeit durchsuchte er Dariusz' Reisetasche. Dann, als sie sich angeblich zu dieser Unterkunft auf den Weg machen wollten, schoss Verneuil ihm aus nächster Nähe ins Gesicht.«

Mathilde erhob sofort Einspruch, sie erinnerte sich, dass ihr Großvater die Leiche ihres Vaters identifiziert hatte.

»Das stimmt«, pflichtete Fawles ihr bei. »Die Leiche wurde am nächsten Tag von deinem Großvater Patrice Verneuil und deiner Großmutter identifiziert. Die beiden waren vor Trauer und Entsetzen wie gelähmt, deshalb war das Ganze eher eine Formalität. Niemand wäre auf die Idee gekommen, dass eine Täuschung vorliegt.«

»Und die Polizei?«

»Sie hat ihre Arbeit sorgfältig gemacht: Abgleich des Zahnstatus und der DNA-Spuren, die am Kamm und an der Zahnbürste im Badezimmer deines Vaters gefunden wurden.«

»Aber beides gehörte Dariusz«, vermutete Mathilde.

Fawles nickte. »Deshalb sollte er ja die Reisetasche mitbringen.«

»Und der Zahnabgleich?«

»Das war ein schwierigeres Kapitel, doch dein Vater hatte an alles gedacht: Nachdem Dariusz und er in der Praxis deiner Mutter behandelt worden waren, hatte er am Nachmittag die beiden Panoramaröntgenbilder ausgetauscht, um die Kriminaltechniker zu täuschen.«

»Aber die Briefe von Soizic, warum hat er sie in den Schrank meiner Mutter gelegt?«

»Um die Ermittler glauben zu machen, sie hätte einen Liebhaber gehabt. Und ihre Untreue sei der Grund für das Massaker gewesen. Das Initial S. deutete darauf hin.«

Fawles schüttelte sich die letzten Regentropfen aus dem Haar. Auch er wurde von der Vergangenheit eingeholt, und die Konfrontation war nicht einfach.

»Als ich in die Wohnung kam, hatte dein Vater bereits Dariusz Korbas, deine Mutter und deinen Bruder getötet. Er hatte vermutlich die Tür offen gelassen, um schneller fliehen zu können. Aber vorher wollte er noch dich töten. Das weiß ich inzwischen. Ich kämpfte mit ihm und versetzte ihm mehrere Schläge mit dem Gewehrkolben ins Gesicht, um ihn außer Gefecht zu setzen. Dann warf ich einen Blick in dein Zimmer, das aber leer zu sein schien.«

»Also habe ich damals Ihre Stiefel gesehen.«

»Dann kehrte ich ins Wohnzimmer zurück. Dein Vater war bewusstlos, aber er lebte noch. Ich war völlig fassungslos angesichts dessen, was ich erlebt hatte, und verstand erst später, was geschehen war. In der Aufregung beschloss ich, deinen reglosen Vater mit dem Aufzug in die Tiefgarage zu bringen. Als ich unten war, trug ich ihn zum Auto und setzte ihn auf den Beifahrersitz.«

Mathilde verstand jetzt, warum Apolline Chapuis geschworen hatte, zwei Personen in dem Porsche des Schriftstellers gesehen zu haben.

»Ich nahm Kurs auf das nächstbeste Krankenhaus – Ambroise-Paré in Boulogne-Billancourt. Doch dann fuhr ich an der Notaufnahme vorbei, ohne anzuhalten. Ich fuhr die ganze Nacht durch – über den Périphérique, die Autobahn A 6 und dann weiter über die Provençale bis nach Toulon. Ich konnte mich nicht entschließen, Verneuil behandeln zu lassen. Sollte er als Einziger diese Tragödie lebend überstehen, für die er allein verantwortlich war?«

4.

»Am frühen Morgen erreichte ich Hyères. Inzwischen war Verneuil wieder zu Bewusstsein gekommen, doch ich hatte ihn mit zwei Sicherheitsgurten gefesselt.«

Fawles erzählte so, wie er vermutlich in jener Nacht gefahren war – schnell und ohne Pause.

»Ich setzte meinen Weg fort bis Saint-Julien-les-Roses, wo mein Boot lag, brachte Verneuil auf die *Riva* und fuhr ihn hierher. Ich wollte ihn eigenhändig töten, so wie ich es vorgehabt hatte, als ich aus dem Kosovo zurückkam. Aber ich wollte auch, dass sein Tod langsam und schrecklich wäre.«

Während er sprach, hatte sich Fawles dem Bootshaus genähert. Fieberhaft fuhr er fort: »Um Soizics Tod zu rächen, ebenso wie den all der anderen, die Verneuil auf dem Gewissen hatte, war ich es mir schuldig, ihn in die Hölle zu schicken. Aber die wahre Hölle ist nicht eine Kugel in den Kopf oder ein Messerstich ins Herz. Die wahre Hölle ist die ewige Hölle, das lebenslange Leiden, dieselbe Strafe, die sich unablässig wiederholt. Die Sage des Prometheus.«

Mathilde begriff noch immer nicht, auf was Fawles hinauswollte.

»Ich habe Verneuil in *La Croix du Sud* eingesperrt und, nachdem ich von ihm die Antworten erhalten hatte, die mir fehlten, nie wieder ein Wort mit ihm gesprochen. Ich hoffte, meinen Rachedurst durch eine

Vergeltung stillen zu können, die ebenso grausam war wie der Schmerz, den ich empfand. Tage vergingen, dann Wochen, Monate und Jahre. Jahre der Einsamkeit und Isolation. Jahre der Buße und Qual, die letztlich nur zu einer furchtbaren Schlussfolgerung führten: Nach all dieser Zeit war nicht Verneuil der eigentliche Gefangene, sondern ich selbst. Ich war mein eigener Kerkermeister geworden ...«

Mathilde wich einen Schritt zurück, mit einem Schlag wurde ihr die grausame Wahrheit klar: Nathan Fawles hatte ihren Vater in den Bootsschuppen eingesperrt. In diesen Teil des Gebäudes, das durch seine undurchsichtigen Bullaugen geschützt war und in das nie jemand einen Fuß setzen würde.

Sie betrachtete das Bootshaus, das in den Felsen gehauen war. Der Zugang war durch eine schmale Seitentür möglich oder durch das große, metallene Eingangstor, wie man es von Garagen kennt. Auf der Suche nach Bestätigung sah sie Fawles an. Der Schriftsteller zog eine kleine Fernbedienung aus der Tasche und richtete sie auf das Tor. Quietschend öffnete es sich.

5.

Der Wind fegte durch die Höhle des Monsters und trug den widerwärtigen Geruch von verbrannter Erde, Schwefel und Urin mit sich.

Mathilde trat entschlossen zu einer letzten Konfrontation auf den Abgrund zu. Sie entsicherte das Gewehr und presste den Lauf an sich. Der Wind peitschte ihr ins Gesicht, doch die kühle Luft tat ihr gut.

Sie wartete lange. Das Rasseln von Ketten vermischte sich mit dem Heulen des Sturms. Die Höhle des Drachens lag im Dunkeln. Der Lärm der Ketten wurde lauter, dann tauchte der Dämon aus der Finsternis auf.

Alexandre Verneuil hatte nichts Menschliches mehr an sich. Seine Haut war bleich, ausgetrocknet und marmoriert wie die eines Reptils, die weißen Haare bildeten eine furchterregende Mähne, die Nägel waren so lang und scharf wie Krallen, aus dem bläulichen, von Pusteln überzogenen Gesicht starrten sie zwei irrlichternde Augen an.

Mathilde spürte, dass sie angesichts dieses Monsters, zu dem ihr Vater geworden war, den Boden unter den Füßen verlor. Innerhalb weniger Sekunden wurde sie wieder zu dem kleinen Mädchen, das Angst vor Wölfen und Menschenfressern hat. Sie schluckte. In dem Moment, als sie die Waffe senkte, riss der Himmel auf, und ein Sonnenstrahl ließ die feine Gravur auf dem Gewehrkörper aufblitzen: ein triumphierender Drache mit silbernen Facettenaugen, der seine riesigen Flügel ausbreitete. Mathilde umklammerte zitternd den Lauf, aber ...

*

»Mathilde, ich habe Angst!«

Der Klang der Stimme aus ihrer Kindheit. Alte Erinnerungen, die irgendwo in ihrem Kopf umhergeisterten. Sommer 1996. Die Pinienbucht, nur wenige Kilometer von hier entfernt. Der laue Wind, der Schatten der Koniferen, der betörende Duft des Eukalyptus. Théos schallendes Lachen. Er ist sieben Jahre alt. Ganz allein ist er auf den ersten Absatz der Punta dell'Ago, der kleinen Felseninsel gegenüber vom Strand, geklettert. Doch jetzt ist er sich nicht mehr sicher und traut sich nicht zu springen. Wenige Meter unter ihm schwimmt Mathilde im türkisfarbenen Wasser. Sie hebt den Kopf zu dem kleinen Felsen und ruft, um ihn zu ermutigen: »Los, Théo! Du bist der Stärkste!«

Da ihr Bruder noch immer zögert, winkt sie ihm zu und ruft ihm mit aller ihr möglichen Überzeugungskraft zu: »Du kannst mir vertrauen!«

Diese Worte sind magisch. Worte, die man nicht leichtfertig aussprechen darf. Doch sie führen dazu, dass Théo plötzlich glänzende Augen bekommt und sein Lächeln wiederfindet. Er nimmt Anlauf und stürzt sich ins Meer, ein Pirat bei einem Entersprung. Das Bild seines Sprungs bleibt stehen. Es ist ein unbeschwerter, glücklicher Augenblick, der dennoch bereits eine ihm eigene Nostalgie in sich trägt. Ein Moment, der noch vor all dem geschützt ist, was das Leben später bringen sollte.

*

Die Erinnerung schrumpfte und verschwamm schließlich mit ihren Tränen.

Mathilde wischte sich die Wangen ab und trat auf den

Drachen zu. Der Dämon, der vor ihren Augen erzitterte, hatte nichts Unheilvolles, nichts Bedrohliches mehr. Ein von Krämpfen geschütteltes, abscheuliches Wesen mit gebrochenen Flügeln, das über die Steinplatten kroch. Eine Schimäre, geblendet vom Tageslicht.

Der Mistral tobte.

Mathilde zitterte nicht mehr.

Sie legte das Gewehr an.

Théos Phantom flüsterte ihr ins Ohr: *Du kannst mir vertrauen.*

Es hatte aufgehört zu regnen. Der Wind hatte die Wolken vertrieben.

Es fiel nur ein einziger Schuss.

Eine trockene, schnelle Detonation, die vom bleichen Himmel widerhallte.

Epilog

»Woher kommt die Inspiration?«

Nachtrag zu *Ein Wort, um dich zu retten*

von Guillaume Musso

Im letzten Frühjahr, kurz nach dem Erscheinen meines neuesten Romans, lud man mich in die einzige Buchhandlung der Île Beaumont zu einer Signierstunde ein. Nach dem Tod des ehemaligen Besitzers hatten zwei junge Buchhändlerinnen aus Bordeaux das Geschäft *La Rose Écarlate* übernommen. Zwei begeisterte Frauen, die sich zum Ziel gesetzt hatten, diese altehrwürdige Institution zu modernisieren und zu neuem Leben zu erwecken. Sie wünschten sich, dass ich die Patenschaft übernähme.

Ich war noch nie auf Beaumont gewesen und wusste nicht viel über die Geografie der Insel. Nach meiner Vorstellung hatte sie eine vage Ähnlichkeit mit Porquerolles. Dennoch nahm ich das Angebot an, weil die Buchhändlerinnen sympathisch waren und ich wusste, dass mein Lieblingsautor Nathan Fawles fast zwanzig Jahre dort gelebt hatte.

Ich hatte überall gelesen, die Bewohner seien misstrauisch und wenig gastfreundlich, aber meine Lesung und die folgende Signierstunde fanden in einer herzlichen Atmosphäre statt, und die Gespräche mit den Beaumontesern waren sehr angenehm. Jeder hatte eine Anekdote zu erzählen, und ich fühlte mich schnell heimisch. »Schriftsteller waren hier auf Beaumont von jeher willkommen«, versicherten mir die beiden Buchhändlerinnen. Für das Wochenende hatten sie mir ein Zimmer in einem malerischen Bed & Breakfast reserviert, das ganz in der Nähe eines Benediktinerinnenklosters lag.

Ich nutzte die zwei Tage, um die Insel zu durchstreifen, und verliebte mich schnell in dieses Fleckchen Erde, das irgendwie schon nicht mehr Frankreich war. Eine Art ewige Côte d'Azur, nur ohne Touristen, Glamour, Luftverschmutzung und Beton. Ich konnte mich nicht entschließen, die Insel zu verlassen. Also verlängerte ich meinen Aufenthalt und machte mich auf die Suche nach einem kleinen Häuschen, das zu vermieten oder zu verkaufen wäre. Bei dieser Gelegenheit erfuhr ich, dass es auf Beaumont kein Maklerbüro gibt, ein Teil des Besitzes wurde innerhalb der Familie vererbt, ein Teil durch Kooptation. Meine Vermieterin, eine alte Irin namens Colleen Dunbar, mit der ich über mein Vorhaben sprach, erzählte mir von einem leer stehenden Haus: *La Croix du Sud,* das Nathan Fawles gehört hatte. Sie stellte den Kontakt zu der Person her, die die Transaktion vornehmen konnte.

Es handelte sich um Jasper Van Wyck, eine der letzten Legenden der New Yorker Verlagswelt. Van Wyck war der Agent von Fawles und anderen namhaften Autoren gewesen. Er war vor allem dadurch bekannt geworden, weil er das Erscheinen des Romans *Loreleï Strange* ermöglicht hatte, der von den meisten Verlagen in Manhattan abgelehnt worden war. Wenn in der Presse ein Artikel über Fawles erschien, dann äußerte sich stets Van Wyck, und ich fragte mich, in welcher Beziehung die beiden Männer zueinander standen. Schon bevor er sich in völliges Schweigen zurückzog, vermittelte Fawles stets den Eindruck, alle zu verabscheuen: Journalisten, Verleger und auch seine Schriftstellerkollegen. Als ich ihn anrief, befand sich Van Wyck im Urlaub in Italien, erklärte sich aber bereit, diesen für einen Tag zu unterbrechen, damit ich *La Croix du Sud* besichtigen konnte.

Also verabredeten wir uns für den übernächsten Tag, und Jasper holte mich mit seinem gemieteten Mini Mok bei Colleen Dunbar ab. Mit seinen rundlichen Formen und seinem gutmütigen Gesichtsausdruck erinnerte mich der Agent an Peter Ustinov in der Rolle des Hercule Poirot: altmodische Dandy-Kleidung, gezwirbelter Schnauzbart, verschmitzter Blick.

Er fuhr mit mir zur Pointe du Safranier und führte mich dann durch einen großen, verwilderten Park, wo sich der Geruch der Meeresbrise mit dem von Eukalyptus und Pfefferminze vermischte. Der Pfad wand sich einen steilen Hang hinab, dann erblickte man plötzlich gleichzeitig das Meer und Nathan Fawles' Haus: ein Quader aus ockerfarbenem Stein, Glas und Beton.

Ich war sofort bezaubert. Ich hatte schon immer von einem solchen Ort geträumt: ein Haus am Felshang und tiefes Blau bis zum Horizont, so weit das Auge reicht. Ich stellte mir vor, wie die Kinder über die Terrasse liefen, meinen Schreibtisch mit Blick aufs Meer, an dem ich ohne Schwierigkeiten Romane verfassen würde, ganz so, als wäre die Schönheit der Landschaft eine ewige Quelle der Inspiration. Doch Van Wyck verlangte ein Vermögen und sagte mir, ich sei nicht der einzige Interessent. Ein Geschäftsmann aus den Golfstaaten hätte das Haus schon mehrmals besichtigt und ein Angebot gemacht. »Es wäre doch schade, sich diese Gelegenheit entgehen zu lassen«, sagte Jasper, »dieses Haus ist dafür geschaffen, um von einem Schriftsteller bewohnt zu werden.« Und obwohl ich nicht wirklich wusste, durch was sich ein Schriftstellerhaus auszeichnete, hatte ich derartige Angst, man könnte es mir vor der Nase wegschnappen, dass ich mich auf den Wahnsinnspreis einließ.

*

Ende des Sommers zog ich in *La Croix du Sud* ein. Das Haus war in einem ordentlichen Zustand, benötigte aber eine generelle Auffrischung. Das traf sich gut, denn ich hatte das Bedürfnis, mich wieder handwerklich zu betätigen. Also begann ich. Ich stand jeden Morgen um sechs Uhr auf und schrieb bis mittags. Nachmittags machte ich mich an die Renovierung der Villa und erledigte Maler-, Klempner- und Elektrikerarbeiten. Anfänglich schüchterte mich *La Croix du Sud* etwas ein, denn da Van Wyck mir das Haus möbliert verkauft hatte, geisterte Fawles' Phantom überall herum – an diesem Tisch hatte der Schriftsteller gefrühstückt, er hatte auf diesem Herd gekocht, seinen Kaffee aus dieser Tasse getrunken. Schon bald war ich von Fawles besessen und fragte mich, ob er hier glücklich gewesen war und warum er sich letztlich zum Verkauf entschlossen hatte.

Natürlich hatte ich Van Wyck gleich bei unserem ersten Treffen diese Frage gestellt, und trotz seiner Freundlichkeit hatte er mir ohne Umschweife zu verstehen gegeben, dass mich das nichts angehe. Ich begriff: Sollte ich mich noch einmal auf dieses Terrain vorwagen, würde ich das Haus nicht bekommen. Ich las erneut die drei Romane von Fawles, lud sämtliche Artikel über ihn herunter, und vor allem unterhielt ich mich mit den Inselbewohnern, denen ich begegnete. Die Beaumonteser zeichneten ein eher schmeichelhaftes Porträt des Schriftstellers. Sicher, er war etwas melancholisch, mied die Touristen und weigerte sich kategorisch, sich fotografieren zu lassen oder Fragen zu seinen Büchern zu beantworten. Aber gegenüber den Einheimischen war er höflich und zuvorkommend. Entgegen dem Ruf des mürrischen Einzelgängers hatte er Humor, war kontaktfreudig und Stammgast in der Kneipe der Insel *Les*

Fleurs du Malt. Sein plötzlicher Umzug hatte die meisten Insulaner überrascht. Die Umstände seines Aufbruchs waren im Übrigen nicht ganz klar, selbst wenn alle einhellig der Meinung waren, dass Fawles, seit er im vergangenen Herbst eine Schweizer Journalistin kennengelernt habe, die ihre Ferien auf der Insel verbrachte, plötzlich nicht mehr aufgetaucht sei. Die junge Frau sei mit ihm in Kontakt gekommen, als sie ihm seinen Hund, einen Golden Retriever namens Bronco, zurückgebracht hatte, der über mehrere Tage verschwunden war. Eigentlich wusste niemand genauere Details, doch ich spürte, auch wenn dies nicht offen ausgesprochen wurde, dass die Insulaner enttäuscht waren, weil er sich einfach so ohne Abschied aus dem Staub gemacht hatte. »Das ist die Schüchternheit der Schriftsteller«, erklärte ich, um ihn zu verteidigen. Ich weiß nicht, ob sie mir geglaubt haben.

*

Dann kam der Winter. Beharrlich setzte ich nachmittags die Arbeiten am Haus fort, während ich vormittags an meinem Buch schrieb. Ich hatte einen Roman begonnen, *Die Unnahbarkeit der Baumkronen,* doch ich hatte Mühe, ihn zu beenden. Fawles' Schatten war omnipräsent. Statt zu arbeiten, verbrachte ich den Vormittag damit, Recherchen über ihn anzustellen. Ich fand die Spur der Schweizer Journalistin – sie hieß Mathilde. Ihre Redaktion teilte mir mit, sie habe gekündigt, ohne mir mehr zu verraten. Ich machte ihre Eltern im Kanton Vaud ausfindig. Die erklärten mir, ihrer Tochter gehe es gut und ich solle mich zum Teufel scheren.

Was die Bauarbeiten betraf, so gingen die Dinge glücklicherweise schneller voran. Nachdem ich den großen Wohnraum renoviert hatte, machte ich mich an die Nebengebäude und begann mit dem Bootsschuppen, in dem wohl Fawles' *Riva* eingestellt gewesen war. Jasper hatte versucht, mir das Boot ebenfalls zu verkaufen, aber ich hatte abgelehnt, da ich nicht wusste, was ich damit anfangen sollte. Der Bootsschuppen war der einzige Teil des Hauses, der mir unangenehm war. Dunkel, kalt, ja, eisig. Ich sorgte für Licht, indem ich schöne Scheiben in die ovalen Bullaugen setzte, die zugemauert waren. Noch immer nicht zufrieden, riss ich auch mehrere halbhohe Wände ein, die den Raum verkleinerten. In einer Wand fand ich zu meiner Überraschung im Beton eingemauerte Knochen.

Das versetzte mich in Panik. Handelte es sich um menschliche Gebeine? Wann waren diese Mauern errichtet worden? War Fawles in einen Mord verwickelt?

Aber es ist typisch für einen Schriftsteller, aus allem gleich eine Geschichte zu machen. Das war mir klar, und so beschloss ich, mich nicht aufzuregen.

Zwei Wochen später, als ich mich wieder beruhigt hatte, machte ich eine weitere Entdeckung – diesmal unter dem Dach. Eine mandelgrüne Olivetti-Schreibmaschine und eine kartonierte Mappe, die etwa hundert Seiten eines unvollendeten Romans von Fawles enthielt.

Aufgeregt wie schon lange nicht mehr, lief ich, meinen Schatz unter dem Arm, ins Wohnzimmer. Es war inzwischen dunkel geworden, und das Haus war eiskalt. Ich machte Feuer in dem hängenden Kamin in der Mitte des Raums und schenkte mir einen Bara No Niwa ein – Fawles hatte zwei Flaschen von seinem Lieblingswhisky in der Bar zurückgelassen. Dann setzte ich mich in den Sessel mit Blick aufs Meer und begann mit der Lektüre der maschinengeschriebenen Seiten. Ein erstes Mal überflog ich sie, las sie dann aber ein zweites Mal, um den Text zu genießen. Es war eines der eindrucksvollsten Leseerlebnisse meines Lebens. Wenn auch anders, doch von der Intensität her vergleichbar dem Gefühl, das ich im Kindes- und Jugendalter bei der Entdeckung von Büchern wie *Die drei Musketiere, Der große Meaulnes* oder *Herr der Gezeiten* empfunden hatte. Hier handelte es sich um die ersten Seiten des Romans *Ein unbesiegbarer Sommer,* an dem Fawles gearbeitet hatte, ehe er sich von allem zurückzog. Vor allem in seinem letzten Interview, das er der französischen Nachrichtenagentur AFP gegeben hatte, ging es darum. Es handelte sich um einen epischen und humanistischen Romanfleuve, der die Entwicklung einer Reihe von Personen während der fast vierjährigen Belagerung von Sarajewo verfolgte. Der Text war noch im Anfangsstadium – es handelte sich um eine unkorrigierte, nicht überarbeitete oder ausgefeilte Version. Doch es war der Ansatz zu einem engagierten Werk, das es mit allem aufnehmen konnte, was Fawles bislang geschrieben hatte.

In den folgenden Tagen stand ich morgens mit einem

Gefühl der Macht auf, da ich mir immer wieder sagte, ich sei vielleicht der einzige Mensch auf der Welt, der diesen Text kannte. Doch sobald der Rausch verflogen war, fragte ich mich, warum Fawles mitten in der Arbeit aufgehört hatte. Das Fragment stammte vom Oktober 1998 und war schon weit entwickelt. Fawles musste mit seiner Arbeit zufrieden gewesen sein, also musste ein anderes Ereignis in seinem Leben ihn dazu bewogen haben, sein Werk abzubrechen. Eine gescheiterte Liebesgeschichte? Der Verlust eines geliebten Menschen? Oder hatte der Entschluss etwas mit den Knochen zu tun, die ich im Bootsschuppen gefunden hatte?

Um mir Gewissheit zu verschaffen, beschloss ich, sie einem Fachmann vorzulegen. Einige Jahre zuvor hatte ich die Rechtsanthropologin Frédérique Foucault kennengelernt, die bisweilen zu Verbrechensschauplätzen gerufen wurde. Sie bot mir einen Termin in ihrem Pariser Büro an. Und so begab ich mich mit einem kleinen Aluminiumkoffer, der Proben der Knochenfunde enthielt, in die Rue d'Alésia. Doch im letzten Moment verließ mich im Warteraum der Mut, und ich beschloss zu gehen. Mit welchem Recht sollte ich das Risiko eingehen, Fawles' Andenken zu beschmutzen? Ich war weder Richter noch Journalist. Ich war Schriftsteller. Und ich war auch Leser von *Loreleï Strange* und der *Foudroyés* und, auch wenn das naiv sein mochte, davon überzeugt, dass der Autor dieser Werke kein Verbrecher und schon gar nicht ein Mörder sein konnte.

Ich entledigte mich der Knochen und begab mich nach

New York, wo ich Jasper Van Wyck in seinem kleinen, von Manuskripten überladenen Büro im Flatiron Building aufsuchte. Die Wände waren mit graubraunen Tuschezeichnungen bedeckt, die Szenen kämpfender Drachen zeigten, von denen einer abstoßender war als der andere.

»Eine Allegorie auf die Verlagswelt?«, fragte ich.

»Oder auf die der Schriftsteller«, antwortete er schlagfertig.

Es war eine Woche vor Weihnachten. Er war gut gelaunt und lud mich zum Austernessen in die *Pearl Oyster Bar* an der Cornelia Street ein.

»Ich hoffe, das Haus gefällt Ihnen noch immer«, sagte er.

Ich nickte, erzählte ihm aber auch von meinen Renovierungsarbeiten und den Knochenfunden im Bootshaus. Jasper, der, die Arme aufgestützt, an der Theke saß, runzelte leicht die Stirn, doch sein Gesichtsausdruck blieb undurchdringlich. Während er mir ein Glas Sancerre einschenkte, erklärte er, er kenne die Architektur des *Croix du Sud* sehr gut, es sei in den Fünfziger- und Sechzigerjahren erbaut worden, lange bevor Fawles es gekauft habe, und bei den Knochen handle es sich gewiss um die von irgendwelchen Rindern oder Hunden.

»Das ist nicht meine einzige Entdeckung«, fuhr ich fort und berichtete von den hundert Seiten des Romans *Ein unbesiegbarer Sommer*. Zunächst glaubte Jasper, es handle sich um einen Scherz, dann kamen ihm Zweifel.

Also zog ich die ersten Blätter des Manuskripts aus meiner Aktentasche. Van Wyck überflog sie mit leuchtenden Augen. »Und dieser Mistkerl hat mir immer erzählt, er habe den Anfang des Manuskripts verbrannt!«

»Was wollen Sie für den Rest haben?«, fragte er.

»Nichts«, antwortete ich und reichte ihm die Seiten. »Ich bin kein Erpresser.«

Er sah mich dankbar an und griff nach dem Stapel Papier, als handle es sich um eine Reliquie. Als wir die Bar verließen, fragte ich ihn erneut, ob er etwas von Fawles gehört habe, doch er wehrte ab.

Also wechselte ich das Thema und erklärte ihm, für mein neues Romanprojekt sei ich auf der Suche nach einem amerikanischen Agenten. Ich wollte in Romanform von den letzten Tagen erzählen, die Fawles auf Beaumont verbracht hatte. »Das ist keine gute Idee«, erwiderte er beunruhigt.

»Es handelt sich weder um eine Biografie noch um ein Werk, das in sein Leben eindringt«, versuchte ich, ihn zu beruhigen. »Es handelt sich um eine Fiktion, die sich an Fawles orientiert. Ich habe auch schon einen Titel: *Ein Wort, um dich zu retten.*«

Jasper blieb ungerührt. Ich war nicht gekommen, um seine Zustimmung einzuholen, doch ich wollte mich auch nicht mit diesen Differenzen von ihm verabschieden. »Ich habe keine Lust, über irgendetwas anderes zu schreiben«, fügte ich noch hinzu. »Für einen Schriftsteller gibt es nichts Schmerzlicheres, als eine Geschichte in sich zu tragen, die er nicht erzählen kann.«

Diesmal nickte Jasper. »Das verstehe ich.« Doch dann setzte er zu einer seiner Tiraden an, mit denen er die Presse bedachte. »Das Geheimnis um Nathan Fawles besteht darin, dass es kein Geheimnis gibt.«

»Keine Sorge«, erwiderte ich, »dann erfinde ich eines, das ist mein Job.«

*

Bevor ich New York verließ, begab ich mich in ein Geschäft, das gebrauchte Schreibmaschinen verkaufte, und erstand mehrere Farbbänder.

Zwei Tage vor Weihnachten kehrte ich am frühen Abend nach Beaumont zurück. Es war kalt, aber der Ausblick war noch immer atemberaubend und bei Sonnenuntergang fast irreal. Zum ersten Mal hatte ich den Eindruck, nach Hause zu kommen.

Ich legte die Schallplatte mit der Filmmusik von *Das alte Gewehr* auf, zündete im Kamin mühsam ein Feuer an und schenkte mir ein Glas Bara No Niwa ein. Dann setzte ich mich an den Wohnzimmertisch vor die Olivetti und legte das Farbband ein.

Ich atmete tief durch. Es tat mir gut, wieder vor einer Tastatur zu sitzen. Da war mein Platz. Der, an dem ich mich am wenigsten schlecht fühle. Ich schrieb den ersten Satz, der mir in den Sinn kam:

```
Die   wichtigste   Eigenschaft   eines
Schriftstellers   ist   gutes   Sitz-
fleisch.
```

Das Klicken der Tasten unter meinen Fingern jagte mir einen leisen Schauder über den Rücken. Ich fuhr fort:

```
1.
Dienstag, 11. September 2018
Der Wind ließ die Segel bei strahlend
blauem Himmel flattern.
Die Jolle hatte kurz nach dreizehn
Uhr an der Küste des Département
Var abgelegt und sauste mit einer
Geschwindigkeit von fünf Knoten in
Richtung Île Beaumont.
```

Als ich gerade in Schwung gekommen war, wurde ich nach den ersten Sätzen von einer langen SMS von Jasper Van Wyck unterbrochen. Zunächst informierte er mich, er sei bereit, meinen Roman zu lesen, wenn ich ihn abgeschlossen hätte. (Das jedoch nur, um ein Auge darauf zu haben, so dumm war ich nicht.) Dann versicherte er mir, Fawles gehe es gut, und der Schriftsteller habe ihn gebeten, mir für die Rückgabe der ersten einhundert Seiten zu danken, an deren Existenz er sich nicht mehr erinnern konnte. Vertraulich sandte Jasper auch ein Foto mit, das in der Woche zuvor ein Tourist in Marrakesch aufgenommen hatte. Es handelte sich um den französischen Möchtegernjournalisten Laurent Laforêt, der Fawles in der Medina erkannt und Dutzende von Malen abgelichtet hatte. Nachdem er sich als Paparazzo betätigt hatte, hatte der Kerl versucht, die

Aufnahmen an Internetsites oder die Regenbogen-
presse zu verkaufen. Doch es war Jasper gelungen, die
Veröffentlichung zu verhindern.

Neugierig betrachtete ich das Bild auf meinem
Handy. Ich kannte den Ort, den ich während meines
Marokko-Urlaubs besichtigt hatte: der Haddadine Suk,
das Viertel der Schmiede und Hufschmiede. Ich erinnerte mich an das Labyrinth von engen Gassen unter
freiem Himmel, an die vielen kleinen Werkstätten und
Stände, an denen die Handwerker mit ihren Werkzeu-
gen und Lötkolben das Metall bearbeiteten, hämmer-
ten, schmolzen und formten, um Lampen, Laternen,
Paravents und schmiedeeisernes Mobiliar herzustellen.

Mitten im Funkenregen erkannte man deutlich drei
Personen: Nathan Fawles, besagte Mathilde und ein
etwa einjähriges Kind in einem Buggy.

Auf dem Foto trägt Mathilde ein kurzes Strickkleid
im Jacquardmuster, eine Perfecto-Lederjacke und hochhackige Sandalen mit dünnen Riemchen, die mit einer
Schnalle über dem Knöchel geschlossen waren. Ihre
Hand ruht auf Fawles' Schulter. Ihr Gesichtsausdruck
vermittelt etwas Sensibles, sehr Sanftes und Strahlendes, gepaart mit einer gewissen Energie. Fawles, in
Jeans, einem hellblauen Leinenhemd und mit Flieger-
jacke, steht im Vordergrund. Braun gebrannt, sieht er
mit seinen hellen Augen sehr gut aus. Die Sonnenbrille
hat er auf den Kopf geschoben. Man erkennt, dass er
den Fotografen entdeckt hat, und der Blick, mit dem er
ihn bedenkt, sagt in etwa: *Scher dich zum Teufel, du*

kannst uns nichts anhaben! Seine Hände liegen auf dem Griff des Kinderwagens. Ich betrachte das Gesicht des Babys und bin verwirrt, denn es erinnert mich an mich selbst in diesem Alter. Blond, runde Brille mit farbigen Gestell und schiefe Zähne. Trotz des Eindringens in ihre Intimsphäre fängt das Foto doch eine Stimmung ein: Verbundenheit, Ruhe und ein wirklich entspanntes Leben.

*

Über *La Croix du Sud* war die Nacht hereingebrochen. Plötzlich fühlte ich mich in der Dämmerung sehr allein und etwas traurig. Ich erhob mich, um die Lampe einzuschalten und weiterzuschreiben.

Als ich an den Tisch zurückkehrte, warf ich noch einmal einen Blick auf das Foto. Ich war Nathan Fawles nie begegnet, doch ich hatte den Eindruck, ihn zu kennen, weil ich seine Bücher gelesen hatte und ihn liebte und weil ich in seinem Haus wohnte. Das gesamte Licht des Fotos war auf das Gesicht des Kindes und sein strahlendes Lächeln konzentriert. Und plötzlich hatte ich die Gewissheit, dass weder die Bücher noch das Schreiben Fawles gerettet hatten. Der Schriftsteller hatte sich an das Funkeln in den Augen des Kindes geklammert. Um wieder Fuß zu fassen und ins Leben zurückzukehren.

Also hob ich mein Whiskyglas und prostete ihm zu.

Ich war erleichtert zu wissen, dass er glücklich war.

Loreleï
Strange

---★---

Nathan Fawles

*A Mathild
Nathan Fawles
10 Mars 1998*

Ⓛ Ⓑ

Little, Brown and Company
New York Boston London

Das Wahre vom Falschen unterscheiden

Woher kommt die Inspiration?

Diese Frage taucht unweigerlich irgendwann auf, wenn ich Lesern, Buchhändlern oder Journalisten begegne. Dabei ist sie nicht so banal, wie sie auf Anhieb erscheinen mag. Der Roman *Ein Wort, um dich zu retten* ist eine Art Antwort, denn er beschreibt den mysteriösen Prozess, der am Anfang des Schreibens steht. Alles ist potenzielle Quelle der Inspiration und liefert Material für eine Fiktion, aber nichts davon findet sich so, wie man es erlebt oder gesehen hat, in einem Roman wieder. Wie in einem seltsamen Traum kann sich jede Einzelheit der Realität verändern und zum wichtigen Bestandteil einer entstehenden Geschichte werden. Irgendwann nimmt dieses Detail romanartige Züge an. Noch immer wahr, aber nicht real.

Der Fotoapparat zum Beispiel, mit dem Mathilde einen Mörder überführt zu haben glaubt, stammt aus einer Kurznotiz der Rubrik *Vermischtes*. Eine Canon PowerShot war am Strand gefunden worden, nachdem sie in sechs Jahren im Meer von Hawaii nach Taiwan getrieben war. Doch die echte Kamera enthielt nur Urlaubsfotos. Die im Roman ist viel gefährlicher …

Ein weiteres Beispiel, »Der Engel mit dem goldenen Haar«, die Überschrift des zweiten Teils, war der liebevolle Spitzname, den Vladimir Nabokov seiner Frau Vera in einem der unzähligen an sie gerichteten Briefe gab. Als ich über den Briefwechsel zwischen S. und Nathan Fawles schrieb, dachte ich an die Schönheit dieser Briefe und auch an die beeindruckende Korrespondenz zwischen Albert Camus und Maria Casarès.

Was Beaumont betrifft, so handelt es sich um eine fiktive Insel, zu der mich die beeindruckende Stadt Atherton in Kalifornien und eine andere, wesentlich schönere Insel, nämlich Porquerolles, sowie meine Reise nach Hydra auf Korsika und die Isle of Skye inspiriert haben. Die Geschäfte mit den äußerst fantasievollen Namen – *Fleurs du Malt, Bread Pit*... – stammen von Etablissements, auf die ich im Laufe meiner Reisen und Recherchen gestoßen bin.

Den Buchhändler Audibert und seine Ernüchterung bezüglich der Zukunft des Lesens verdanken wir dem Pessimismus von Philip Roth.

Nathan Fawles schließlich, mein Protagonist, den ich so gern auf diesen Seiten begleitet habe, hat mit seinem Bestreben nach Einsamkeit, seiner Schreibverweigerung, seinem Rückzug aus den Medien und seiner brüsken Art viel von Milan Kundera, J. D. Salinger, aber auch von Philip Roth (schon wieder er) und Elena Ferrante... Inzwischen habe ich den Eindruck, dass er eigenständig existiert, so wie der fiktive Guillaume Musso des Epilogs, und ich wäre glücklich zu erfahren, dass er irgendwo an einem anderen Ort auf dieser Welt wieder Freude am Leben gefunden hat.

Quellenverzeichnis

Seite 7
Umberto Eco, *Die Insel des vorigen Tages,* aus dem Italienischen von Burghart Kroeber, © Carl Hanser Verlag, München 1995.

Seite 16
William Shakespeare, *Das Leben und der Tod des König Lear,* Akt 4, Szene 3, aus dem Englischen von Christoph Martin Wieland, © Haffmans Verlag, Zürich 1993.

Seite 21
Dany Laferrière, *Tagebuch eines Schriftstellers im Pyjama,* aus dem Französischen von Beate Thill, © Verlag Das Wunderhorn GmbH, Heidelberg 2015.

Seite 41
Margaret Atwood, *Negotiating with the Dead: A Writer on Writing,* aus dem Englischen von Eliane Hagedorn und Bettina Runge, © Cambridge University Press, Cambridge 2002.

Seite 43
John Steinbeck, *A Life in Letters*, aus dem Englischen von Eliane Hagedorn und Bettina Runge, © Viking Press, New York 1975.

Seite 55
Umberto Eco, *Bekenntnisse eines jungen Schriftstellers*, aus dem Englischen von Burkhart Kroeber, © Carl Hanser Verlag, München 2011.

Seite 70
Gustave Flaubert, *Die Schule der Empfindsamkeit*, aus dem Französischen von Luise Wolf, © Bruns Verlag, Minden in Westfalen 1909.

Seite 83
Milan Kundera, *Die Kunst des Romans*, aus dem Französischen von Uli Aumüller, © Fischer Taschenbuch, Frankfurt/M. 2014.

Seite 104
Philip Roth, *Operation Shylock*, ein Bekenntnis aus dem Amerikanischen von Jörg Trobitius, © Carl Hanser Verlag, München 1994.

Seite 107
Zora Neale Hurston, *Ich mag mich, wenn ich lache*, aus dem Amerikanischen von Barbara Henninges, © Ammann Verlag, Zürich 2000, *Dust Tracks on a Road*,

© Zora Neale Hurston 1942, © John C. Hurston 1970.
Used by permission of HarperCollins Publishers.

Seite 124
Raymond Queneau, *Stilübungen,* aus dem Französischen von Ludwig Harig und Eugen Helmé, © Suhrkamp, Frankfurt/M. 1961.

Seite 127
Eugène Ionesco, aus dem Französischen von Eliane Hagedorn und Bettina Runge.

Seite 145
Françoise Sagan, *Je ne renie rien, Entretiens (1954–1992),* aus dem Französischen von Eliane Hagedorn und Bettina Runge, © Stock, Paris 2014.

Seite 173
Marcel Proust, *Auf der Suche nach der verlorenen Zeit,* Band 3: *Der Weg nach Guermantes,* aus dem Französischen von Bernd-Jürgen Fischer, © Philipp Reclam jun. GmbH & Co.KG, Stuttgart 2014.

Seite 189
Friedrich Nietzsche, *Werke in drei Bänden,* Band 3: *Nachgelassene Fragmente 1887–1888,* herausgegeben von Karl Schlechter, Carl Hanser Verlag, München 1954.

Seite 213

Vergil, *Aeneis*, 2. Gesang, aus dem Lateinischen von Wilhelm Hertzberg, Edition Holzinger, Berliner Ausgabe 2014.

Seite 222

Arthème Fayard, zitiert nach Bernard de Fallois, aus dem Französischen von Eliane Hagedorn und Bettina Runge.

Seite 224

Henry Miller, *Lire ou ne pas lire,* aus dem Französischen von Eliane Hagedorn und Bettina Runge.

Seite 229

John Irving, zitiert nach einem Interview in der Zeitschrift *America, Nr. 6,* Sommer 2018, aus dem Englischen von Eliane Hagedorn und Bettina Runge.

Seite 241

Franz Kafka, *Briefe an Milena,* © S. Fischer Verlag, Frankfurt/M. 1986.

Seite 258 und Seite 261

Georges Simenon, *Das blaue Zimmer,* aus dem Französischen von Hansjürgen Wille, Barbara Klau und Mirjam Madlung. Mit einem Nachwort von John Banville, © Kampa Verlag, Zürich 2018.

Seite 262
Henri Bergson, *Das Lachen*, übersetzt von Walter Fränzel und Julius Frankenberger, Verlag Eugen Diederichs, Jena 1914.

Seite 279
William Shakespeare, *Der Sturm,* 1. Aufzug, zweite Szene, aus dem Englischen von Franz Dingelstedt, Verlag des Bibliografischen Instituts, Hildburghausen 1866.

Inhaltsverzeichnis

Prolog

Der Schriftsteller, der nicht mehr schrieb

Erste Voraussetzung für einen Schriftsteller   *21*
Dienstag, 11. September 2018   *21*
Schreiben lernen   *43*
Eine Woche später, Dienstag, 18. September 2018   *43*
Die Einkaufsliste der Schriftsteller   *55*
Drei Wochen später, Montag, 8. Oktober 2018   *55*
Interview mit einem Schriftsteller   *83*
Dienstag, 9. Oktober 2018   *83*
Die Geschichtenträgerin   *107*
2000   *107*

Der Engel mit dem goldenen Haar

Der Urlaub des Schriftstellers   *127*
Mittwoch, 10. Oktober 2018   *127*
In der prallen Sonne   *151*

Südwestliche Spitze der Insel   *151*
Jeder ist ein Schatten   *173*
An der Wahrheit zugrunde gehen   *189*
Donnerstag, 11. Oktober 2018   *189*

Die unaussprechliche Wahrheit

Die Schriftsteller gegen den Rest der Welt   *213*
Und dann wurde es Nacht   *229*
Ein wechselndes Gesicht   *241*
Miss Sarajewo   *261*
Zwei Überlebende des Nichts   *279*

Epilog

Woher kommt die Inspiration?   *301*
Das Wahre vom Falschen unterscheiden   *319*
Quellenverzeichnis   *322*

Eine Nacht,
die alles verändert

Guillaume Musso

Die junge Frau und die Nacht

Roman

Aus dem Französischen von Eliane Hagedorn und Bettina Runge
Piper Taschenbuch, 432 Seiten
€ 10,00 [D], € 10,30 [A]*
ISBN 978-3-492-31613-2

Obwohl Thomas sich in New York ein neues Leben und eine Karriere als Schriftsteller aufgebaut hat, holt die Vergangenheit ihn immer wieder ein. Eine beunruhigende Nachricht veranlasst ihn, in seine Heimat zurückzukehren und an der Côte d'Azur dem Verschwinden seiner Jugendliebe Vinca nachzugehen, die vor fünfundzwanzig Jahren den Schulcampus verließ und nie wieder gesehen wurde. Zu spät erkennt Thomas, in welche Gefahr er sich begibt. Denn manche Geheimnisse sind tödlich und müssen um jeden Preis verborgen bleiben...

Leseproben, E-Books und mehr unter www.piper.de

Ich bin in deinem Haus.
Ich bin in deinem Kopf.
Und ich kenne dein Geheimnis.

Lucy Clarke

**Das Haus am
Rand der Klippen**

Roman

Aus dem Englischen
von Claudia Franz
Piper Taschenbuch, 416 Seiten
€ 10,00 [D], € 10,30 [A]*
ISBN 978-3-492-31666-8

Das Haus am Rand der Klippen war Elles größter Traum. Doch kaum eingezogen, liegt ihre Welt in Trümmern: Ihre Ehe zerbricht, sie ist bankrott, und ihr Verlag drängt auf ihr neues Buch, während sie mit Schreibblockaden und Schlaflosigkeit kämpft. Der Abgabetermin rückt näher, ihre Existenz hängt davon ab, und vielleicht liegt es an den angespannten Nerven, dass sie sich ständig beobachtet fühlt. Doch als Elle von einer Reise zurückkehrt, spürt sie schon beim Betreten ihres Hauses, dass etwas anders ist. Jemand war hier. Und hat ihr schlimmstes Geheimnis entdeckt.

Leseproben, E-Books und mehr unter www.piper.de

»Spannend und unvergesslich!«

Harlan Coben

Megan Goldin

The Escape Game – Wer wird überleben?

Thriller

Aus dem australischen Englisch
von Elvira Willems
Piper Taschenbuch, 432 Seiten
€ 10,00 [D], € 10,30 [A]*
ISBN 978-3-492-31479-4

An der Wall Street sind Vincent, Jules, Sylvie und Sam die ultimativen Top Player. Als sie eines Abends zusammen im Aufzug steckenbleiben, ahnen sie zunächst nichts Böses. Doch als der Notrufknopf nicht funktioniert, das Licht ausgeht und die Temperatur immer weiter steigt, erkennen sie, dass jemand ein grausames Spiel mit ihnen spielt. Doch wer? In der beklemmenden Enge des Aufzugs kommen ihre dunkelsten Geheimnisse ans Licht, und es ist nur noch eine Frage der Zeit, bis die Situation eskaliert ...

Leseproben, E-Books und mehr unter www.piper.de